师眼观红楼

——探寻《红楼梦》中的教育世界

李克兴 编著

河南大学出版社
HENAN UNIVERSITY PRESS
·郑州·

图书在版编目（CIP）数据

师眼观红楼：探寻《红楼梦》中的教育世界 / 李克兴编著. -- 郑州：河南大学出版社，2022.9
ISBN 978-7-5649-5320-1

Ⅰ.①师… Ⅱ.①李… Ⅲ.①《红楼梦》研究②教育研究 Ⅳ.①I207.411②G40-03

中国版本图书馆 CIP 数据核字 (2022) 第170190号

责任编辑　任湘蕊
责任校对　时　娇
封面设计　翟淼淼

出版发行　河南大学出版社
地址：郑州市郑东新区商务外环中华大厦2401号
邮编：450046
电话：0371-86059701（营销部）
网址：hupress.henu.edu.cn

印　刷　河南瑞之光印刷股份有限公司
版　次　2022年9月第1版　　　　　印　次　2022年9月第1次印刷
开　本　710 mm×1000 mm　1/16　　印　张　16.75
字　数　241千字　　　　　　　　　定　价　52.00元

（本书如有印装质量问题，请与河南大学出版社联系调换。）

序　言

教师要读书。

教师首先要成为一个读书人。

教师更应该读一些经典作品。

教师经由经典阅读丰富知识结构。

教师经由经典阅读感悟教育教学智慧。

教师经由经典阅读提升教育教学水平。

教师经由经典阅读加深文化底蕴内涵。

教师经由经典阅读完善性格，丰盈灵魂。

……

这些让人耳熟能详的话语，告诉我们：一个好教师要读书，尤其要读经典作品。卡尔维诺在《为什么读经典》里说：

"一部经典作品是一本每次重读都像初读那样带来发现的书。"

"一部经典作品是一本即使我们初读也好像是在重温的书。"

"一部经典作品是一本永不会耗尽它要向读者说的一切东西的书。"

《红楼梦》正是这样一部经典作品。

有人说，在这样一个浮躁的时代里，读书早已成为一种奢侈，能捧起一本时尚杂志来读的人已经不多，更别说去读什么经典作品了。

即使在教师这样一个群体里，愿意捧起经典细读的人也已为数不多了。很多老师的常态，也就是读读课本，翻翻教学参考资料。所以，网上有一种说法：当今教育最可怕的就是"一群不读书的教师在拼命教书！"

可是，我还是固执地认为：并非老师们不愿意读书，并非老师们不喜欢经典作品。

读书是需要氛围，是需要机缘的。

在读书这件事上，最能够影响老师、最能够影响学生的，是校长。

希望老师们读书，校长先要读起来！希望老师们读经典，校长先要读经典！

新区小学广泛阅读《红楼梦》，正是这样展开的。

读大学时，我学的是历史。对《红楼梦》这部文学经典，起初并没有给予足够的关注。虽然多年前也读过，但都是蜻蜓点水，并不深入。

2020年的冬天，在听书平台上无意中接触到《蒋勋细说红楼梦》，80集的音频，我连听了两遍。蒋勋先生说，大观园是一个青春王国，而《红楼梦》则是一本宏伟的青春赞歌。这种让人耳目一新的诠释，让我对《红楼梦》有了新的理解，也让我更多地把它与孩子们的教育联系在一起来思考。在大观园里，宝钗13岁半，宝玉13岁，黛玉、湘云12岁……这与我们校园里孩子的年龄相差无几。怎样和这样的孩子们相处，不正可以从中得到一些启发吗？

阅读，不可避免地会打上鲜明的个人印记。个人的学习背景、阅读兴趣，终将会发挥作用。当我一遍遍阅读《红楼梦》，自然而然地由文学的角度转向历史的角度：《红楼梦》到底在写什么？它真的是写曹雪芹的家事吗？也就在这时，我看到了当代世界出版社的一本《癸酉本石头记后28回》。它让我的思路豁然开朗。这本书将《红楼梦》创作的时代背景置于明清易代之时，认为《红楼梦》是以宝黛钗等所谓恋情故事做障眼，暗中影射各方势力对华夏江山的争夺。它以贾家这个大家族为"假托"，暗中影射皇家和国家。这是以小写大、以家喻国的特殊文学笔法。这为我的《红楼梦》阅读打开了一扇全新的门，也让我看到了完全不同的风景。

再后来，我发现哈佛大学数学教授丘成桐先生也对《红楼梦》情有独钟。他以数学家的眼光来看《红楼梦》的创作过程，说："《红楼梦》的创作过程有如一个大型的数学创作，或者一个大型的科学创作。"

我忽然意识到：《红楼梦》是一座真正的宝库！以不同的视角来读，便能有不同的领悟。这是一本适合全体老师共读的经典作品。它是中国古典文学的巅峰之作，也是一部百科全书，人们对它的研究一直在不断深入，所以"红学"方兴未艾。我发现，人们对《红楼梦》的研究，多局限在人物的考证和情节的臆想中，鲜有从教育教学的视角来研究的。一部文学作品，其蕴含的思想性和艺术性本身就具有教育和教学价值。这么一部伟大的文学作品，我们广大教育工作者为什么不好好研究一下，从中汲取营养，来丰富和提高我们的教育教学水平呢？我想，这个工作，就从我做起，从我们新区小学做起吧！

于是，2021年春节假期，新区小学的《红楼梦》共读活动拉开了序幕。在一年多的阅读过程中，我每过一两个月便会在全体会上做阅读分享，并安排科研处具体负责这一读书活动。

2021年岁末，不少老师开始分享自己的读书笔记。截止到2022年3月，每一位老师都完成了《红楼梦》的阅读，并在学校展示群分享了自己的读书笔记。每看到一篇读书笔记，我都会认真阅读，并添加"校长点评"。

阅读老师们的读书笔记的过程，于我真的是一种享受。从一篇篇读书笔记里，我看到了老师们对教育的思考，感受到了老师们的专业成长。语文老师、数学老师、英语老师、体育老师、音乐老师、美术老师、科学老师、信息技术老师、校医老师……当老师们从自己独特的角度去阅读《红楼梦》，呈现出来的便是一个纷繁美丽的世界。

一篇篇文章犹如一颗颗闪光的珍珠，如果用几条线把它们穿起来，那就成了一串串珍珠项链，把这些珍珠项链编织在一起，那就成了一挂珍珠帘子，透过这挂珍珠帘子，我们会看到一个五彩缤纷的教育世界。

师眼观红楼，红楼更绚丽。

拨开文字的云烟，走进红楼的世界。读书三味，读经味如稻粱，读史味如肴馔，诸子百家味如醯醢。那么，红楼一书，五味杂陈，各读各味，各取所需，这就是经典的独特魅力，也是师眼观红楼的意义所在。

李克兴
2022年6月16日

目　录

第一辑　探秘红楼教育

读红楼增文化自信　强基础育时代新人
　　——我力荐研读《红楼梦》的几个理由 ·············· 003

探根源解难读之谜　找方法悟书中深意
　　——我们为什么读不懂《红楼梦》 ················ 010

《红楼梦》里谜团多多　三探红楼解疑释惑
　　——也谈红楼主旨、作者及续写问题 ·············· 017

宝钗黛玉命运如何　钗黛判词明讲暗说
　　——钗黛判词的三重解读 ······················ 025

红楼文化细细品鉴　校园文化培育新人
　　——浅析红楼环境反映出的环境化育问题 ············ 030

析红楼八股科举制　看基础教育改革篇
　　——从明清时期的科举制度对照分析高考招生改革及
　　"双减"政策 ····························· 036

宝玉抓周缘何成真　教育期待须正反馈
　　——从宝玉"抓周"谈教育期待 ·················· 040

香菱学诗堪称经典　杏坛论道探微究妙
　　——从香菱学诗悟教与学之妙 ··················· 044

结诗社相约大观园　立愿景筹建共同体
　　——从诗社看学习共同体建设 ··················· 050

第二辑　明理思政育人

叹混世魔王无大志　悟阳光少年有理想
　　——从贾宝玉的悲剧人生看理想教育 ············ 055

写八股文章弊处多　兴立德树人蓝图广
　　——从"禄蠹"探讨现代教育以立德树人为根本任务的意义
　　·· 059

读红楼科举功利心　议今朝高考作弊案
　　——浅谈诚信教育 ································ 064

数红楼众生百态相　树时代社会道德观
　　——从《红楼梦》中小人物的行为探究树立新时期社会道德观的
　　必要性 ·· 068

看薛家孽子违法纪　赞法治教育进课堂
　　——从薛蟠的案例探究法治教育 ················ 073

品黛玉初进荣国府　思少年当知礼仪规
　　——浅谈礼仪教育 ································ 077

听史太君教众孙女　想青春期边界教育
　　——谈青春期男女生交往边界 ···················· 082

痴贾瑞魂丧风月鉴　青少年品塑责任感
　　——从贾瑞之死探讨新时代青少年"爱与责任"的教育
　　·· 086

观宁荣府穷奢极欲　感新时代俭以养德
　　——从宁荣二府因"奢"而"败"谈勤俭节约 ······ 091

宁国府苛待苦焦大　总书记慰问老英雄
　　——浅谈当代英雄精神教育 ······················ 095

第三辑　求法班级管理

细思无为管理潇湘　探究班级管理妙法
　　——从"黛玉管理方式"谈班级管理 …………… 101

稻香主人柔中有刚　诗社管理制度严明
　　——从"李纨诗社管理"悟班级管理制度建设 …… 104

贾母重用熙凤之才　借鉴班干培养之道
　　——从"贾母人才观"谈班级干部能力培养 ……… 108

叹多愁善感黛玉心　筑阳光快乐童年梦
　　——单亲家庭孩子教育之道 ………………………… 113

见三春性情各不同　思管理模式孰优劣
　　——班级管理模式探究 ……………………………… 118

临危受命更显担当　中途接班尤需智慧
　　——从"探春理家"汲取中途接班的智慧 ………… 127

赞熙凤运筹帷幄才　思管理得失寸草心
　　——从凤姐的管理思路谈班级管理方法 …………… 130

薛宝钗举手折丹桂　善沟通依约笑谈间
　　——论班主任沟通能力的培养 ……………………… 133

第四辑　问策学科教研

赏大观园里行酒令　研三写三改习作课
　　——从红楼酒令到习作教学 ………………………… 139

读判词评红楼人物　抓特点悟读写教学
　　——《红楼梦》人物判词中的语文教学价值 ……… 144

抓细节析人物形象　善模仿写精彩文章
　　——从细节描写谈人物形象塑造 …………………… 147

品香菱三作咏月诗　学写作四点基本法
　　——"香菱学诗"中的写作教学启示 …………… 150
痴宝玉并非不读书　启智慧仍须重兴趣
　　——从《红楼梦》到数学趣味课堂 …………… 155
为省亲修建大观园　探究竟计算园面积
　　——大观园到底有多大？ ……………………… 158
看书中女人巧算账　凭谁说女子不如男
　　——兼论"女生学不好数学" ………………… 162
观《红楼梦》包罗万象　品大观园数学世界
　　——谈谈《红楼梦》中的数学问题 …………… 165
史湘云率真惹人怜　周伯通专注成武痴
　　——从史湘云到周伯通的启发 ………………… 168
察《红楼梦》民俗活动　思东西方文化差异
　　——时令文化与英语教学 ……………………… 171
惜黛玉多愁又善感　盼少年健康且强健
　　——体育老师眼中的林黛玉 …………………… 175
大观园多彩缘为乐　体育课激趣重游戏
　　——谈《红楼梦》里的游戏 …………………… 178
一富一贫长寿老人　经古历今养生功夫
　　——从体育视角看《红楼梦》中的长寿及养生 …… 182
楼台房舍翰墨服饰　寻美赏美鉴美创美
　　——谈谈《红楼梦》里的美术元素 …………… 185
品红楼三春诸芳尽　悟算法递归循环理
　　——从信息技术教学专业视角读红楼 ………… 190
巧姐见喜晴雯患病　正视疫情隔离防控
　　——《红楼梦》与疫情防控 …………………… 195

第五辑　悟道人格塑造

探红楼谷底看花开　窥人性海中望月明
　　——发掘《红楼梦》中的人性光辉 ………… 199

惜罂儿童年问根由　育新人温润向阳生
　　——从林黛玉到抑郁质儿童教育的思考 ………… 204

俏公子何须阴柔气　好儿郎本应血方刚
　　——从贾宝玉的"性别错位"谈保护男生的"阳刚之气"
　　　……………………………………………………… 208

进大观园大智若愚　学刘姥姥为人处世
　　——跟着刘姥姥克服人际交往障碍 ………… 212

同根生境遇大不同　勇向前生命似花开
　　——从迎春和探春漫谈性格塑造 ………… 216

苦难水浇灌香菱花　薄命人彰显大力量
　　——从香菱身上汲取积极向上的力量 ………… 221

第六辑　寻方家庭教育

言传身教育人向善　为母端方家风雅正
　　——从《红楼梦》母亲教育探育人之道 ………… 227

红楼明理家教流弊　诊型悟道施治良方
　　——从《红楼梦》探家庭教育弊端及改进策略 ………… 231

一母所生性格迥异　家庭教育造就人生
　　——由探春和贾环谈家庭教育的重要性 ………… 235

爱与尊重春风化雨　育人育根育心育德
　　——从贾环成长谈言传身教的重要性 ………… 238

小孝持家大孝爱国　孝道文化历久弥新
　　——从红楼中探寻孝之足迹 ·················· 242

行善施恩皆为雨露　探寻红楼感恩足迹
　　——《红楼梦》中的感恩足迹 ················ 245

凸显优势精心教养　扬长避短成就专才
　　——从《红楼梦》看如何运用长板理论培育孩子能力 ··· 247

爱与陪伴不可缺席　性格塑造重任在肩
　　——从黛玉性格谈家庭环境的影响 ·············· 249

后　　记 ·· 253

第一辑

探秘红楼教育

要知天下事,须读古人书。——明·冯梦龙《醒世恒言》

读红楼增文化自信　强基础育时代新人

——我力荐研读《红楼梦》的几个理由

校长对学校的领导，主要是教育思想的引领。一个好校长就是一所好学校！经历即人，人即学校。校长的教育思想来源于哪里？来源于阅读思考和教育实践。校长除了要阅读教育专业书籍，还要阅读大量的文学作品，因为文学素养是教师专业素养的基础。在大力弘扬中华优秀传统文化的今天，校长要阅读，更要带动老师们读。"虽有嘉肴，弗食不知其旨也；虽有至道，弗学不知其善也。"在教师中倡导对古代文学作品的阅读，尤其是对经典文学作品的研读，在增强文化自信的同时，对教师专业素养的发展，无疑也是一种轻松愉快的提升过程。

纵观中华文明的灿烂星河，从《诗经》到楚辞，由汉赋至唐诗，再加上宋词、元曲、明清小说，形成了中华文化独有的脉络。拂过这一个个珠玑般的字句，如果说这里面哪一本书是一生必须要读的，那一定是《红楼梦》。

很多名人都是这部书的忠实读者。

长征途中，毛主席随身携带的唯一的文学书就是《红楼梦》。张爱玲从小读《红楼梦》，并且把《红楼梦》未完结视为人生三大憾事之一。蒋勋老师曾经说过："如果在荒岛只允许带一本书，我会带《红楼梦》。"白先勇老师说："《红楼梦》是一本天下奇书。"泱泱大国，上下五千年，文人墨客们留下了那么多卷帙浩繁的作品，唯有这一部残卷小说派生出一门"红学"。

一部作品能具有如此高度的思想性，历经数百年，其精神和能量还能激荡不灭，真可谓是前无古人，后无来者。

经过反复听读不同版本的解读《红楼梦》的书籍，并反复阅读原著，我郑重地向全校老师推荐共读《红楼梦》。

我推荐阅读《红楼梦》的理由主要有以下几个方面——

一、弘扬传统文化，增强文化自信

党的十八大以来，围绕传承和弘扬中华优秀传统文化，习近平总书记发表了一系列重要论述，特别强调"要讲清楚每个国家和民族的历史传统、文化积淀、基本国情不同，其发展道路必然有着自己的特色；讲清楚中华文化积淀着中华民族最深沉的精神追求，是中华民族生生不息、发展壮大的丰厚滋养；讲清楚中华优秀传统文化是中华民族的突出优势，是我们最深厚的文化软实力；讲清楚中国特色社会主义植根于中华文化沃土、反映中国人民意愿、适应中国和时代发展进步要求，有着深厚历史渊源和广泛现实基础"，"推动中华优秀传统文化创造性转化、创新性发展，不断提高人民思想觉悟、道德水平、文明素养，不断铸就中华文化新辉煌"。认真学习和领会这些重要论述，对我们坚持发展社会主义先进文化、涵养社会主义核心价值观、在世界文化激荡中站稳脚跟都具有重要指导意义。

在当代中国，中华优秀传统文化是治国理政的重要思想资源，能够为治国理政提供经验借鉴和智慧启示。中华优秀传统文化中蕴含着博大精深的哲学思想、人文精神、道德观念等，可以为我们在新时代认识和改造世界、走向国家治理现代化和建设社会主义精神文明贡献智慧。此外，中华优秀传统文化是涵养社会主义核心价值观的重要源泉。习近平总书记强调："一个民族、一个国家的核心价值观必须同这个民族、这个国家的历史文化相契合，同这个民族、这个国家的人民正在进行的奋斗相结合，同这个民族、这个国家需要解决的时代问题相适应。"因此，培育和践行社会主义核心价值观，不仅要同推进新时代中国特色社会主义事业的具体实践相契合，还要从中华优秀传统文化中不断汲取营养。

"开谈不说《红楼梦》，读尽诗书也枉然。"《红楼梦》是古代小说的巅峰之作，是中华传统文化的集大成者。服饰饮食、礼仪规范、宗教哲学、婚姻制度、科举教学……诸多方面的细节描述，都体现了《红楼梦》这部奇书对传统文化的传承。

所以，我推荐全校老师和我一起研读《红楼梦》，从优秀传统文化中汲取营养，助力教师们不忘自己选择三尺讲台的初心，坚定自己的理想信念，坚定文化自信，努力成长为新时代优秀的人民教师。

二、夯实文学基础，提升专业素养

作为老师，无论你教什么学科，有一定的文学底蕴，对提升学科专业素养和教育教学效果都具有很强的助推作用。

《红楼梦》是一部具有高度思想性和艺术性的伟大作品，代表着中国古典小说艺术的最高成就。

单从文学价值上看，《红楼梦》便有四点过人之处：

第一，创造和衍生出很多成语和俗语。比如"串通一气""刘姥姥进大观园"等。

第二，塑造了许多不朽且丰满的艺术形象，如贾宝玉、王熙凤等。

第三，曹雪芹一个人能用三四种风格写同一题材的诗。有人曾经批判《红楼梦》中的诗词拙劣，却没有想到，书中的诗词曲赋并不是单纯的文学创作，而是塑造人物形象的神来之笔。透过一首首或灵动或拘谨或干涩的诗歌，一个个或才华横溢或恪守礼教或木讷呆板的人物形象便从书中"站"了起来。

第四，《红楼梦》的语言是古典小说里文白结合、满汉结合、南北结合最好的，语言流畅度用现代标准评判，可以说远超其他三大名著。作为教育工作者的我们，每天要和许许多多个性迥异的儿童打交道，我们的语言文字功底会直接影响到教育教学的质量。例如，对于性格不同、接受能力不同的儿童，出现学习方面的问题时，我们老师能不能用不同风格的语言对他们进行启发引导？能不能实现"用五十个方法教育一个学生"？

阅读，就是在字里行间走一个来回。我带领老师们阅读《红楼梦》，也绝不仅仅是为了热闹。我们要在阅读的同时夯实文学基础，提升专业素养。

三、加深心理认知，提升教育艺术

蒋勋老师分析了大观园里主要人物的年龄，称"大观园是一个青春王国"。这句话很有道理。大观园里的女儿们每天品茶下棋、低吟浅唱的背后，也都有自己的小心思、小手段。

《红楼梦》这部作品之所以伟大，其原因之一在于叙事的时候是"如实描写并无讳饰"，保持了现实生活的多样性、现象的丰富性，从形形色色的人物关系中显示出富贵之家的荒谬、虚弱及其离析、败落的趋势。曹雪芹笔下的人物打破了过去"叙好人完全是好，坏人完全是坏"的写法，所写的人物都是"真"的人物，使古代小说人物塑造完成了从类型化到个性化的转变，塑造出典型化的人物形象。

这样一来，小说就从了解青少年性格多样性方面给我们提供了参照——在平时的教育教学中，我们应该多尝试分析学生行为背后的原因，发现他们真正的诉求，这样才能更好地实行教育。

所以，我希望老师们和我一起研读《红楼梦》，在研读的同时加深对青少年、对身边人、对自我的心理认知，提升教育艺术性。

四、建构知识体系，拓宽视野格局

说到知识体系，其实大家都不陌生，通俗的解释就是把一些零碎的、分散的、相对独立的知识概念或观点加以整合，使之形成具有一定联系的知识系统。

这种系统就像是一棵树，每片叶子都是独立的，但树干把它们联系在一起形成了体系。最典型的例子就是我们的小学语文课本,每个单元结束后都会有一个"语文园地",对本单元的知识点进行梳理整合,这就是最常见的知识体系的构建。

《红楼梦》是一部经典著作,经典著作的特点之一就是耐得住不同读者从不同角度去研究解读。

从社会生活的层面上看,《红楼梦》这部小说里浸透着传统文化的丰富因子;就反映生活的丰富性来说,它是中国古代的百科全书,甚至可以说是传统文化的总汇。从文学艺术的角度看,《红楼梦》是古典文学中各种技巧和形式的集大成者,诗、词、赋、曲各种形式应有尽有,伏笔、曲笔、侧笔各种技巧融会贯通。

因此,读懂《红楼梦》需要相当多的知识储备,在中国古典四大名著中,其他三部作品都可以被普通读者广泛接受,唯有《红楼梦》只在较高知识层次的人群中获得认可。要想读懂《红楼梦》,就需要对中国古代传统文学艺术构建一个知识体系。

在构建中国古代传统文化、传统文学艺术知识体系的同时,不断扩展自己的知识领域,拓宽自己的视野格局,这将是通过阅读《红楼梦》从而提升自我的一种理想境界。

五、消除浮躁心理,有利静心凝气

当今社会,生活节奏像绑在高铁上似的,风驰电掣。在这种生活节奏之下,人们的生活方式也不断发生着变化。以阅读为例,快节奏的生活中人们更习惯于选择碎片化的浅层次阅读,很难静下心来认真品味一部厚重的经典著作。然而越是喧嚣的社会,越是需要有一批人带动起"静"的力量,用经典的文学作品滋养自己的精神家园,消除浮躁的情绪。

《红楼梦》不同于严格的写实主义小说,作者以诗人的敏感去感知生活,着重表现自己的人生体验,自觉创造出一种诗的意境,使作品婉约含蓄,历历在目又难以企及。《红楼梦》不像它出现之前的小说,居高临下地裁决生活,开设道德法庭,对人事进行义正词严的批判,而是极尽文字的力量，写出了人物内心的颤动，写出了使人参透或参不透的心理，写出了人生无可回避的甜蜜苦涩和炎凉冷暖，让读者品尝人生的况味。

《红楼梦》整部小说雄丽深邃又婉约缠绵，把中国古代小说从俗文学提升到雅文学，成为中国小说史乃至整个中国文学史上的奇葩。所以，我推荐老师们和我一起深入研读《红楼梦》。在这部借风月说时代的鸿篇巨制中，我们不妨让自己慢下来，品文学，思教育。

有人说，在不同的年龄阶段看《红楼梦》，会有不同的人生感受，人一生应该看四遍：少年时读爱情，青年时学职场，中年时论生计，暮年时叹人生。

对于《红楼梦》，不同层次的人又有不同角度的看法：吃瓜群众看风月，知识分子读历史，红学家说曹家事，人民教师探教育。

作为首届全国文明校园、新乡市的窗口学校和标杆学校，新区小学的老师必须有更高的站位、更广的视角、更深的思考、更高的专业素养，才能把教育做强做大做出特色，才能早日把学校从全国文明校园打造成全国闻名校园。

北宋陆游的《示子遹》诗云："汝果欲学诗，功夫在诗外。"作为校长，我想对广大教师说："汝欲成名师，功夫教材外。"

对于我让新区小学全体教师研读《红楼梦》这件事情，有些教育同行不太理解，认为《红楼梦》与教育教学关系不大，没有研究价值。不料，2022年普通高考全国甲卷语文作文试题，竟然选择了《红楼梦》中"大观园试才题对额"中的一个情节，作为材料让学生进行自命题作文。而北京卷第15题，则提供《红楼梦》第一回中涉及《石头记》等五个书名的文本片段，要求考生解释不同书名与作品内容的关联，进而谈《红楼梦》作为书名的合理性。试题看似专业性较强，实际上仍是指向对古代文学经典作品主线情节、核心主旨、主要人物、艺术手法、悲剧意蕴的理解、分析，学生能够结合自己的阅读体验，选择其中三个书名进行解说即可。试题体现了联系教材的导向，教材中《红楼梦》阅读单元的学习任务提示重视前五回的纲领作用，理解主题、解说书名与主题思想等，这些要求与试题考查方向一致，引导教师关注整本书阅读的基本途径与阅读方法。高考全国甲卷和北京卷同时选取《红楼梦》作为题眼进行命题，充分说明了国家对传统文化的重视，对《红楼梦》这一经典文学作品的重视，因此让广大师生阅读《红楼梦》是很有必要的。

高考全国甲卷的试题中，众人给匾额题名，或直接移用，或借鉴化用，或根据情境独创，产生了不同的艺术效果。这个现象也能在更广泛的领域给人以启示，引发深入思考，其实也与我们师眼观红楼的阅读意义不谋而合，书中呈现的行政管理、教育教学、家庭教育、道德教育等方面的内容，我们也可以结合工作实践移用、化用、得到灵感而创新再用。

从《红楼梦》场景材料倾向去谈，出题人可能是意在强调"根据情境独创"的珍贵，我们可以延展到学习生活中"独创"精神的可贵，这也是给老师们开启了一扇经典阅读的窗，相信老师们能闻香识经典，化作满天星。

当然，我们也不能苛求所有的人在一件事上持完全相同的观点。这让我想起《道德经》中的一句话："上士闻道，勤而行之；中士闻道，若存若亡；下士闻道，大笑之，不笑不足以为道。"

探根源解难读之谜　　找方法悟书中深意

——我们为什么读不懂《红楼梦》

经典作品，往往比较难读。如果能找到难读的原因，也就找到了阅读的钥匙。

《红楼梦》作为中国古典文学的巅峰之作，因其隐晦的思想性和高超的艺术性，让很多人读不懂甚至读不下去，因而影响了它的广泛传播。在弘扬传统文化的今天，为增强民族自信、文化自信，我们有必要对这部文学经典通读、细读、品读、研读，以期达到读懂、读透、读出辛酸泪的效果。尤其是作为一名教育工作者，更应该结合教育教学工作去读，并从中汲取营养，夯实我们的专业素养和文学功底，更好地服务于教育教学工作。为了更好地促进大家阅读《红楼梦》，我就结合自己的所看所思，说说我们为什么读不懂《红楼梦》以及如何才能读懂的问题。

一、我们为什么读不懂《红楼梦》

我们之所以读不懂《红楼梦》，我认为主要是因为"五多一删一误导"。

（一）五多：人物多，诗词多，典故多，隐喻多，篡改多

1.人物多

《红楼梦》中人物繁多，关系复杂，尤其是四大家族的亲戚关系，接二连三牵四挂五，还有那么多的丫鬟小厮，从亲戚关系到主仆关系到朋

友关系，让人很难搞清楚他们是什么关系，以至于有人不得不绘制一张图表来厘清这些关系。这么多人物，关系又错综复杂，他们的言谈举止都与他们的身份有关，与故事情节有关，这在一定程度上影响了我们的阅读。

2. 诗词多

《红楼梦》与其他文学名著相比，其在表现手法上有一个很大的不同——书中有大量的诗词歌赋。几乎每一回都少不了诗词，如第五回中有二十九首，第三十八回中有十六首，全书大概有近百首诗词。《红楼梦》中运用大量的诗词歌赋，不仅是故事情节铺陈的需要、点明主旨的需要、抒发感情的需要，更是刻画众多典型人物的需要，同时也大大提升了小说的艺术品位，更好地表达了作者的感情，并非可有可无。如果没有一定的诗词功底，就很难理解其寓意，这就使得我们读不下去。

3. 典故多

《红楼梦》中的诸多文字背后都蕴含着丰富多彩的典籍故事，比如，薛宝钗和林黛玉的判词"可叹停机德，堪怜咏絮才"，"停机德"和"咏絮才"就是两个典故。再如，王熙凤的判词"凡鸟偏从末世来，都知爱慕此生才"，这里的"凡鸟"又是一个典故。第七十回，林黛玉所作柳絮词"粉堕百花洲，香残燕子楼"，其中就含有两个典故。《红楼梦》中的典故多不胜数，如果我们不了解这些典故，就读不懂作者想要表达的意思。

4. 隐喻多

一直以来，绝大多数人都认为《红楼梦》描写的是宝黛钗的爱情故事以及贾、王、薛、史四大家族的衰败过程。实际上作者是以宝黛钗等所谓的恋爱故事做障眼，暗中影射各方势力对华夏江山的争夺，是一部描写明亡清兴的血泪史。曹雪芹以贾家这个大家族做"假托"，暗中影射皇家和国家。这是以小写大、以家喻国的特殊文学笔法。作者之所以这么做，就是为了规避清朝的文字狱。

《红楼梦》中各种名称的深层含义层出不穷，尤以谐音为最。如：甄士隐、贾雨村隐喻真事隐去，假语存焉；金陵四大家族贾、王、薛、史隐喻"家亡血史"；贾府四大千金元、迎、探、惜，隐喻"原应叹息"（我认为理解为"原因探析"更合适些）。再如娇杏（侥幸）、秦钟（情种）、卜世仁（不是人）、夏守忠（瞎守忠）、乌进孝（无尽孝）、詹光（沾光）、单聘仁（善骗人）、冯渊（逢冤）、柳湘莲（与流寇相连之意）、茗烟（大明之化烟）、金荣（后金之兴荣）、贾环（家患）、贾蓉贾蔷（暗指戎羌）等。更有千红一窟（哭）、万艳同杯（悲）等。还有更隐晦的诗句，读时根本不知所云，实际上暗示了一些人的命运。如：第二十二回中，元、迎、探、惜四千金所制灯谜，谜底分别是爆竹、算盘、风筝、佛灯，就暗示了她们以后各自的命运。在第二十八回中，贾宝玉、薛蟠、冯紫英、蒋玉菡四人饮酒唱曲，四人所唱的曲子都暗指自己的妻子。其中宝玉所作的"女儿悲，青春已大守空闺。女儿愁，悔教夫婿觅封侯。女儿喜，对镜晨妆颜色美。女儿乐，秋千架上春衫薄"，说的就是薛宝钗。但在当时读，我们是读不出来的。其中"秋千架上春衫薄"这一情景在《癸酉本石头记》第一〇六回中就有描写："雨村站着干等，忽听墙内有女子的笑声，抬头一看，只见有人在高高地荡着秋千，穿着轻薄春衫，露出两个香肩，衣随风动，显出些雪肌香肤，不觉看得呆了。"再如：第一回甄士隐解注的《好了歌》中的"昨日黄土陇头送白骨，今宵红灯帐底卧鸳鸯"，说的就是贾宝玉和薛宝钗在掩埋了林黛玉的遗骨以后，马上就结婚的事情（见《癸酉本石头记》第九十九回）；还有"昨怜破袄寒，今嫌紫蟒长"，说的就是贾兰高中步入仕途之后，其母亲李纨被皇上赏赐了一件蟒袍，"李纨尴尬穿了却不合身，袖子长了许多"（见《癸酉本石头记》第一〇八回）。

《红楼梦》是一部意象主义小说，不是写实主义小说。书中有大量的意象符号，如果无视这些意象符号的内涵和指向，就不能深入理解这部作品的主旨立意。意象符号是红楼各个门径的暗锁，只有破解这些意象符号，我们才能走入红楼大门，欣赏无尽的内部风景，领悟作者的痴情苦心。

5. 篡改多

通行本《红楼梦》后四十回一般认为由高鹗续写，其故事情节、人物命运与前八十回严重不符，甚至在前八十回中就有篡改的内容。由于前后不一致，所以就使得有些谜团没法解开，让我们的阅读陷入了沼泽。如：秦可卿之死，在第五回中，贾宝玉神游太虚幻境，在"金陵十二钗正册"上看到的判画是"高楼大厦，有一美人悬梁自缢"，说明秦可卿是上吊而死。可在第十三回却把秦可卿写成因病而死。在第七回，老家仆焦大当着王熙凤和贾蓉的面骂"爬灰的爬灰，养小叔子的养小叔子"，我们读通行本就读不懂，因为后面没有作进一步交代。由于通行本前后不照应，有谜面没谜底，又移花接木，曲解了原作者的写作主旨，所以我们看《红楼梦》总会感觉云山雾罩，一头雾水。

（二）一删：删除批语

我们之所以读不懂《红楼梦》，还有一个更主要的原因，那就是《红楼梦》通行本删除了所有的批语。

《红楼梦》的版本，大体分为两个系统，一个是有评语的抄本系统，一个是便于刊印的通行本系统。抄本是人工抄录的，上面留下了大量批语，但只有前八十回内容，而且几乎所有抄本书名都叫《脂砚斋重评石头记》。通行本是1791年程伟元等将《红楼梦》前八十回与后四十回合成一个完整的故事，并且删掉了所有批语，以木活字排印出来，书名为《红楼梦》，通称程甲本，第二年重新修订排版，推出程乙本。此后，抄本不再流传，大家看的都是一百二十回的通行本。也就是说，清朝时，《红楼梦》长期被列为禁书，通行本刊印出版时，不但去掉了八十回以后的内容，而且把批语也全部删去了。

批书人评书人，古已有之。一部小说为什么会有那么多批语？因为《红楼梦》表面上是一部风月小说，其实是隐写明亡清兴的历史，书中的人物就是影射现实中的人物。批书人担心以后的读者看不出其中的隐喻，所以才留下大量批语来提醒读者作品想要表达的意思。删除了这些批语，犹如熄灭了引路的明灯，给我们的阅读造成了很大的障碍，让我们朦朦胧胧，读不懂，看不清。

（三）一误导：红学变曹学

红学家们把《红楼梦》牵强附会成曹家事，把红学变成了曹学，是我们读不懂《红楼梦》的最主要原因。

红学，顾名思义，是一门以《红楼梦》为研究对象的学问。"红学"一词在清朝嘉庆道光年间就出现了。1915年，蔡元培发表了《石头记索隐》，他引用了晚清人的一些观点，再加上自己的研究，判断《红楼梦》是清初政治小说，旨在宣扬民族主义，悼明之亡，批评清政府，因此被称为"索隐派"。1917年，留美博士胡适回国，他认为，蔡元培是强行把书中的人物和情节附会到历史人物和历史事件上，是猜笨谜。胡适在1921年写了《红楼梦考证》的文章，成为红学"考证派"的开山鼻祖，而且后来说到红学，主要是指考证派。考证派考证的是什么呢？是《红楼梦》作者的身世年龄，是书中人物的原型比对。经过考证，考证派就认为：《红楼梦》的作者就是曹雪芹，曹雪芹是江宁织造曹寅的孙子，《红楼梦》写的就是曹家事，贾宝玉就是作者自己。于是乎，众人把曹家的祖宗八代都扒了出来，把七大姑八大姨都进行了比对，然后对号入座。可笑的是，书中的第一女主角林黛玉和薛宝钗却没能找到原型，岂不荒唐？其实，过去的读者并不怎么在意《红楼梦》的作者是谁，毕竟明清小说绝大部分都是没有作者署名的，包括四大名著的另外三部。经胡适的一番考证，就这样，一部泣血含泪之作变成了曹家的风花雪月，从此误导大众陷入"曹家沟"一百年。这就造成了一代又一代人都在误读《红楼梦》，这就是大家读不懂《红楼梦》最主要的原因。

二、如何读懂《红楼梦》

（一）慢读细品

一般的文学作品，故事情节跌宕起伏，引人入胜，让人手不释卷。而《红楼梦》却是慢节奏，没有大奸大忠，只有闺阁琐事，以及闲情诗词，因为只有慢慢地品味，方知其良苦用心。有时看过去了，还需要回过头来再看看，犹如牛之反刍，只有反复咀嚼才能消化。建议大家在工作之余，不妨当作枕边书、下酒菜，日常随手翻阅，或可偶有所得，怡心拾趣。

（二）读听结合

为了更好地读懂《红楼梦》，建议大家采用读听结合的方式进行。

读书1+1：建议大家读通行本的前八十回，然后转入《癸酉本石头记》，两本书衔接起来读，你就能理解整个《红楼梦》，就能通过满纸的荒唐言，读出作者的辛酸泪了。

听书1+1：大家在读的过程中，可以选择听书的方式助读。比如《蒋勋细说红楼梦》，从字面上解读《红楼梦》，把《红楼梦》解读成风花雪月的爱情故事，虽然很浅显，但对于理解表面文字很有帮助。

而要真正读懂《红楼梦》的主旨所在，就要听兰国沧海客的《红楼梦真相大揭秘》，作者从历史学的角度，全面深刻解读《红楼梦》中所隐藏的明亡清兴的血泪历史，听后让人震撼而信服。

（三）带问题读

《红楼梦》可以说是我国封建社会的一部百科全书，其思想内容所包含的信息量之大、寓意之丰富，是其他书难以匹敌的。除文学、哲学、宗教、政治、经济、历史、地理、管理、风俗之外，还广泛涉及戏曲、音乐、美术、建筑、园林、饮食、医药、娱乐、节庆、典章、服饰、器用，几乎涵盖了所有人类智慧和劳动的结晶，让我们在惊叹它所构筑的辉煌的艺术世界的同时，也触发对人生、人性更加深入的认识和感悟，它给读者带来的审美冲击实在是空前绝后的。所以在读《红楼梦》时我们应该带着问题，可以从社会生活、政治历史、文学赏析、工作管理、人生哲理等不同层面读。

张爱玲曾说人生有三恨：一恨鲥鱼多刺，二恨海棠无香，三恨《红楼梦》未完。比起张爱玲，我们是幸运的，因为我们能够看到完整的《红楼梦》,并且通过读和听,能够读懂《红楼梦》了。终于能够通过满纸的荒唐言,看到作者的一把辛酸泪了。今生无憾矣!

《红楼梦》里谜团多多 三探红楼解疑释惑
——也谈红楼主旨、作者及续写问题

"有一千个读者就有一千个哈姆雷特",讲的是艺术接受的主体,受阅读立场、阅读水平、生活阅历、个人好恶等因素的影响,出现了仁者见仁、智者见智的局面,它体现的是读者的感受。但在作者心中,肯定只有一个哈姆雷特。因为不管具象有多少个,真相都只有一个。

提起《红楼梦》,可以说是家喻户晓,妇孺皆知。中国人大都知道《红楼梦》,但大都没有完整读过《红楼梦》。读过《红楼梦》的人呢,又大都没有读懂《红楼梦》。《红楼梦》的主旨立意到底是什么?一百多年来,仁者见仁,智者见智,众说纷纭,莫衷一是。用鲁迅的话说:"经学家看见《易》,道学家看见淫,才子看见缠绵,革命家看见排满,流言家看见宫闱秘事。"《红楼梦》的原作者到底是谁,也一直存在着疑问。后四十回是续写还是改写,也很值得探讨。今天我就带着这三个问题,进行一下梳理,并发表一下自己的见解。

一、《红楼梦》的主旨立意到底是风月还是政治?

每一部文学作品都有一个很明确的主旨立意,都是作者思想感情的宣泄与寄托,这是写作的动机与动力。对于《红楼梦》的主旨立意,有两种说法:一说是政治小说,一说是风月小说。那么《红楼梦》这一文学巨著,到底想要表达一种什么样的思想感情呢?

要想了解一部作品的主旨立意，可以从作者的写作心态、故事背景、作品内容来剖析。

1.《红楼梦》作者的写作心态：负罪与愧疚

《红楼梦》第一回，在开篇的楔子里面，作者首先表明了自己的写作心态："今风尘碌碌，一事无成……背父兄教育之恩，负师友规谈之德，以至今日一技无成，半生潦倒之罪，编述一集，以告天下人……"作者感觉人生如梦，但又心有不甘，怀着一颗负罪之心、愧疚之心开始写作。但是由于社会环境的限制，他又不敢明确表达自己的思想，只好将真事隐去，故曰"甄士隐"，用假语村言敷衍出一段故事来，悦世之目，故曰"贾雨村"。为什么作者会有负罪与愧疚的心理？因为他觉得自己无用，这在后文又一次得到印证。作者把自己比成一块石头，是女娲补天剩下的一块石头，"因见众石俱得补天，独自己无材不堪入选，遂自怨自叹，日夜悲号惭愧"。

从作者的写作心态来看，其立意是很高的，虽然在开始自称是与当日之女子相比，"何我堂堂须眉，诚不若彼裙钗哉"，但从其深层动机来看，绝不仅仅是为了写风花雪月，而是为了委婉表达自己面对改朝换代无力回天的悲凉心理。这一点，从第五回里警幻仙姑对宝玉所说的话中可窥一斑："吾所爱汝者，乃天下古今第一淫人也。""如尔则天分中生成一段痴情，吾辈推之为'意淫'。'意淫'二字，惟心会而不可口传，可神通而不可语达。"作者借警幻仙姑之口，说出自己作为一个文人，对改朝换代的无奈，只能通过文字意淫一下而已。这也就成为作者著书立说的强大动力。

2.《红楼梦》的写作背景：天倾西北，地陷东南

楔子里交代故事背景是女娲补天，为什么补天？因为天塌了。这里面暗含着水火大战、天倾西北的社会背景。石上第一句就说："当日地陷东南……"这地陷东南又暗示一个大的社会背景。天塌地陷，一般是指一个朝代覆灭的大的社会背景。天倾西北暗指李自成农民起义军与戎羌之患，地陷东南暗指南明政权的覆灭，这是个改朝换代的社会大背景。

因此，从写作背景来看其立意只能是政治，而与风月无关。

3. 从内容来看：贾府即假府，是在以家喻国

《红楼梦》表面写的是位于金陵的贾府的人和事，贾府的建筑以红色为主。以红色为主色调的建筑群主要是在明清时代的帝王将相家，而书中的贾府便是这样的人家。宁国府、荣国府的先祖兄弟俩都是国公，两府气势规模大得吓人，用贾雨村的话说，"街东是宁国府，街西是荣国府，二宅相连，竟将大半条街占了。大门前虽冷落无人，隔着围墙一望，里面厅殿楼阁，也还都峥嵘轩峻"，这还是没有建大观园的时候。在第五十三回写道："宁国府从大门、仪门、大厅、暖阁、内厅、内三门、内仪门并内塞门，直到正堂，一路正门大开……"单独一个宁国府，一条中轴线，一路正门大开，大大小小就有九道门，这等规模规格绝不是江南豪门大户能有资格享用的。再说了，江南的豪门大户的宅院大多是苏州园林式的建筑，不是像宁国府这样规规整整一条中轴线，一路正门大开排下去。宁国府这布局像什么？像皇宫。这是作者在以家喻国，贾府是假的府、真的国。而且贾府说是在南京，其实书中所描写的却是北方人的建筑和生活，这就是"假作真时真亦假"。

在通行本第一回里，我们看到有"东鲁孔梅溪则题曰《风月宝鉴》"的叙述，从此处我们得知，《红楼梦》除了《石头记》，还有一个名字叫《风月宝鉴》。

书中交代，风月宝鉴是一面镜子，它是渺渺真人（也就是跛足道人）的宝物。这个宝物只出现了一次，就是在第十二回贾瑞的故事中。贾瑞看上了王熙凤，癞蛤蟆想吃天鹅肉，结果被王熙凤设计陷害，一病不起。跛足道人送他一面镜子，"两面皆可照人，镜把上面錾着'风月宝鉴'四字"，脂砚斋在这里批语："此书表里皆有喻也！"点明风月宝鉴就是一本书。跛足道人说这风月宝鉴"专治邪思妄动之症，有济世保生之功"，并再三交代，"千万不可照正面，只照他的背面"。脂批在这里又提醒说："观者记之！不要看这书正面，方是会看。"贾瑞"向反面一照，只见一个骷髅立在里面，唬得贾瑞连忙掩了"，好奇心驱使着他又看了正面，结

果看到凤姐在里面招手叫他，如此三四次，结果精尽人亡。

在整个《红楼梦》中，处处都有风月宝鉴的影子，处处都充满了正反对照。比如甄士隐与贾雨村，贾雨村是正面，是假语，是幻象假象；甄士隐是背面，是真事，是隐去的真相。比如贾府与甄府，贾府是正面，是假的府，所有的繁华都是假象；甄府是背面，是真的府，甄府所发生的事是贾府的前兆。比如贾宝玉与甄宝玉，贾宝玉是正面，是假的宝玉；甄宝玉是背面，是真的宝玉，甄宝玉的命运即是贾宝玉的命运前兆。

其实，整部书就是一个风月宝鉴，前八十回都是正面，满纸的红粉佳人富贵繁华都是假象；八十回以后才是背面，才是真相，而真相在当时文字狱盛行的清朝，是不能让人看的。这也是《红楼梦》只让看前八十回的原因所在。

贾瑞的故事，既起了点题作用，又起了掩题作用。如果没有这个故事，就不能对应第一回中的书名《风月宝鉴》，给这么一部没有故事衬托的小说取名《风月宝鉴》就太突兀太刺目了，同时又让读者认为《风月宝鉴》就是风花雪月之鉴，从而掩盖了清风明月之鉴。贾瑞的故事也是风月宝鉴的正面，是掩人耳目的假象，而背后的真相则是明亡清兴的宝贵借鉴。

此外，《红楼梦》中有近百首诗词，这些诗词除了《终身误》和《枉凝眉》两首是情诗外，其他全是怀古伤怀的诗，抒发的都是家国情怀。如果是风月小说，岂不奇怪？

《红楼梦曲·好事终》有这么一句歌词："家事消亡首罪宁。""消亡"之意是"消失、灭亡"，而这只能是指一个朝代的灭亡，而非指作者家族的灭亡。试想，如果是指作者家族的灭亡，那么作者还怎么活着著书呢？

至此，把《红楼梦》的内容说成是以家喻国也就不难理解了。

二、《红楼梦》的原作者到底是谁？

教科书上说，《红楼梦》前八十回的作者是曹雪芹，后四十回是高鹗续写的，长期以来，我们都深信不疑。在深入地阅读了《红楼梦》和有关文章之后，有学者发现曹雪芹并不是第一作者，而是增删修改者。

关于《红楼梦》的原作者是谁，一直存在着多种说法。在学术界争论不断。但现今人们能读到的《红楼梦》中有这样一段话："后因曹雪芹于悼红轩中披阅十载，增删五次，纂成目录，分出章回，则题曰《金陵十二钗》。"这话说得很明白，曹雪芹仅仅是增删了五次，他并不是第一作者。

曹雪芹亲友裕瑞，在《枣窗闲笔》中记："闻旧有《风月宝鉴》一书，又名《石头记》，不知为何人之笔。曹雪芹得之，以是书所传述者，与其家之事迹略同，因借题发挥，将此部删改至五次……曾见抄本卷额，本本有其叔脂砚斋之批语，引其当年事甚确，易其名曰《红楼梦》。"这段话又进一步说明，《风月宝鉴》只是曹家的藏书而已。曹雪芹只是将其修改并定名为《红楼梦》。

那么，《红楼梦》的原作者到底是谁呢？

早在1919年，邓狂言在《红楼梦释真》一书中就提出了吴梅村作者说。1972年，杜世杰在《红楼梦原理》一书中也认为，《红楼梦》的作者是吴梅村。他认为："梅村心怀亡国之恨，不能补天，深自愧悔，乃以史臣自任，自称古藏室史臣，又称梅村野史，则其胸怀可知也，其所作之诗，多隐史事。"1984年，李知其出版《红楼梦谜》一书，赞同吴梅村作者说。近些年，赞同吴梅村为作者的民间研究者和红迷越来越多。

那么，吴梅村是何许人也？他为什么要写这部著作？查资料得知，吴梅村就是明末清初著名诗人吴伟业。

吴伟业生于1609年，逝于1672年，字骏公，号梅村，汉族。明末清初著名诗人，长于七言歌行，音节极佳，情韵悠然，轶事典故，信手拈来。他的诗歌多写哀时伤世的题材，多用典故影射现实。

至此，我们明白了，为什么《红楼梦》中那么多闺阁女子写出来的诗歌都非爱情诗而是怀古伤怀诗了，原来这都是吴伟业的感情抒发。

1644年，崇祯自缢于煤山。清兵南下之后，吴伟业长期隐居不仕。然而碍于家人督促，于1653年被迫应诏北上。次年，他被授为秘书院侍讲，后来又升为国子祭酒。1656年底，他以丁忧南还，从此不复出仕。

吴伟业屈节仕清，一直是他"误尽平生"的憾事。三年的贰臣生涯犹如南柯一梦，舆论的耻笑，青史上的污点，让吴伟业一直生活在无尽的忏悔之中。临终时，病入膏肓的吴伟业自知来日不多，便留下遗言："吾一生遭际，万事忧危，无一刻不历艰难，无一境不尝辛苦，实为天下大苦人。吾死后，敛以僧装，葬吾于邓尉灵岩相近，墓前立一圆石，曰：'诗人吴梅村之墓'。"

吴伟业立遗嘱要求在坟前立一圆石，他是把自己视为一块不能补天的顽石，这正与《红楼梦》青埂峰下被女娲遗弃的补天石相应。吴伟业创作《风月宝鉴》也是在为自己懦弱无能、无才补苍天，以及后来变节仕清的深深忏悔。他在《破砚》诗中写道："一掷南唐恨，抛残剩石头。江山形半截，宝玉气全收。"此诗中的"剩石头""宝玉"与《红楼梦》中的"补天石""通灵宝玉"其意象是一致的。

吴梅村具备写作《红楼梦》的经历、思想、才华、时间等一切条件。至于书中出现吴梅村身后之事，那是该书为前后多人参与创作造成的。

2008年，《吴氏石头记增删试评本》（后称《癸酉本石头记》）从民间横空出世。"此书本系吴氏梅村旧作，共百零八回，名曰《风月宝鉴》，每回仅三四页也，故事倒也完备，只是未加润饰稍嫌枯索，吴氏临终托诸友保存，闲置几十载，有先人几番增删皆不如意，也非一时，吾受命增删此书莫使吴本空置，后回虽有流寇字眼，内容皆系汉唐黄巾赤眉史事。因不干涉朝政故抄录修之，另改名《石头记》。"有多位专家考证，这就是未经修饰润色的《红楼梦》的母本，原作者是明末清初的大诗人吴梅村，而曹雪芹只是在母本的基础之上，"于悼红轩中披阅十载，增删五次，纂成目录，分出章回"而已。2014年《癸酉本石头记》后二十八回单独发行，现于世人面前。《癸酉本石头记》最令读者震撼的是后二十八回的结构脉络及情节结局与《红楼梦》前八十回高度契合，如果读前八十回疑窦丛生，那么看完后二十八回，一定会豁然开朗。第一百零八回末批："是书至此暂告一段落。癸酉腊月全书誊清。梅村夙愿得偿，吾所受之托亦完。若有不妥，俟再增删之，虽不甚好，已是尽心，故无憾矣。"

《吴氏石头记增删试评本》是一部带朱批的《石头记》抄本，通本带有大量朱批，有落款的批语中，部分署名"畸笏叟""松斋"。但没有出现脂砚斋的批语，这就从一个侧面说明了当时脂砚斋还没看到这本书，只是到后来曹雪芹着手进行增删时，脂砚斋才开始进行批注，这中间，至少差了几十年。

吴梅村逝于1672年，曹雪芹生于1715年，也就是说，吴梅村去世之后四十多年，曹雪芹才出生，此时已是康熙末年，曹雪芹是包衣奴才出身，没有经历朝代的变迁，不具备无才补天的胸怀，不具备创作《石头记》的强大动机。曹雪芹四十来岁就泪尽而逝，他"批阅十载，增删五次"，说明他在三十岁左右才开始修改《红楼梦》，这时距离吴梅村去世已经七十多年了。此时的清朝政权已经稳固，而曹家却衰落下去，他在穷困潦倒之际，把家中的藏书《石头记》拿出来进行增删润色，把与自己相似的家事写进去，也是极其正常的。原来的《石头记》每章只有2000字左右，经过他的增删，每章达到7000字左右。又因为有脂砚斋的批语，点明了就是曹家事，这就不难理解为什么很多人都认为《红楼梦》是写的曹家事了。八十回之后，谜底即将揭开，呼啦啦大厦将倾，"悼明之亡，责清之失"的政治色彩太过明显，曹公即使在世，也是不敢顺着原意增删的。

三、《红楼梦》后四十回是续写还是改写？

《红楼梦》八十回以后的内容，通行的说法是高鹗续写的。为什么会出现这种情况？一说是曹雪芹泪尽而逝，只写了前八十回；一说是曹雪芹病逝前已经完成了全书的写作，只是在借与他人时遗失了后面的书稿。对于第一种说法，尚可相信；第二种说法，则有点站不住脚。因为当时的抄本多达十二种，不可能都丢失，那为什么都没有八十回以后的内容呢？只有一种可能，那就是朝廷的封杀。从后四十回的内容来看，说是续写倒不如说是改写。续写是在前文的基础之上，由没有结局变为有结局，是个由无到有的过程。改写则是在原文有结局的基础之上，进行改编，让小说变成另外一个结局。把通行本与癸酉本进行对比，你会发现，通行本后四十回与癸酉本后二十八回有很多情节是相同的，比如说贾母的死，两本书上都写的是贾母含笑而去。再如薛蟠喝酒打死人的情节，两本书的描写也相同。通行本第一百一十二回，妙玉被盗贼劫走，也是和癸酉本的情节相同。不同的是通行本从此没了下文，而癸酉本却给出了妙玉之后的悲惨结局。

说它是改写，还因为有些人物的名字在八十回以后就改了。比如，前八十回，贾宝玉的随身小厮叫茗烟，隐喻"大明之化烟"。从第八十一回，茗烟就直接改名为焙茗了，且没做任何解释。再如，前八十回，探春的丫鬟叫侍书，八十回之后就改叫待书了。为什么？因为侍书是古代侍奉帝王、掌管文书的官员。探春的丫鬟叫侍书，那么，探春的身份隐喻什么？这恐怕是当朝所不愿看到的。

《红楼梦》后四十回虽然有点狗尾续貂，当然也不是一无是处，后四十回还是留下了很多真本的蛛丝马迹。而且没有这个改写的话，《红楼梦》可能也无法传承下来，我们也就看不到今天的《红楼梦》了。

总之，《红楼梦》作为四大名著之首，是当之无愧的。曹雪芹对中国文学的贡献是不可磨灭的，很多人读不懂也是正常的，有人把它说成曹家事也是可以理解的。我们不仅要读，而且要读懂，这是非常有必要的。作为一个教育人，不但要读，还要读懂，更要从教师的视角，去挖掘蕴含其中的教育教学之道，以此来填补红学研究的空白。果如此，善莫大焉！

宝钗黛玉命运如何　钗黛判词明讲暗说

——钗黛判词的三重解读

《红楼梦》这部作品的与众不同之处，就是先将人物命运结局以判词的形式剧透给大家，却又让人感觉云山雾罩，这不免会勾起人们强烈的阅读欲望，让人一边阅读，一边回顾，等读完整部作品，顿感豁然开朗。

"可叹停机德，堪怜咏絮才。玉带林中挂，金簪雪里埋。"

这是《红楼梦》第五回中，贾宝玉神游太虚幻境，在"金陵十二钗正册"第一页上看到的林黛玉和薛宝钗的判词。对于这首判词，我有三重解读。

一重解读表文字

理解，都是先从表面开始的，然后再由浅入深，一层层探究。

"可叹停机德"——这句说薛宝钗，意思是说她虽然有着合乎孔孟之道标准的那种贤妻良母的品德，但可惜徒劳无功。"停机德"出于《后汉书·列女传·乐羊子妻》。故事说：乐羊子外出寻师求学，因为想家，只过了一年就回家了。他妻子就拿刀割断了织布机上的绢，以此来比学业中断，规劝他继续求学，谋取功名，不要半途而废。

《癸酉本石头记》第一百零四回有这样的描述：

宝玉大倒苦水道："都憋出病来了，也不让人歇几天。"宝钗从里间拿出一匹布,用剪刀剪成两截道:"古时候有个书生,读书半途而废,他娘子正在织布,见他玩耍了回来,就把才织的布铰断了。如今你就和那个书生一样,读书不用心,和这布一样成了废物。"

"堪怜咏絮才"——这句说林黛玉,意思是如此聪明有才华的女子,她的命运是值得同情的。"咏絮才"的典故出自晋代著名才女谢道韫。《世说新语》记载:有一次,天下大雪,谢道韫的叔父谢安对雪吟句说:"白雪纷纷何所似?"谢道韫的哥哥谢朗答道:"撒盐空中差可拟。"谢道韫接着说:"未若柳絮因风起。"谢安一听大为赞赏。用谢道韫来类比林黛玉,可以说是很高的褒奖。在《红楼梦》中,林黛玉在众姐妹中是最有才的那个,每次赛诗都是第一名。

"玉带林中挂"——这句说林黛玉,前三字倒读即谐其名。

"金簪雪里埋"——这句说薛宝钗。前三字暗点其名:"雪"谐"薛","金簪"比"宝钗"。

从字面上我们知道了钗黛之名,并了解了她们各自的特征:钗有德,黛有才。

二重解读揭命运

"玉带林中挂,金簪雪里埋"两句,也暗示了她们二人的命运结局:林黛玉是上吊而死,薛宝钗死在雪地之中。

对于黛玉之死,通行本写的是林黛玉焚稿断痴情,是病死的,也有红学家杜撰是沉湖而死。这样的结局都与判词不符。《癸酉本石头记》却给出了合乎判词的答案。贾母、王夫人先后病死,贾家遇到抄家,贾赦、贾琏被抓走。适逢末世,流寇盛行。贾蓉、贾蔷以及赵姨娘、贾环勾结流寇,多次闯入贾府杀人抢劫,贾政、邢夫人相继被杀死,宝玉被掳走不知下落,最后只剩下林黛玉一人指挥家人抵御流寇。后中了贾蓉的反间计,错杀了小红,悔恨上吊而死。正合了"玉带林中挂"的判词。

薛宝钗则是和贾宝玉结婚后,逼着宝玉读书,一心走仕途经济之路,结果宝玉逃出家门做了和尚，正应了那句歌词"纵然是举案齐眉，到底意难平"。后来，薛宝钗又和贾雨村结婚，如愿以偿做了官太太。可惜好景不长，不久，贾雨村被革职查办，二人被流放至"国之东北充军行役，一路受尽颠沛流离，苦不堪言。这日终到了风雪蛮荒之地，宝钗一病不起，虽百般埋怨雨村说自己命舛，然那有冷香丸调治，不久死去，就地葬在雪中"。（《癸酉本石头记》第一百零八回）正应了"金钗雪里埋"的判词。

三重解读鉴正反

第三重解读是从视觉上说起。"玉带林中挂"，是大家都看得见的现象，指林黛玉做人做事光明磊落，不隐不藏。而"金簪雪里埋"，则是大家都看不到的现象，只有待到雪化时，金簪才会露出来，指薛宝钗隐藏得很深，不到最后看不清其真面目。贾政评论薛宝钗："那孩子就会人前能说惯道的看人脸色行事，心里丘壑可深着呢！"（《癸酉本石头记》第八十五回）

史湘云在《红楼梦》中是个有德有才的人物，几乎所有读者都对其评价很高，她是这样评价薛宝钗和林黛玉的："宝姐姐一世把名利看的太过重了，她其实也是自私冷漠之人。以往我见她待人热心诚恳，日子久了才知她是虚情假意。林姐姐虽然说话刻薄，但没有太多心计，也从没想过害人，宝姐姐若为了私心，未必不去害人。"（《癸酉本石头记》第一百零七回）

在"金陵十二钗正册"里，其他人都是每人一段判词，唯有钗黛判词是合在一起的，作者很刻意地把二人进行对比。

一个端庄明理，一个任性多疑。薛宝钗热情大方，明理懂事，会体谅关心别人，端庄贤淑，人人喜欢。但这都是表面现象，是装出来的。而林黛玉则是一个任性多疑、说话刻薄的人。她说李嬷嬷是老货，嘲讽刘姥姥是母蝗虫，笑史湘云咬舌"二""爱"不分。但她是毫不掩饰的真性情。

作者为什么这么做？我认为钗黛就像风月宝鉴的正反两面：钗在正

面，是假；黛在反面，是真。对薛宝钗采取的是先扬后抑的写法，对林黛玉则是先抑后扬的写法。两位女主的判词合到一起，正是风月宝鉴的正反面。

其实，薛宝钗的问题在书中一开始已经有所显现，只是不细心根本就读不出来而已。通行本第二十七回，有宝钗捕蝶的情节："忽见前面一双玉色蝴蝶，大如团扇，一上一下迎风翩跹，十分有趣。宝钗意欲扑了来玩耍，遂向袖中取出扇子来，向草地下来扑。"宝钗为什么要捕蝶？那是因为这是一双玉色蝴蝶。作者为什么不把蝴蝶写成彩色、黑色或者白色，而偏偏写成玉色呢？那是因为宝玉、黛玉，在书中被称为"二玉"，这是大家都知道的。宝钗看到两只玉色蝴蝶翩翩起舞，就像看到宝玉、黛玉一起嬉戏一样，心中醋意大发，所以才会去扑。扑蝶的结果是什么？是蝴蝶的折翅，是蝴蝶的死亡。这一层，如果不细心读不深入想，是领悟不到作者的良苦用心的。可惜红学家们都把这个情节当成了一场行为秀，当成了少女的天真烂漫，这样就误导了不少人。

如果这一层你领会不到，再接着往下看。宝钗偷听小红和坠儿的谈话，然后嫁祸黛玉就彻底暴露了她的阴暗心理。这里面有一段宝钗的心理描写："宝钗在外面听见这话，心中吃惊，想道：'怪道从古至今那些奸淫狗盗的人，心机都不错……今儿我听了他的短儿，一时人急造反，狗急跳墙，不但生事，而且我还没趣……'"从这一段心理描写，就能看出宝钗是个表里不一、心里比较阴暗的人。之后嫁祸给黛玉更不是君子所为。

这些还都是小事，更大的坏事背后的主谋也是宝钗。如：绣春囊事件，那个绣春囊就是薛蟠去苏州做生意时带回的，被宝钗偷偷拿走，放到大观园中的石头上，故意让那个傻丫头捡走，从而引发了抄检大观园，导致多名丫鬟被驱逐，埋下了仇恨的种子，从此贾家开始衰落。还有贾蓉使用反间计，让黛玉错杀了小红，背后的主谋也是薛宝钗。这些情节在《癸酉本石头记》第九十八回中都有交代。

通行本中，由于薛宝钗表面的端庄表演，赢得了很多粉丝，而林黛玉却让人喜欢不起来。林黛玉作为书中第一女主角却得到这样的评价,你不觉得奇怪吗?这肯定不是作者的本意,之所以会出现这样的结果,那一定是我们的误读。其实书中一开始作者就交代得很明白:"假作真时真亦假",又在风月宝鉴那一回中,反复强调读者不要看正面不要看正面,可惜我们在读时依旧把表象当成真相去研究,当成真相去宣传,以致误导了千千万万的读者。可叹书中一贾瑞,世上贾瑞万万千啊!

在《癸酉本石头记》第一百零八回中出现的情榜中,"金陵十二钗正册"排名第一的是林黛玉,号为情情;排名第二的是薛宝钗,号为无情。另有考语曰:

  林黛玉——既为情情,则痴情甚而托付此生,故有还泪之说,木秀于林,风必摧之,天下英雄豪杰齐来一哭。
  薛宝钗——观人静慎从容,雍容典雅,实乃热面冷心,故曰无情。

谜底终于揭开,判词得以应验。如果我们读不懂钗黛判词,那么就会影响我们对《红楼梦》的理解。

红楼文化细细品鉴　校园文化培育新人
——浅析红楼环境反映出的环境化育问题

大观园中的各园,名字与设计布局、装饰摆设、品味风格各具特色。不仅是红楼人物生活的场所,也是一座花的园、诗的园、情的园、心的园,更是一座文化的园、精神的园、灵魂的园。"看来岂是寻常色,浓淡由他冰雪中。"一砖一瓦,一桥一榭,一花一木,都是情思凝结,笔触生香……

深读《红楼梦》,走进大观园,结合校园文化建构,从校园文化的视角解读解析,也会读出新感觉,得到新启发。

贾宝玉的怡红院、林黛玉的潇湘馆、薛宝钗的蘅芜苑、李纨的稻香村、探春的秋爽斋、迎春的缀锦楼、惜春的蓼风轩、妙玉的栊翠庵,每一个园子的设计布局、品味风格、装潢布置,甚至名字内涵都极具特色,深究名字的选取无不凸显出主人的性格性情,更不用说其内在布局格局、品质情致与主人的性格和命运深深的关联和影响。此外,还有芦雪庵、凹晶馆、蔷薇院、红香圃、榆荫堂、滴翠亭、暖香坞、藕香榭、梨香院、芍药圃、晓翠堂……一个个诗意的所在。红楼人物的生活故事发生在此,情致寄予在此:最美的"黛玉葬花"发生在透过文字都能感受其香的沁芳桥附近;"宝钗扑蝶"发生在翠色欲滴、蓊蓊郁郁的滴翠亭外;"湘云醉眠"于山子后头青板石凳上,香气氤氲、花色弥散的芍药花丛中;"宝琴立雪"发生在栊翠庵附近的山坡上,就像琉璃世界中的白雪红梅;"晴雯撕扇"发生在芭蕉叶展、海棠花开的怡红院……美丽的环境、美好的人物、美雅的行为、美善的心灵，可谓人与境的高度统一，情与景的高度融合，是一场场文字盛宴，更是一幕幕视觉大餐。倘若没有唯美丰盈的文化建构的背景衬托，再美的文、再美的人，也可能会索然无味，不过尔尔。

环境，不仅从文学作品的创作上说意义重大，从环境化育和文化育人上说也是这样，这正说明校园文化重在建设。校园文化建设包括物质文化建设、精神文化建设和制度文化建设。这三个方面的全面、协调发展，将为学校树立起完整的文化形象。

在校园文化建设中，精神文化建设是目的；物质文化建设是途径和载体，是推进学校文化建设的必要前提；制度文化建设是重要组成部分和重要支撑。校园物质文化，属于校园文化的硬件，是看得见摸得着的东西。校园物质文化的每一个实体，以及各实体之间结构的关系，无不反映了教育的价值观。

下面我从《红楼梦》中三处园子的文化建构入手，深究其与人物性格的关系，细品环境与人、环境育人的内在关联。

一、红楼人物与环境浅析

（一）怡红院与宝玉

绕着碧桃花，穿过一层竹篱花障编就的月洞门，俄见粉墙环护，绿柳周垂。贾政与众人进去，一入门，两边都是游廊相接。院中点衬几块山石，一边种着数本芭蕉；那一边乃是一颗西府海棠，其势若伞，丝垂翠缕，葩吐丹砂……引人进入房内。只见这几间房内收拾的与别处不同，竟分不出间隔来的。原来四面皆是雕空玲珑木板，或"流云百蝠"，或"岁寒三友"，或山水人物，或翎毛花卉，或集锦，或博古……各种花样，皆是名手雕镂，五彩销金嵌宝的。一槅一槅，或有贮书处，或有设鼎处，或安置笔砚处，或供花设瓶、安放盆景处。

其槅各式各样，或天圆地方，或葵花蕉叶，或连环半璧。真是花团锦簇，剔透玲珑。倏尔五色纱糊就，竟系小窗；倏尔彩绫轻覆，竟系幽户。且满墙满壁，皆是随依古董玩器之形抠成的槽子。诸如琴、剑、悬瓶、桌屏之类，虽悬于壁，却都是与壁相平的。众人都赞："好精致想头！难为怎么想来！"

宝玉所在的怡红院，有着富贵闲人的大富大贵的气象，却没有物俗化的俗气："一边种着数本芭蕉；那一边乃是一颗西府海棠，其势若伞，丝垂翠缕，葩吐丹砂。"从植物的花开花落，到鸟儿的鸣叫啁啾，宝玉总是能将其与人物的命运联系到一起，因景生情，因情生怜；"且满墙满壁，皆是随依古董玩器之形抠成的槽子。诸如琴、剑、悬瓶、桌屏之类，虽悬于壁，却都是与壁相平的"，充满文艺青年的气息和雅趣；"四面皆是雕空玲珑木板，或'流云百蝠'，或'岁寒三友'，或山水人物，或翎毛花卉，或集锦，或博古……各种花样，皆是名手雕镂，五彩销金嵌宝的"，宝玉的房间布置非常精致精美，可看出宝玉是非常有文化内涵和文化思考的饱读诗书之人，而非俗人眼里的草莽公子。这样的文化布置和建构，浸润着一个知书达理、悲天悯人、有情有趣的宝玉。

（二）潇湘馆与黛玉

忽抬头看见前面一带粉垣，里面数楹修舍，有千百竿翠竹遮映。众人都道："好个所在！"于是大家进入，只见入门便是曲折游廊，阶下石子漫成甬路。上面小小两三间房舍，一明两暗，里面都是合着地步打就的床几椅案。从里间房内又得一小门，出去则是后院，有大株梨花兼着芭蕉。又有两间小小退步。后院墙下忽开一隙，得泉一派，开沟仅尺许，灌入墙内，绕阶缘屋至前院，盘旋竹下而出。

林黛玉凭借她诗人的气质和敏感，与竹的精神气质相通，"数楹修舍，有千百竿翠竹遮映"，这种相通不仅仅是情与景、人与境的相通，而且是和周遭动态的契合，全方位的、深度的契合，与林黛玉的性格发展遥相对应。院中种有竹子，在墙壁、窗户上，都描画着翠竹，在油漆彩绘方面采用冷色调的"斑竹座"技法，泪痕点点，体现主人公寄人篱下、以泪洗面的形象和孤高自许的心境。有花无酒俗了花，有园无水俗了园。"得泉一派，开沟仅尺许，灌入墙内，绕阶缘屋至前院，盘旋竹下而出"，清泉流翠，雅韵天成，日淌清响，鸟鸣山幽也让黛玉的心境更为纯粹，更为清高，更为向性灵深处探幽。这样的环境和建构的文化细节也影响黛玉的心理特质和情志、文化修养和情操。

（三）蘅芜院和宝钗

因而步入门时，忽迎面突出插天的大玲珑山石来，四面群绕各式石块，竟把里面所有房屋悉皆遮住，而且一株花木也无。只见许多异草：或有牵藤的，或有引蔓的，或垂山巅，或穿石隙，甚至垂檐绕柱，萦砌盘阶，或如翠带飘飖，或如金绳盘屈，或实若丹砂，或花如金桂，味芬气馥，非花香之可比……因见两边俱是超手游廊，便顺着游廊步入。只见上面五间清厦连着卷棚，四面出廊，绿窗油壁，更比前几处清雅不同。

无味和清雅是蘅芜院的特点，暗喻宝钗外表藏愚守拙，内在天然可爱，并且亲近佛道的思想性格。"一株花木也无，只见许多异草……或花如金桂，味芬气馥，非花香之可比。"这不正像宝钗的性格吗？贵为富家千金，本是人间富贵花，却极其朴素——思想上，深谙大道至简的道家思想精髓；性格上，沉稳内敛，低调谦和，深受儒道思想影响；言行上，精致得体，中庸有度。无味清雅的环境深深化育着宝钗的思想品行甚至命运走向。

从红楼三园，品红楼人物，思环境对人的影响、熏陶、浸润、化育作用显著，宜结合我校实际，发挥环境育人作用，深挖环境育人内涵，实现环境化育。

二、文化建设与环境化育深谈

首先,"提升文化品质,合力优化环境,营造育人氛围"可以达到育人目标。学校紧扣时代脉搏,确定"创新力第一"的办学宗旨,形成以"新"为核心的学校文化体系:"每一天都是新的"校训,"进步每一天"校风,"创新每一天"教风和"快乐每一天"学风。并通过着力打造、精心设计和布局,实现了校园环境的进一步完善优化,形成了"一线、两园、三馆、四场、五廊"的校园文化格局,实现自然景观与人文景观交汇互融,审美功能与育人功能和谐统一。文化建构不是一城一池的设计和有无,而要突出思想性的内涵、美观性的和谐、整体性的统一,很多学校文化建构只注重个体设计,而忽略了整体统一性和设计关联性,打造校园文化,首先要有整体设计思路,要统筹整体;其次要有全面融合、深度凸显文化精神的设计。

我校的"一线"是以文明校园建设为主线;"两园"是温善园和恩礼园,寓意为温和彰显友善,感恩涵养明礼;"三馆"分别是校史馆、新乡英才纪念馆和少先队风采展示馆;"四场"分别是文明主题广场、牧野文化广场、创新教育广场和足球文化广场;"五廊"是五个楼梯通廊文化,分别为党建文化长廊、教育名家长廊、文字演变长廊、戏曲文化长廊和传统节日长廊。孩子们行走站立,目之所及的一草一木、一砖一瓦,一切景语皆情语;心之所至的一园一廊、一水一楼,一切美景化于心,达到了无声育人的目的。

其中,作为新乡市教育系统首个党建文化长廊,我校的红色长廊分别从"党的光辉历程""一章两法""党的十九大精神""全国教育大会精神""平语近人——习总书记论教育""党的历史上涌现出的英模人物""教育行业中的先进人物"等几个方面,运用文字、图片等表现形式,展现和宣传党的基本路线和教育方针,同时还通过党员风采展示和党组织活动剪影来展现我校党建成绩。每年新入职的青年教师、新任大队委、入党积极分子都要参观党建文化墙,接受党史教育,通过沉浸式体验,教育党员、教师时刻牢记职责，讲党性、树形象，更好地服务学生，服务学校的建设和发展。

其次，我们要求各个班级和中队的文化建设做到"年级有主题、班班有特色"。每个中队以"新"字命名，如新育中队、新阳中队、新苗中队、新雨中队等，引领班级文化建构；各个班级设立读书角、植物角、安全角、生物角、科技角、静思角等，丰富班级文化建构；各个班级有"星光灿灿"荣誉展示墙、"笑靥如花"笑脸展示墙、"日日如新"创新展示墙等，提升班级文化建构。

完善的校园设施、完美的文化建构、深刻的文化底蕴，将为师生员工开展丰富多彩的寓教于文、寓教于乐的教育活动提供重要的阵地，使师生员工教有其所、学有其所、乐有其所，在求知、求美、求乐中受到潜移默化的启迪和教育。完善的设施、合理的布局、各具特色的建筑和场所，将使人心旷神怡、赏心悦目，将有助于陶冶人的情操、塑造人的美好心灵、激发人的开拓进取精神，将约束人的不良风气和行为，将更好地促进人的身心健康发展。

读红楼品文化，不仅对内可以增强教师的文学底蕴和传统文化内涵以及人文修养，于外也可以借鉴红楼建筑格局和建构品味。真正的文化是由内而外、内外统一、内外兼修、相得益彰的。我想这就是红楼给我的一点校园文化建设的启示吧。

析红楼八股科举制　看基础教育改革篇

——从明清时期的科举制度对照分析高考招生改革及"双减"政策

提起《红楼梦》里的读书人，贾宝玉属于一个非常另类的存在：说他不学无术吧，他能写出《芙蓉女儿诔》《姽婳将军词》这样的好文章；说他饱读诗书吧，他厌恶科举，因为读书的事情多次被父亲呵责训斥。《红楼梦》这样安排主要人物的特点，到底是想传递什么信息呢？

八股文也称制义、制艺、时文，是明清科举考试的一种文体。八股文就是指文章的八个部分，文体有固定格式，由破题、承题、起讲、入手、起股、中股、后股、束股八部分组成，故被称为"八股文"。八股文章就四书五经取题，内容必须用孔子、孟子的语气说话，四副对子平仄对仗，不能用风花雪月的典故亵渎圣人。句子的长短、字的繁简、声调的高低等也都要相对成文，字数也有限制。

八股文起源于元朝。元朝统治者最初是非常排斥儒家学说的，所以科举制在元朝几废几立，几经周折。元朝皇庆二年（1313年）宣布恢复科举：举人宜以德行为首，试艺则以经术为先，词章次之。

以后颁行的科举诏文中规定，科举选拔的是"明经行修之士"，考试内容为四书五经，且以程朱集注为主要标准，以经义式为主要文体。元朝的规定结束了唐宋考经义与考诗赋的争论，又开创了明清八股之先河。

明太祖开国之初，十分重视科举取士，但不久他又罢科举而改为举荐制。洪武十五年（1382年），朱元璋再复科举。礼部经过慎重研究，于洪武十七年（1384年）颁"科举成式"，作出了考八股文的重大决定，为明清两代五百多年所沿袭。《明史》卷七〇《选举二》载："科目者，沿唐、宋之旧，而稍变其试士之法，专取四子书及《易》《书》《诗》《春秋》《礼记》五经命题试士。盖太祖与刘基所定。其文略仿宋经义，然代古人语气为之，体用排偶，谓之八股，通谓之制义。"

从隋朝开始实行科举制，到清朝光绪三十一年（1905年）举行最后一科进士考试为止，科举制在我国实行了1300多年。科举是通过考试选拔官吏，由于采用分科取士的办法，所以叫作"科举"。

科举制度的实行，从国家层面上来说，它使得国家政权更加稳定；从百姓层面上来说，它给予了天下百姓一个翻身的途径。因此科举制是一种相对公平的考试制度，具有一定的先进性。

然而当科举考试的命题范围开始走向一成不变，参加考试的人也不再是因具备优秀的能力而被擢拔，读书成了追名逐利的手段，那么这种制度对社会的发展不仅起不到积极的推动作用，反而会成为社会进步的阻碍。

《红楼梦》里，作者借主人公的言行旗帜鲜明地表达了对八股科举制的厌恶，因为它不仅在内容上因循守旧，而且禁锢人们的思想。毛泽东主席也曾著有《反对党八股》一文，对"不看实际情形，死守着呆板的旧形式、旧习惯"予以批评。

时至今日，我国高考制度改革已逐渐在全国范围展开。自2021年秋季，河南省新高一开始使用新教材以来，到今年2022级新高一的学生将正式进入新高考模式。当前阶段，普通高中教育正处于普及攻坚、课程改革和高考综合改革三大改革同步推进的关键时期。新修订的普通高中课程方案和课程标准，都提出要努力培养学生的正确价值观念、必备品格和关键能力，发展学生核心素养。

高考可以说是基础教育的风向标，高考制度的改革意味着义务教育阶段也要面临教育理念、教育内容、教学资源、教学方式、教育管理等诸多方面的深化改革。从新高考改革的"分类考试、综合评价、多元录取"

这三大目标来看，高考必将从注重"单一考试"走向强调"多元测评"，从"一刀切"选拔走向"因材施考"，并为"因材施教"奠定基础。

对于义务教育小学阶段来说，我们在本次教育改革中应该把握时代的机遇，紧扣改革的核心，积极思考探索工作的方向。中国教育学会原会长、北京师范大学原校长钟秉林强调，中小学首先要转变的是教育理念，并且分析："此次高考招生制度改革的核心价值取向是科学选拔人才，促进教育公平。所以中小学要践行因材施教的教育理念，承认学生差异，尊重学生的选择权，探索学生的多样化、个性化培养，鼓励学生兴趣、特长的发挥。学生是教学活动中的中心，以教师、教材和课堂为中心的陈旧教学观必须摒弃。"

2021年秋，"双减"政策横空出世，教育改革的气息扑面而来。最初，对于"双减"政策大家各有看法，通过一年的实践探索，现在人们对"双减"的意义有了比较全面的认识。

为什么一边对高考录取制度进行改革，对学生提出了更全面更综合化的要求，一边又要求基础教育实行"双减"呢？因为"双减"背景下的"减负"，是为了"提质增效"，也是为了改变多年以来教育教学片面追求"唯分数"的现象，更好地落实培养多重、多向、多层次人才的教育战略。

"双减"的意义绝非仅仅"有效减轻义务教育阶段学生过重作业负担和校外培训负担"，而是以减轻过重的作业负担和校外培训负担为切入点，拉开教育改革的序幕。从国家层面来讲，是解决"培养怎样的人"的人才战略，无论是全民素质提高，还是尖端人才培养，以及人民生活的幸福指数提高等，都被囊括其中；从教育的角度看，是落实立德树人，坚持五育并举，以及构建教育新体系，提高教育质量的重大变革；从学校层面来讲，是摒弃唯分数论，摒弃应试教育，重塑培养多元发展、幸福完整的人的办学路径；从教师层面来讲，是摒弃固有经验，坚持与时俱进，不断创新教学、超越自我的一次挑战和契机；从家长层面来讲，是重新定义父母责任，重塑成才观，逐步消除内卷的一次再认识；从学生层面讲，是远离机械作业，减轻校外培训压力，全面发展自我的一次蜕变。

这样看来，"双减"是一项系统工程。正如2022年全国教育工作会议上，怀进鹏部长指出的，"必须跳出教育看教育、立足全局看教育、放眼长远看教育"。

如今，"双减"政策推行一年，我校将课内外优势资源进行整合，在课程设置、课堂教学、作业设计、评价方式、课后服务等多方面都积极完善、改进。以课程设置为例，我校除按照教育部要求开足开齐各门课程外，还充分发挥社团力量，开设了45个社团，给学生提供了更多的优质课程选择，以实现因材施教的教育理念，助力学生全面发展。

当西方经过启蒙运动、资产阶级革命、产业革命之后，自然科学及各种实用技术得到了蓬勃发展。同时代的旧中国仍然沿袭八股取士的科举制，只考四书五经，这就属严重落后了，而由此选拔的官员必然孤陋寡闻。这种严重落后，使得中国在19世纪时积弱不振，面对同一时期强大起来的西方文明几乎毫无还手之力。这种科举制度常常被看成是历史的悲剧，亦成为后期民族耻辱的根源。

今天，新时代中国特色社会主义思想给千千万万教育人提出了更多的思考。党的十八大把教育发展定位为中华民族振兴的基石，标志着我国教育事业进入了转型发展的新时期。教育兴则国兴，教育强则国强。长期以来，以习近平同志为核心的党中央一直高度重视教育事业的创新与发展，在党的十九大上再一次重申了教育优先发展的战略地位。习近平总书记高屋建瓴地指出，教育事业的核心是立德树人，发展教育事业要依靠素质教育，教育事业的根本落脚点是实践为本。

我国一直坚持道路自信、理论自信、制度自信、文化自信，教育的发展与改革也要坚持中国特色社会主义道路。因此，我们要以社会主义核心价值观为基础，深入学习中华民族传统美德，同时注重发展学生的核心素养，提升学生的综合素质，为国育人，为党育才。

宝玉抓周缘何成真　教育期待须正反馈

——从宝玉"抓周"谈教育期待

中国自古就有"三岁看小，七岁看老"这样的说法。比这种说法更离奇的便是"抓周"预言了。《红楼梦》里宝玉"抓周"时伸手只把些脂粉钗环抓来玩弄，竟决定了他一生的性格与命运走向。这里面到底包含着怎样的奥秘？"抓周"真的那么灵验吗？我们又能从中得到怎样的教育启示呢？

"抓周"是一种民间习俗，根据北齐颜之推《颜氏家训》记载，孩子满一周岁，"男则用弓矢纸笔，女则刀尺针缕，并加饮食之物，及珍宝服玩，置之儿前，观其发意所取，以验贪廉愚智，名之为试儿"。

"抓周"有宿命的意味，同时也寄托着家长的期待。这让我想起著名的心理教育实验"罗森塔尔效应"：美国著名心理学家罗森塔尔曾做过这样一个试验。他把一群小白鼠随机地分成 A 组和 B 组，并且告诉 A 组的饲养员说，这一组的老鼠非常聪明；同时又告诉 B 组的饲养员说他这一组的老鼠智力一般。几个月后，教授对这两组的老鼠进行穿越迷宫的测试，发现 A 组的老鼠竟然真的比 B 组的老鼠聪明，它们能够先走出迷宫并找到食物。

于是罗森塔尔教授得到了启发，他想这种效应能不能也发生在人的身上呢？他来到了一所普通中学，在一个班里随便地走了一趟，然后就在学生名单上圈了几个名字，告诉他们的老师说，这几个学生智商很高，很聪明。过了一段时间，教授又来到这所中学，奇迹发生了，那几个被他选出的学生现在真的成了班上的佼佼者。

为什么会出现这样神奇的结果呢？罗森塔尔教授认为，教师因收到实验者的暗示，不仅对名单上的学生抱有更高期望，而且有意无意地通过态度、表情、体谅和给予更多提问、辅导、赞许等行为方式，将隐含的期望传递给这些学生，学生则给老师以积极的反馈；这种反馈又激起老师更大的教育热情，维持其原有期望，并对这些学生给予更多关照。如此循环往复，以致这些学生的智力、学业成绩以及社会行为朝着教师期望的方向靠拢，使期望成为现实。

不幸的是，《红楼梦》中贾宝玉的"抓周"结果，给出的却是一个负面的反馈。

贾宝玉抓周的情景是通过冷子兴之口叙述的："那年周岁时，政老爹便要试他将来的志向，便将那世上所有之物摆了无数，与他抓取。谁知他一概不取，伸手只把些脂粉钗环抓来。政老爹便大怒了，说：'将来酒色之徒耳！'因此便大不喜悦……"

贾宝玉后来之所以一直喜欢和女性相处，除了环境使然，和"抓周"的暗示有没有关系呢？我认为还是有一定的关系的。

此外，父亲贾政在某种程度上也起到推波助澜的作用。对于宝玉，贾政原本是怀有很高期待的，那是一条"科举进仕"之路。可是贾宝玉因为"抓周"的表现太差，在父亲心目中的地位一落千丈，从此贾政看到这个儿子就没有好脸色，用各种方法侮辱、嘲笑、谩骂，甚至毒打这个孩子。这种名义上的高期待与行为上的轻视相互矛盾。孩子是聪明的，明白父亲对自己的这种轻视，所以他从小见到父亲贾政便像老鼠见到猫一样，避之不及，以至于后来产生严重的抵触情绪，走向父亲的反面。

其实，"抓周"这件事哪有什么科学道理？对于一个刚满周岁的孩子而言，"抓周"时哪里有什么主观的喜好与判断？无非是什么东西离自己最近，或者什么东西最鲜艳夺目吸引眼球，便抓什么，怎么就能决定一生的志向呢？

可是，"抓周"之所以能够流传下来，并被人们认同，一定也是因为有不少"成真"的案例。为什么会这样呢？我认为主要是"抓周"这种极具仪式感的行为，给人的成长以强烈的暗示，这种暗示更经由周围人不断的重复与强调而得以强化，以致影响到一个人的性格及命运走向。

宝玉"抓周"，能够传到冷子兴，再传给贾雨村，可见其传播之广；多年之后，贾政仍对宝玉"抓周"耿耿于怀，可见其影响之深。我们能够想象，宝玉一定从小就不断听到周围人讲他"抓周"的趣事，也许刚开始大家会把它作为一件好玩的事来讲，但它对于一个尚未长大的孩子来说，便是一种暗示、一种期待，乃至一种宿命。父亲对待他的态度，更会增加其逆反心理。于是，"抓周"的预言终于在宝玉的身上应验了。

今天，随着科学知识的普及，我们早已不再相信"抓周"这样的事。我们不会把孩子一生的命运用"抓周"这样的事来决定。可是，我们还会自觉不自觉地给孩子贴上各种各样的标签。孩子打碎杯子时，我们会对他说："你每次都这么不小心，笨手笨脚！"孩子起床晚了，就来一句："你永远起不了床，就是个懒惰虫！"孩子弄脏了衣服，就念叨他："你老是把衣服弄脏，真是个邋遢鬼！"父母这样做的时候，其实就是向孩子传递了一个信息："你是个不好的孩子。"心理学上有一个术语——"贴标签效应"，是指当一个人被贴上标签时，他就会做出自我印象管理，使自己的行为与所贴的标签内容一致。很多家长都知道心理暗示对人的影响之大，但在教育孩子，尤其当孩子犯错时，一个个负面标签还是不自觉地冒出来。殊不知，正是我们自觉或不自觉给孩子贴上的这些标签，让我们"如愿以偿"——孩子果真成了那样的人。

"贴标签"是一种强烈的心理暗示。那么，我们能否给孩子贴上一些正面的标签，从而对孩子产生正面的影响，促使其成长呢？实际上，这并不是一件简单的事。比如你对孩子说："你真漂亮！"是不是孩子就一定会变得漂亮？当然不是，因为影响孩子的不是你一个人，还有周围许多人。如果你的话和周围人的话不一致，不但不会让孩子认同，反而会让他更加纠结，徒增困扰。正面的暗示或期待要想起作用，关键是孩子发自内心的接纳与认可。只有这样，它才能转化为促进孩子成长的力量。怎样才能让孩子接纳呢？具体化。夸孩子要走心，夸得具体才有效。比如可以这样说："孩子，在妈妈的眼里，你是最漂亮的。"

学校教育也是如此。在我们的学校里，我们应该给孩子更多正面的期待（或暗示），并且要力求用具体化的方法，让孩子接纳和认可，进而转化为成长的动力。为此，我在学校倡导"9+1"工作法：在批评一个孩子之前，应该先给他9次表扬。当然，这里的9次表扬、1次批评，并不是一个教条的规定。我的意思是：正面的期待一定要远远多于负面的标签。更重要的是，每一次表扬都要力求具体、走心。

宝玉"抓周"给我们怎样的启示呢？首先，教育期待是有力量的。因为孩子作为未成年人，会自觉不自觉地受到周围人的影响，尤其是亲近的人的影响。家长和老师对孩子的期待，会影响到孩子对自己的判断，乃至影响到孩子成长的方向。其次，教育期待应当隐含在态度、表情，以及对孩子的行为之中，而不只是简单的言语上的要求，贵在走心。就像我们不能只嘴上空喊"孩子，我爱你。即便是责骂你，打你，也是为你好"，要明白"让孩子感受到我们的爱，才是真的爱"。孩子的心是敏感的，他们随时从周围人的表情、动作接收信息，做出判断。教育期待最终必须通过孩子自身的认同与努力才能得以实现。最后，教育期待只有通过一次次的正反馈，形成良性循环，才能成为一种持续催人奋进的力量。

香菱学诗堪称经典　杏坛论道探微究妙
——从香菱学诗悟教与学之妙

全校教师共读《红楼梦》，我要求老师们不光要读，还要写读后感。老师们写得最多的就是香菱学诗。因为这个教学相长的故事，和教师这个职业有着太过密切的关系，堪称教学经典。探究其中教与学的奥妙，对于提高教学质量，有着非同一般的意义和价值。

《红楼梦》第四十八回"慕雅女雅集苦吟诗"记叙了香菱学诗的故事。细读这一回，我不仅惊叹于林黛玉的深厚学识和教育艺术，也深深地为香菱的虚心好学、刻苦勤勉所感动。林黛玉不愧为饱读诗书、深谙教艺的好老师，香菱也不愧为聪颖灵秀、善学苦学的好学生。她们共同演绎了一曲教与学的动人乐章。

一、探寻"教"之法

黛玉是个好老师！好老师的"好"体现在以下方面。

1. 不问出身，只问初心

香菱最初是要向宝钗学诗的，她和宝钗住在一起，宝钗又博学多才，诗作也很出色，可是宝钗并不赞成她学诗："我说你'得陇望蜀'呢。"宝钗自然也不愿意当她的老师。黛玉则不同，听闻香菱想要学习作诗，她并没有像宝钗那样因为香菱的卑贱身份而看不起她、拒绝她，反而主动提出做她的老师，她说："既要作诗，你就拜我作师。我虽不通，大略也还教得起你。"乐为人师，当仁不让，主动、率真、自信，溢于言表。

我们在平时的教学中也应该这样，对待学生一视同仁。家长既然选择把孩子送到我们学校，就是对我们充分信任，我们要对得起这份信任。对待所有孩子，不论家庭出身，都应该像对待自己的孩子一样，孩子犯错误时，批评指正；做得好时，则鼓励表扬。

2. 鼓励为主，树立信心

黛玉教学伊始，先和香菱谈诗，"什么难事，也值得去学！""你又是一个极聪敏伶俐的人，不用一年的工夫，不愁不是诗翁了！"几句话便消除了香菱学诗的思想顾虑和畏难情绪。黛玉一向孤高自许，目下无尘，可夸赞学生毫不吝啬，真真是一位用心的好老师。好老师首先要注意调动学生的学习积极性，带领学生轻松开启学习之旅。

这让我想起自己初三刚接触化学时的一段经历。我们的化学老师一脸络腮胡子，人长得又高又壮，乍一看真不像满腹经纶的样子。第一节课，老师开口便讲："从今天开始，我来教你们学一门新的学科——化学，这门学科很简单，最难的地方就是化学分子式和方程式。不过，只要你会算加法、减法，就没有问题……"教室里的我们都笑了。事实证明，那年中考我们班的化学成绩非常好。

3. 提纲挈领，取法乎上

对于博大精深的诗歌理论，林黛玉在指点香菱时把握要害："不过是起承转合，当中承转是两副对子，平声对仄声，虚的对实的，实的对虚的，若是果有了奇句，连平仄虚实不对都使得的。"使香菱明白作诗的要领，认识到"格调规矩竟是末事，只要词句新奇为上"。对香菱的这个认识，黛玉因势利导："正是这个道理。词句究竟还是末事，第一立意要紧。若意趣真了，连词句不用修饰，自是好的，这叫做'不以词害意'。"在这简单的交流中，黛玉直切要害地把知识主次分明地渗透到香菱的心底。所谓要言不烦，正是教师对学科的深刻理解深度影响着学生。好的老师能用极简练的语言，直抵学科教学的重点，达到深入浅出的效果。好老师是有真才实学的老师。黛玉很有才华，她从小喜欢读书，从自己家到贾府时，她就带了很多的书。她的知识面也很广，记忆力当然没说的，虽然不一定是过目不忘，但对书中的优美词句记忆深刻，张口就来，能够背诵。满腹诗书，才华横溢，才使她对诗有深刻的理解，教学方能提纲挈领，道规律，明要旨，生动形象，深入浅出。

在教学过程中，黛玉指导香菱多读诗，并指定了参考书目："你若真心要学，我这里有《王摩诘全集》，你且把他的五言律读一百首，细心揣摩透熟了，然后再读一二百首老杜的七言律，次再李青莲的七言绝句读一二百首。肚子里先有了这三个人作了底子，然后再把陶渊明、应玚、谢、阮、庾、鲍等人的一看。"黛玉的推荐是科学、合理、有序的，是根据香菱这个初学者的特点开出的书目，正体现了教学的循序渐进、因材施教。黛玉推荐的都是经典书目，取法乎上。"学其上，仅得其中；学其中，斯为下矣。"有了这些经典诗文的阅读与积累，香菱才能走上创作之路。

今天，我们强调"教什么"比"怎么教"更重要。好老师需要有深刻的学科理解，让教学深入浅出；好老师更要有广博的阅读视野，让推荐取法乎上。我们要推荐学生阅读文质兼美的经典作品，因为经典作品是经过时间淘洗后留存的精华，是打败了时间的文字。世界上各个国家都有自己的文化传统，也都有自己的文化经典。中华文化源远流长，各个历史时期都不乏经典作品，涉及文学、历史、哲学等诸多方面。阅读代表中华优秀传统文化的典范性文本，是继承传统的一种必要方式。党的十九大报告中指出，文化是一个国家、一个民族的灵魂。文化自信是一个国家、一个民族发展中更基本、更深沉、更持久的力量。而中华优秀传统文化中不朽的经典之作凝聚了人类思想和艺术的精华，从各个角度、各个层次丰富了人文性的内涵，使人在学习过程中能潜移默化地接受人文精神的熏陶，这对于陶冶情操、培养纯正的人文道德是大有裨益的。作为教育工作者，我们不仅要自己多读一些经典之作，还应该引导我们的孩子学会从浩瀚的经典之作中汲取精神养分。

4. 不愤不启，不悱不发

黛玉让香菱练习写诗，采取半命题的形式。香菱刻苦学习，三易其稿。在这个过程中，作为老师的黛玉不作高头讲章，而是及时有效地启发。香菱的第一稿，黛玉阅后说："意思却有，只是措词不雅。皆因你看的诗少，被他缚住了。把这首丢开，再作一首，只管放开胆子去作。"这是提醒香菱要敢于想象，大胆创新。第二稿黛玉给的评价是："这一首过于穿凿了，还得另作。"这种指导方式可谓严而不苟，引而不发，对苦志学诗的香菱来说是很适合的。直到第三稿，香菱写出让众人称赞的好诗。在整个过程中，黛玉始终以平等的态度对待自己的学生，通过设置问题情境，及时地给予指导，每一个指导都在关键的地方，长善救失。整个过程中，香菱始终是学习的主体，学习的积极性高涨，甚至到了痴迷的地步。这样的教学正如《学记》中所说："君子既知教之所由兴，又知教之所由废，然后可以为人师也。故君子之教喻也，道而弗牵，强而弗抑，开而弗达。道而弗牵则和，强而弗抑则易，开而弗达则思。和易以思，可谓善喻矣。"

好的老师熟谙教学方法，充分了解学生，并能在恰当的时候予以点拨，促其提升。好的老师不会夸夸其谈、喋喋不休，但他一定会在学生最需要帮助的时候出现。

5. 循循善诱，诲人不倦

黛玉的课堂是真正的以学生为本的课堂，她一步步地设置问题，启发学生思考并发言。黛玉先讲了作诗的基本平仄要求，话锋一转："若是果有了奇句，连平仄虚实不对都使得的。"香菱跟着老师的话就想到"原来这些格调规矩竟是末事，只要词句新奇为上"。对于香菱的思考，黛玉并没有完全否定，而是进一步提示"词句究竟还是末事，第一立意要紧"，并以此说明"不以词害意"的要求。黛玉给香菱布置了读诗的作业，并且把要重点读的诗用红圈画出来，香菱来回课，黛玉也并非一言堂地讲课，而是让香菱先谈自己的学习感受。当香菱谈及对王维的"大漠孤烟直，长河落日圆"的体会时，宝玉、探春都静静地倾听，黛玉这个老师最难能可贵的是，在学生已经优秀地完成作业时，进一步指点学生体会陶渊明的"暧暧远人村，依依墟里烟"，并指点香菱进一步品陶渊明的这两句与王维的那两句的意味，黛玉对诗词的博学和指导的精准不得不令人叹服。

好的教学是循序渐进的，老师的作用就是紧紧围绕着学生的"最近发展区"给予恰当的指导与点拨，帮助学生攀登一座又一座学术高峰。

二、感悟"学"之妙

香菱是个好学生！好学生的"好"体现在以下方面。

1. 乐学

古语有云："知之者不如好之者，好之者不如乐之者。"香菱虽贱为人妾，但她骨子里却流淌着诗书翰墨人家的血液，对于诗歌，她早就有着真情的向往，内心里也早有着学诗的愿望。大观园浓郁的文学氛围更是对香菱产生了潜移默化的熏陶作用，使香菱对诗产生了强烈的渴望，这种渴望成为她的一种精神追求，因为诗能给她以心灵上的慰藉、精神上的安宁。这种精神追求变为一种精神动力，促使她去学、去写。这种动力没有功利性，同功名利禄无关，有的只是对美的渴望，对欣赏美、抒发美、展示美的一种强烈的渴求，最终开出美丽的花朵。

一项积极的兴趣、爱好，可以吞噬所有的无聊时光，让生活变得丰富充实。如果把学习当作一种精细的生命智慧的运动，那么，学习兴趣就如同奇妙的内动机：浓厚而稳定的兴趣能够使我们对学习保持积极、持久的热情和创造性，使学习的潜能最大限度地发挥出来，从而也让我们体验到学习和成长的愉悦与情趣。十多年前，我就提出"兴趣即动力"：兴趣是最好的老师，兴趣是成功的基石，兴趣是不竭的动力，把激发和培养学生浓厚的学习兴趣、促使学生去主动发展，作为小学教育的重要任务。

2. 善学

香菱非常善于学习，她不但认真听黛玉讲课，按老师提出的要求去做，而且注重把老师所教的内容加以整理归纳，及时消化。在学习过程中注重品读、理解和感悟，注重积累和运用。香菱学诗，印证了古已有之的治学三境界：第一境界是"悬想"阶段，"昨夜西风凋碧树，独上高楼，望尽天涯路"；第二境界是"苦索"阶段，"衣带渐宽终不悔，为伊消得人憔悴"；第三境界是"顿悟"阶段，"众里寻他千百度，蓦然回首，那人却在灯火阑珊处"。从"悬想"到"苦索"再到"顿悟"，香菱将一首咏月诗写了三次，前两次要么滞涩生硬，要么穿凿单一，但她不灰心丧气，认真总结写作经验，找出自己的不足，终于捕捉到新鲜的意象，写出鲜活的诗作来，得到了大家的夸赞。

对于学习来说，不光要有热情，还要掌握学习的方法，坚持不断求索的精神。

3. 勤学

常言道："书山有路勤为径，学海无涯苦作舟。"香菱在学诗的过程中不仅仅依靠聪敏和悟性，更是依靠勤与苦。香菱拿了黛玉推荐的诗，回至蘅芜苑中，诸事不顾，只向灯下一首一首地读起来。宝钗连催她数次睡觉，她也不睡。其苦心、专心如此，不能不令人赞叹。当香菱拿到写作诗题后，"又苦思一回作两句诗，又舍不得杜诗，又读两首。如此茶饭无心，坐卧不定"。她边读边悟边写，现炒现卖，终于写得一首。但只因措词不雅、声韵生硬、单调滞涩而被要求重写。你看那香菱，"默默的回来，越性连房也不入，只在池边树下，或坐在山石上出神，或蹲在地下抠土……皱一回眉，又自己含笑一回"。香菱的苦心、专心、用心已到了痴迷的程度，怪不得连宝钗也直赞："你能够象他这苦心就好了，学什么有个不成的。"第二次作诗失败，黛玉让她重作，她仍旧忘我用功，"便自己走至阶前竹下闲步，挖心搜胆，耳不旁听，目不别视"，到了痴狂的地步。"至晚间对灯出了一回神，至三更以后上床卧下，两眼鳏鳏，直到五更方才朦胧睡去了。"她冥思苦索，已近入魔，但终于以自己的苦心、诚心，觅得了佳句。第三次的诗作看似梦中偶得，实是多次锤炼苦心孤诣的结晶。

世界上哪里有什么天才，只不过是勤奋种下的果实！苦心人，天不负！当一个人不怕艰苦，勤奋努力，成功也就离他不远了。

结诗社相约大观园　立愿景筹建共同体
——从诗社看学习共同体建设

《红楼梦》中两次写到诗社，一次是海棠诗社，一次是桃花诗社。诗社成为红楼社会一个不可或缺的文化团体。由此，我想到了学习共同体建设。独学而无友，孤陋则寡闻，今天的学习更加强调相互交流、相互借鉴、共同提高，在这一点上，我们或许可以从红楼诗社中得到一点启发。

在《红楼梦》所描写的时代，还没有现代意义上的"学校"的概念，更不要说"学习共同体"概念了。可是，如果我们仔细阅读其中的海棠诗社及后来的桃花诗社部分，就能够发现其具有鲜明的学习共同体的特征。

学习共同体，是指一个由学习者及其助学者（包括教师、专家、辅导者等）共同构成的团体，他们彼此之间经常在学习过程中进行沟通、交流，分享各种学习资源，共同完成一定的学习任务，因而在成员之间形成了相互影响、共同促进的人际联系。

一个学习共同体的建立，需要树立共同愿景、组建领导班子、制定组织规范、开展合作学习活动等。

《红楼梦》中海棠诗社是由探春发起的。她病中无聊，偶起一念："今因伏几凭床处默之时，因思及历来古人中处名攻利敌之场，犹置一些山滴水之区，远招近揖，投辖攀辕，务结二三同志盘桓于其中，或竖词坛，或开吟社，虽一时之偶兴，遂成千古之佳谈。"探春的这一想法，便是创建诗社的美好愿景，之后她广发英雄帖，遍招社员，逐渐让她的想法成为大家共同的愿景。

学习共同体需要人进行有效的组织，这就需要组建一个领导班子。李纨年长，富有领导力，所以自动请缨出任海棠诗社社长。她还推荐迎春、惜春为副社长。这是李纨知人善任，知道"迎春惜春本性懒于诗词"，所以做出的合理安排。各尽所能，各展所长，人人有事干，事事有人干，这是一个组织有效运行的有力保障。

学习共同体的创建和发展过程中，需要制定一定的管理制度。"没有规矩不成方圆"，没有制度制约的组织是很难持久存在的。海棠诗社也拟定了一些规矩：初定一个月两次活动，拟定日期，风雨无阻。除了固定的开社时间，另有灵活的安排："除这两日外，倘有高兴的，他情愿加一社的，或情愿到他那里去，或附就了来，亦可使得，岂不活泼有趣。"这样的安排得到了大家的一致认可。

当然，作为学习共同体最重要的是开展合作学习活动。在这个过程中大家既可以展示个人的聪明才智，又相互合作、相互影响，努力实现从"个别优秀"到"人人优秀"的目标。诗社活动中有不少这样的情节。如，林黛玉道："据我看来，头一句好的是'圃冷斜阳忆旧游'，这句背面傅粉。'抛书人对一枝秋'已经妙绝，将供菊说完，没处再说，故翻回来想到未折未供之先，意思深透。"李纨笑道："固如此说，你的'口齿噙香'句也敌的过了。"探春又道："到底要算蘅芜君沉着，'秋无迹'，'梦有知'，把个忆字竟烘染出来了。"最后大家都笑了，宝玉就算落第，他也输得心悦诚服。正是在这样的彼此肯定、互相欣赏中，每一个人都在进步，都在成长。

想起以前看过的一篇文章，说20世纪30年代，英国送奶公司送到订户门口的牛奶既没有盖子，也不封口。因此麻雀和红襟鸟很容易啄食凝固在奶瓶上层的奶油皮。后来，牛奶公司用锡箔纸封了瓶口。没想到，20年后麻雀学会了用嘴啄开锡箔纸，继续吃它们喜爱的奶油皮，可是红襟鸟却一直没有学会这种简单的办法，自然就再也吃不到美味可口的奶油皮了。为什么会这样呢？生物学家发现两种鸟儿的生理结构没有大的区别，为什么在进化上却有这样大的差异呢？原来，麻雀是群居鸟类，常常一起行动，当某只麻雀发现啄破锡箔纸的方法时，其他麻雀也就都知道了。而红襟鸟却喜欢离群索居，很少沟通。这样，即使某只红襟鸟偶尔啄破锡箔纸，其他的红襟鸟也无法知晓。因此，进化也需要共同的交流与行动。

在我们今天的校园里，学习共同体的建设有着重要的意义。无论是学生的成长，还是教师的专业发展都不能单枪匹马、单打独斗。"独行疾，众行远。"对于必须有远大目标和宏伟愿景的教育工作，我们必须面向未来，必须在我们的校园里创建一个个类似海棠诗社的学习共同体。如果大观园里没有海棠诗社，那些美丽女子的精神生命就不会那么丰盈、饱满。如果我们的校园里缺少学习共同体，师生智慧的碰撞、精神的成长也将是一片荒漠。

不少老师感慨：曾经的教育理想，总敌不过日常琐碎的侵蚀。可是，如果不是一个人在行走，而是一群人在竞走呢？或许劲头就会不同。在新区小学，我们就筹建了多个不同形式的学习共同体：教研组和备课组，是学校里最常见的学习共同体；课题组，是以科研课题为纽带的学习共同体；读书会，是以读书交流为主要活动内容的学习共同体；班主任论坛，是以班级管理和学生管理为交流核心的学习共同体；名师工作室，是名师引领研修员共同成长的学习共同体。正是在这些学习共同体中，大家团结协作，群策群力。一起沉下来，萃取一种思想；携手做下去，获得一种成长。

第二辑

明理思政育人

见贤思齐焉,见不贤而内自省也。——《论语》

叹混世魔王无大志　悟阳光少年有理想

——从贾宝玉的悲剧人生看理想教育

近年来有红学家通过考证不同藏本的批语，对比梳理出时间线后发现，也许《红楼梦》并不是曹雪芹一人的手笔，而是清朝初期一群前明遗民共同创作的。《红楼梦》的创作初衷也不是为了通过描写一个家族的兴衰来影射宫闱秘闻，而是"以家喻国"，"悼明之亡，责清之过"，借贾家事写明亡清兴的史实。那么，这些前明遗民想要透过一部小说为后人留下哪些思考呢？

贾宝玉是《红楼梦》中的第一主人公，是关系到贾氏家族兴衰成败的关键人物。无论在现今流行的通行本《红楼梦》中，还是《癸酉本石头记》里，贾宝玉的形象都是丰满深刻、生动鲜明的。脂砚斋称贾宝玉是古今未见之人，并说"不独不曾于世上亲见这样的人，即阅古今所有之小说传奇中亦未见这样的文字"。

然而，在书中，贾宝玉又被世俗看成乖僻邪谬、不近人情，甚至被人看成狂、疯、痴、呆、不通世务、无复人理。从"衔玉而生""备受宠爱"到最后成了"百口嘲谤，万目睚眦"的对象，从锦衣玉食到最后乞讨为生、孤苦流离地走完一生。贾宝玉之所以被部分红学研究者定义为"封建贵族阶级的叛逆者"，无外乎缘于他离经叛道，不喜"仕途经济"。其实从贾宝玉的一生我们已经可以明确看出，身处任何时代如果没有安身立命的本钱，一切风花雪月都不过是大梦一场。贾宝玉高开低走的人生是一个朝代末世的写照，也是贾母、贾政、王夫人教育的失败。放在今天，贾宝玉的一生最缺乏的是关于"人"的教育。

何谓"人"？抛开生物学的定义，从社会层面来看，人是指有高尚的道德认知、有一定能力成就自己的行为个体。所以自古以来便有"成才先成人"的说法。

2019年3月18日，中共中央总书记、国家主席、中央军委主席习近平在北京主持召开学校思想政治理论课教师座谈会并发表重要讲话。讲话中强调："思政课是落实立德树人根本任务的关键课程……为学须先立志。志既立，则学问可次第着力。立志不定，终不济事。"要成为社会主义建设者和接班人，必须树立正确的世界观、人生观、价值观，把实现个人价值同党和国家的前途命运紧紧联系在一起。

纵观贾宝玉的一生，可有人对他进行"人"的教育吗？没有。

祖母史太君常挂在嘴边的是："小小的人儿，生来又弱，别叫他老子唬着了。"这种过度溺爱只会加剧少年宝玉为自己不思进取混迹闺闱找到各种理由。

父亲贾政也曾鞭打怒骂过，但是对贾宝玉的期待也仅限于做得出文章来。这种没有远大目标的教育让我想起了与之形成鲜明对比的少年周恩来。

周恩来十二岁那年随伯父来到东北，在沈阳东关模范小学读书。一次修身课上，魏校长问同学们："诸君为何而读书？"有人说"为家父而读书"，有人说"为明理而读书"，还有人说"为光耀门楣而读书"，唯有周恩来认真思考后站起来，掷地有声地回答："为中华之崛起而读书。"此言一出，魏校长大为赞叹："好！好！好！有志者当效此生！"后来周恩来也确实用自己的一生践行着自己的志向，为中华之崛起做出了不朽的贡献。

现代学者研读《红楼梦》，可以达成共识的是书中大量运用谶语、隐喻来借一些细节、事件传递真实的思考。书中的第一男主角贾宝玉，有学者认为其实就是明朝皇帝的化身，而且顺便认定贾宝玉出生时嘴里含的通灵宝玉就是传国玉玺。这个说法流传甚广，但是目前我们无从考证，不过，贾宝玉确实可以作为明朝末期皇室贵族的典型代表。

贾宝玉不喜读书，只愿吟花弄月，应该指的是当时贵族阶级的子弟在少年时代缺失了"立志"教育，成长的过程中又缺少了"树人"教育吧。

回溯历史，自明朝万历十一年（1583年）到清朝顺治元年（1644年），这正好是明亡清兴的六十年。"明之亡，不亡于崇祯之失德，而亡于万历之怠惰。"（《清仁宗实录》嘉庆九年三月壬寅）怠政，是万历皇帝最鲜明的特点。据史料记载，万历皇帝共在位48年，其中长达30多年的怠政导致中枢瘫痪、党争不已、国库拮据、边务废弛，尤其是导致辽事大坏，给了努尔哈赤趁势而起的机会。

当清兵攻破山海关节节南下的时候，以李闯王为首的农民起义军也打进了北京城，到了此刻明皇室的贵族们才发现他们除了斗鸡走马、吟风弄月几乎什么都不会，面对来势汹汹的对手毫无一战之力。终于，明王朝大厦倾塌。

以史为镜，可以知兴替。1980年5月26日，邓小平给《中国少年报》和《辅导员》杂志的题词："希望全国的小朋友，立志做有理想、有道德、有知识、有体力的人，立志为人民作贡献，为祖国作贡献，为人类作贡献。"明确把"有理想"放在了"四有新人"标准的首位，从而让每个人都牢记新时期的少年儿童的德育一定要以"立志"为先。

2018年，习总书记在讲话中特别指出："要成为社会主义建设者和接班人，必须树立正确的世界观、人生观、价值观，把实现个人价值同党和国家前途命运紧紧联系在一起。"这次讲话最为醒目的是"立德树人"四个大字。

"立德树人"通俗地讲，是培养有品德的人才。立德，就是坚持德育为先，通过正面教育来引导人、感化人、激励人；树人，就是坚持以人为本，通过合适的教育来塑造人、改变人、发展人。

学校是意识形态工作的前沿阵地，作为基础教育阶段的工作者，我们要上好思政课，用新时代中国特色社会主义思想铸魂育人，引导学生厚植爱国主义情怀，把爱国情、强国志、报国行自觉融入坚持和发展中国特色社会主义、建设社会主义现代化强国、实现中华民族伟大复兴的奋斗之中，培养祖国未来的优秀建设者和合格接班人。

写八股文章弊处多　兴立德树人蓝图广

——从"禄蠹"探讨现代教育以立德树人为根本任务的意义

"禄蠹"在《红楼梦》里是一个新奇别致的词，在《红楼梦》之前的书典中还未曾见过。"禄蠹"，按照汉语字义来理解，"禄"指仕途经济，"蠹"乃虫也，这里用来比喻人。"禄蠹"指的是窃食俸禄的蛀虫，喻指贪求官位俸禄的人，一心扎进仕途经济并成为权位金钱奴隶的人。《红楼梦》里典型的"禄蠹"是谁？《红楼梦》的作者为什么借贾宝玉之口明确表示对"禄蠹"的厌憎？这一艺术形象对于今天的教育有什么借鉴意义呢？

《红楼梦》第十九回"情切切良宵花解语　意绵绵静日玉生香"中，借袭人之口，第一次出现了"禄蠹"这个词："第二件，你真喜读书也罢，假喜也罢，只是在老爷跟前或在别人跟前，你别只管批驳诮谤，只作出个喜读书的样子来，也教老爷少生些气，在人前也好说嘴。他心里想着，我家代代读书，只从有了你，不承望你不喜读书，已经他心里又气又愧了。而且背前背后乱说那些混话，凡读书上进的人，你就起个名字叫作'禄蠹'；又说只除'明明德'外无书，都是前人自己不能解圣人之书，便另出己意，混编纂出来的。这些话，怎么怨得老爷不气，不时时打你。叫别人怎么想你？"

这里面且不说贾宝玉对读书的态度，只谈谈"禄蠹"的概念。"禄"，首先是已经做了官的人；"蠹"，是蛀虫的意思。合起来，"禄蠹"就可以理解为官员中的蛀虫，用今天的话来说就是干部队伍中的害群之马。

纵观《红楼梦》，能被称为"禄蠹"的人中，贾雨村当数第一人——第四回"葫芦僧乱判葫芦案"中如果说毕竟人死不能复生，而且谁也不可能做到百分之百的公正公平，可以暂时记作污点，那么到了第四十八回"滥情人情误思游艺　慕雅女雅集苦吟诗"，贾赦要搜购古扇，石呆子不肯卖，"谁知雨村那没天理的听见了，便设了个法子，讹他拖欠了官银，拿他到衙门里去，说所欠官银，变卖家产赔补，把这扇子抄了来，作了官价送了来。那石呆子如今不知是死是活"。为了几把扇子"这点子小事"，就"弄得人坑家败业"的，怪不得素来温厚的平儿也恨得直骂贾雨村是"饿不死的野杂种"。

贾雨村在《红楼梦》里属于出身寒微、凭借学问走上仕途的读书人。可是这样一个进士出身的读书人并没有像众多读者所期待的那样，成为治理一方的贤才能臣，反而成为一个贪赃枉法、攀权附贵、见利忘义的小人。究其原因，主要是当时选拔官员的方式和管理人才的制度两方面。

明清时期官员选拔的方式，一是科举考试，只要文章写得好，就可以博取功名走上仕途，《红楼梦》一书中贾雨村第一次做官就是通过考取进士，选入外班，"升了本府知府"；二是通过高级官员的举荐，例如贾雨村被免官后在扬州当了林黛玉的启蒙老师，后经林如海写信向贾政推荐，贾雨村在贾政的帮助下又回到官场。

我们先来看看科举考试选拔官吏的方法。

中国从隋炀帝时期开设科举考试，最初通过不同"科"的考试确实从民间拔擢出非常多的人才，改变了隋炀帝以前的"世袭""家族出身"等任用官员的做法，给天下百姓一个用知识改变命运的机会，也给统治者提供了更多治国理政的贤人。

到了元末，科举考试内容逐渐走向单一化，统治阶级用八股文的考试形式约束读书人的思想。到了明朝，八股文已经成为科举考试唯一的内容和形式。

八股文本身只是一种文体，文体是没有好坏之分的。然而八股文除在文体形式上约束写法外,还在内容上要求只能从四书五经里选出句子来作为题目,而且要求必须"代古人语气为之",这就钳制了读书人的思想自由。

明末清初,启蒙思想家曾批判八股文,但批判的矛头主要指向它的内容,即程朱理学。颜元认为:"仙佛之害,止蔽庸人,程朱之害,偏迷贤知。"所以说,"误人才,败天下事者,宋人之学"。顾炎武说:"孰知今日之清谈,有甚于前代者。昔之清谈谈老庄,今之清谈谈孔孟,未得其精而已遗其粗,未究其本而先辞其末,不习六艺之文,不考百王之典,不综当代之务,举夫子论学论政之大端一切不问,而曰一贯,曰无言,以明心见性之空言,代修己治人之实学,股肱惰而万事荒,爪牙亡而四国乱,神州荡覆,宗社丘墟。"

遗憾的是,明末清初启蒙思想家的呐喊,并未唤起中国的启蒙运动,之后清王朝建立,照搬明代科举定式,一去又是三百年。

清末与明初相比,儒家思想、程朱理学、八股文的危害,更加严重,其集中表现就是无法选拔出救国济世的人才。龚自珍认为,程朱理学教育出来的人大都是"生不荷耰锄,长不习吏事,故书雅记,十窥三四。昭代功德,瞠目未睹,上不与君处,下不与民处","左无才相,右无才史,阃无才将,庠序无才士,陇无才民,廛无才工,卫无才商,抑巷无才偷,市无才驵,薮泽无才盗"。

这些思想家的话翻译过来就是说,只会写八股文章的人百无一用。

我们接着再说说当时的人才管理制度。

刚才说过,明清时期除通过科举考试可以跳出原有阶层晋身仕途之外,还可以通过高级官员的举荐实现做官的愿望。这种用人方式就给人才管理制度留下了漏洞。试想,贾雨村为什么要草菅人命?不就是想在自己的伯乐面前献媚卖好吗?这样的读书人做了官,因其手上掌握着大量的资源,一旦为非作歹起来,比一般人的破坏力、危害性更大。

《红楼梦》里贾宝玉真的是个"不爱读书""不喜上进"的人吗?未必。在第十九回里曾借袭人之口代宝玉而说:"只除'明明德'外无书,都是前人自己不能解圣人之书，便另出己意，混编纂出来的。"不爱读"正经书"的宝玉，眼中犹有"明明德"三字，这"明明德"是什么意思呢？

明明德，第一个"明"是动词，是彰明、弘扬的意思；第二个"明"是形容词，意谓"光明的"；连起来是说，人要弘扬内心善良光明的德性。

由此可见，"德"是自古以来人们所追求的美好精神境界。"才者，德之资也；德者，才之帅也。"

1935年初秋，在中华民族危急存亡之际，南开大学校长张伯苓在开学典礼上向全体师生问了三个问题：你是中国人吗？你爱中国吗？你愿意中国好吗？

2018年9月，习近平总书记在全国教育大会上谈到了这个故事，并强调："这三个问题是历史之问，更是时代之问、未来之问，我们要一代一代问下去、答下去！"

这著名的"爱国三问"，实质是在追问教育要"培养什么人"这一首要问题。

浇花浇根，育人育心。立德树人是新时代中国特色社会主义教育发展的根本任务。"立德"，意为建树德业，出自春秋时鲁国大夫叔孙豹关于"三不朽"的论述。据《左传·襄公二十四年》记载，晋国的范宣子和叔孙豹议论人如何才可以做到"不朽"，范宣子以为自己的家族世不绝嗣且声名显赫，这就是人们所说的"死而不朽"。叔孙豹则指出，世代相传而名扬天下，只能称作"世禄"却不是"不朽"，他认为，"太上有立德，其次有立功，其次有立言，虽久不废，此之谓不朽"。"树人"，是指培育人才，源自成书于战国的《管子》，该书的"权修"篇说："一年之计，莫如树谷；十年之计，莫如树木；终身之计，莫如树人。一树一获者，谷也；一树十获者，木也；一树百获者，人也。"作者将"树人"与种谷、植树作比较，说明人的培养是关系长远、成效百倍的大事，应作"终身之计"。

教育是培养"人"的事业。这个"人"既是指其"德"可顶天立地，又指其"才"全面发展，能在人群中"立言"，在社会上"立行"，为国"立功"。对于今天的教育工作者来说,"德"是思想政治和道德品质的总称,立德树人,就是要培养青少年学生具有良好的思想政治素质和道德品质。

君不见,至今网络上青少年犯罪事件仍时有报道,校园内外霸凌事件数见不鲜,其中不乏高学历的名校学生。面对此类事件我们当深刻认识到,教育过程中贯彻落实立德树人的根本任务意义重大,影响深远。

思想政治和道德品质对一个人的成长、成才、成人、成功具有导向、动力和保证的作用,是绘就中华民族伟大复兴宏伟蓝图的关键。因此,如何更好地落实立德树人的根本任务,值得我们每一位教育人且思、且行。

读红楼科举功利心　议今朝高考作弊案

——浅谈诚信教育

"诚"即诚实、诚恳，主要指主体真诚的内在道德品质；"信"即信用、信任，主要指主体"内诚"的外化。"诚"更多地指"内诚于心"，"信"则侧重于"外信于人"。"诚"与"信"一组合，就形成了一个内外兼备、内涵丰富的词，其基本含义是指诚实无欺，讲求信用。诚信被中华民族视为自身的行为规范和道德修养，形成了独具特色并具有丰富内涵的诚信观。"诚信"是社会主义核心价值观体系中极其重要的组成部分。今天，在校园内外开展诚信教育具有哪些时代意义呢？

2022年高考第二天，"高考数学全国乙卷甘肃考生作弊"一事登顶热搜。这则消息在网络上出现后，不仅引来众人关注，也进入教育主管部门和公安机关的视线。

为什么高考作弊这样的事能引发人们如此高度关注呢？

因为在中国，对于每一个学生来说，高考都是严肃而神圣的一次选拔，是很多人通过十多年寒窗苦读改变自己命运的机会。作弊行为会严重损害考试本应具有的公平公正性，是严重的失信行为。

所以考生作弊并非小事，而是后果非常严重的违规甚至是违法犯罪行为。考生若被认定为作弊，依据教育法相关规定，应取消其相关考试资格或者考试成绩，情节严重的还要依据刑法承担相应的刑事责任。

毋庸置疑，这名考生将会为自己的错误行为付出巨大的代价。

可是，当我们从教育的角度去审视这个案件，这名学生闯过重重检查把手机带进考场，不只是意外，也不只是监考老师的疏忽，更为根本的原因是诚信教育的缺失。

诚信，是一种精神，是一种态度，是一种行为，是一种规范，是做人不可或缺的一种品质，是为人处世的根本。

我国是考试制度的发源地，科举考试制度从隋朝开始实行，到1905年举行最后一科进士考试为止，历经了1300多年。

有考试就有选拔，有选拔就有人能凭借自己的努力改变命运，然而有利益就会有人想走捷径。自古以来，为了防止科举考场作弊，即使是封建时代社会制度存在着种种弊端，历朝历代的统治者也制定了各种各样严格的考试制度来防止作弊。1300多年来，从科举考场中走出了一代又一代国之栋梁。当然据史料记载，历史上也曾经有过科举考场舞弊案的发生。这些案件有的被编成小说，有的被写成剧本，被今天的我们从不同的书籍中读到，其用意不外乎以史为鉴，借古人的教训让今天的学子引以为戒。

细心的读者也许早就发现，《红楼梦》作为一部反映一个时代社会现象的小说，里面尽管涉及了诸多行业的人物，但是基本上没有在"科举考试"这一领域安排过多的情节。通行本中只在开头第一回提到贾雨村在甄士隐的资助下进京赶考，到第二回就已经考中进士，后又因贪酷之弊被革职。再后来就是第一一九回"中乡魁宝玉却尘缘　沐皇恩贾家延世泽"提到了贾宝玉和贾兰参加科考，也没有细写过程。

考试是为了选拔人才，而诚信是为人的基石。这一点，我们从《红楼梦》的阅读中也能得到启发。

启示一：何为人才？先成"人"后成"才"

《红楼梦》中的贾雨村是一个不折不扣的"禄蠹"。他虽然参加科考"会了进士，选入外班，今已升了本府知府"，一考即中可知其有一定才识，但是"生情狡猾，擅篡礼仪，且沽清正之名，而暗结虎狼之属，致使地方多事，民命不堪"，在任不久就被革去职务。

被革职的贾雨村后来能成为林黛玉的启蒙老师，足见五世书香的探花林如海也是认可贾雨村的才华的。只不过林如海并不懂得"人"比"才"更重要的道理，把贾雨村举荐去做官之后，贾雨村的所作所为更进一步证明了一个有才无德的人身居高位的危害。

那么，什么是"人"呢？人者，仁也。心存诚善，不做违法之事，不说违心之言，不与奸人为伍，崇德向善，方为"人"也。《周易》有云："德薄而位尊，智小而谋大，力小而任重，鲜不及矣。"意思就是德行浅薄而地位太高，智慧不足而谋划甚大，能力不足而责任重大，那就很少能办成事情了。

贾雨村与科举考试，虽只闲闲一笔，但足以看到一个缺乏诚信的人即使才华出众，也只会成为社会的危害。

启示二：何为考试？考其志向，试其才学

通行本《红楼梦》后四十回历来有续写、改写之说，第一一九回安排贾宝玉和贾兰叔侄俩下场参加科考，并且说贾宝玉中了举人之后了却尘缘出家了。

这其中是续写还是改写自有后人发掘证据来评论，我们只说贾宝玉叔侄俩参加的考试本来的意义是什么。"考"，有测验、查看、研究的意思；"试"，有验证、尝试的意思。古人参加科举考哪些学科呢？据史料记载，法令、算术、书法、文才、政论，这些都曾是科举考试的题目，到了后来的明清时期则考八股文。

八股文的束缚导致不少读书人厌恶科考，贾宝玉在书中就多次明确表示自己不喜欢写那样的文章。再反观八股文之前的科举考试内容，不难看出，设置科举考试本来是为了从民间选拔人才，所以考试的本身正是为了"考其志向，试其才学"。只有品德高尚、志向远大、学识渊博的人，才担得起重任；只有胸怀天下、关心民生、有智有识的人，才能成为国之栋梁。

"车无辕而不行，人无信则不立。"在这个物质文明和精神文明高速发展的时代，社会各方面对个人的诚信越来越看重，树道德之新风，立诚信之根本，是我们每一个人义不容辞的责任。

如今我们再回头看甘肃考生的作弊事件，这个孩子今后的人生还有很长的路要走，希望他能在这件事上牢牢记住教训：人生中，有些捷径走不得。考试作弊就是这样的捷径，看似近，实则坑多，一旦失足，就是万丈深渊。

数红楼众生百态相　树时代社会道德观

——从《红楼梦》中小人物的行为探究树立新时期社会道德观的必要性

《红楼梦》这部伟大的奇书中人物众多，除了象征着统治阶级的贾府掌权人，另有丫鬟婆子、家丁门客、贩夫走卒、医卜星相等七百多人，这些小人物又为我们今天的德育提供了哪些思考呢？

道德作为一种社会意识形态，是一种无形的巨大的力量。东汉学者王充在《论衡》一书中说："夫德不优者，不能怀远；才不大者，不能博见。"这句话的意思是品德不高尚的人，不会有远大的理想；才能不大的人，不会有广博的见识。

纵观《红楼梦》里的人物关系网，如果把荣国府看作明皇宫的缩影的话，宁国府毫无疑问就是明皇室旁支的写照，以荣国府的权力核心为圆点向外延伸，大体可以分为丫鬟用人类（如袭人、鸳鸯、玉钏等）、门客远亲类（如贾雨村、贾芸、赖尚荣等）、医卜星相类（如张道士、马道婆、王太医、胡太医等），这些人物有的出场次数多，串联并推动了很多故事情节的发展，有的只出现了一两次，却也给读者留下了深刻的印象。但是，这些人物有个共同的特点，那就是他们在整部《红楼梦》里都是小人物。

《红楼梦》里的众多小人物刻画得也非常丰满立体，但是由于出场次数少，很容易被人忽略。今天我们专门找几个小人物来读一读，看看他们在一些事件上的反应折射出作者的哪些思考。

一、鸳鸯的抗争与反叛

鸳鸯是贾母身边的大丫鬟。在作者笔下，鸳鸯人缘极好，善良厚道又勤谨得力，深受贾母倚重，在贾府的少爷小姐中间也颇有口碑。然而第四十六回"尴尬人难免尴尬事　鸳鸯女誓绝鸳鸯偶"，却让我们看到了"水葱似的"鸳鸯性格刚烈的一面。

邢夫人以为只要是个丫鬟，都会想着做姨娘，做妾，从此由奴才变为主子，但她看错了鸳鸯。鸳鸯不是一个普通女孩，她有自己的主见。她曾对平儿说："别说大老爷要我做小老婆，就是太太这会子死了，他三媒六聘的娶我去作大老婆，我也不能去。"

鸳鸯没有强硬的靠山，只是一个"家生子"（父母都是贾府的奴才），给贾赦做妾有可能是她摆脱奴才身份的好机会。就像薛蟠娶了夏金桂之后，夏金桂的陪嫁丫鬟宝蟾就不择手段地想要成为薛蟠的小妾。难怪邢夫人会以为鸳鸯一定会同意，像这样的好机会有多少人上赶着争取呢！

偏偏鸳鸯不是那样市侩短视的人，严词拒绝后给自己也惹下了麻烦，所以《癸酉本石头记》中安排鸳鸯的结局是反出贾府去当强盗也不足为奇了。不过鸳鸯的叛逆却不招人厌恨，反而激发起读者的深思：为什么这么一个温和宽厚的女孩子都能被逼迫着去造反？难道不是在生活中实在看不到活下去的希望了吗？

二、柳五儿的小算盘

柳五儿是厨房柳嫂子的女儿，也是众多丫鬟中的一个。她的初次亮相是在第六十回"茉莉粉替去蔷薇硝　玫瑰露引来茯苓霜"，而且着墨并不多，只有看上去可有可无的寥寥数语："原来这柳家的有个女儿，今年才十六岁，虽是厨役之女，却生的人物与平、袭、紫、鸳皆类。因他排行第五，因叫他是五儿。因素有弱疾，故没得差。近因柳家的见宝玉房中的丫鬟差轻人多，且又闻得宝玉将来都要放他们，故如今要送他到那里应名儿。"

一心想进怡红院去伺候的柳五儿，为了达到目的，和母亲柳嫂子不惜放低身段去讨好同为丫鬟的芳官，可惜的是人算不如天算，柳五儿还没等进怡红院就因病去世了。

柳五儿在书中是个不甚讨喜的角色，丫鬟的命小姐的病，虽然没有如愿进入怡红院，却落得一个"如意算盘打得精"的口实。

其实在《红楼梦》里有好几处都出现了贾府的旁支远亲或者家奴门客因贪图利益，送礼打点以求获得美差。贾芸借钱买礼物求凤姐给他管理大观园花草树木的差事，贾蔷依靠贾珍的面子在元妃省亲之前拿到了采办物资、筹建戏班的差事……这些都是比较明显而且利益较大的工作，殊不知有个每月一两银子的岗位也引得众人纷纷打点。金钏死后，王夫人身边就空出了一个大丫鬟的缺。一个大丫鬟每月的月银有一两，是丫鬟中的最高待遇。为了获得这个缺，许多人打点凤姐，可是最终也许是出于愧疚，王夫人做主把金钏的月钱给了玉钏，白家自是感念太太，安葬金钏不提。

柳五儿、贾芸、贾蔷、白家父母，这些小人物在贾府只是微不足道的小角色，哪怕事关生死也没有引起人们多少关注。可是换个角度来思考，他们的拧巴、无奈除了是生活给予的，有没有自己目光短浅、急功近利的原因呢？

三、贾雨村的虚伪与心计

贾雨村在《红楼梦》里是较早出现且贯穿全文的一个人物，《红楼梦》托"假语村言"传递真实写作意图，警示后人。但是，贾雨村在整部书中是最不讨喜的角色。第四回"薄命女偏逢薄命郎　葫芦僧乱判葫芦案"中，淋漓尽致地刻画了他利欲熏心、徇私枉法、工于心计、无情无义且心狠手辣的特点。

相比之下，同样是攀亲，刘姥姥因为得了小小恩惠就懂得知恩图报，且在贾府失势之后能仗义救巧姐，而显得可爱可敬。

贾雨村的艺术形象折射的是明末东林党的做派。东林党的崛起源于万历后期的怠政，万历时期的东林党所主张的开放言路、反对宦官干政、废除工商税的政治主张，在当时可以说是具有跨时代的先进意义。

而到天启、崇祯两朝时，外患已经成为危害国家安定的主要矛盾，此时的大明王朝日渐式微，土地兼并严重，社会财富分配不均，种种矛盾威胁已经上升到影响国家安全的层面。强敌环伺更使明王朝风雨飘摇的政权雪上加霜。此时，东林党的政策已经不适合当时的大明国情，然而东林党人不以现实的国家利益为重，依然党同伐异，大搞党争，置国家危亡于不顾。难怪崇祯帝临死前说"文臣皆可杀"，盖因其误国也。

小说，是一种取材于现实又高于现实的文学体裁。《红楼梦》作为中国古典小说的巅峰，它不仅折射了社会现象，而且能从不同角度引发后人的深思。

历史上，明朝末年皇帝怠政、无所作为，就如同贾宝玉一样，"纵然生得好皮囊，腹内原来草莽"，导致民生凋敝，百姓流离失所。与此同时，外有强敌环伺，朝中党争不断，最终内忧外患一起爆发，断送了明朝270多年的江山。

根据历史唯物主义中社会存在决定社会意识的原理，构建社会主义和谐社会这一伟大目标的确立，必然要求公民树立社会主义道德观与之相适应。社会主义道德观是推进社会生活和谐的积极力量，它包含"五爱"公德及20字公民道德基本规范。其中，"五爱"指的是爱祖国、爱人民、爱劳动、爱科学、爱社会主义；公民道德基本规范是爱国守法、明礼诚信、团结友善、勤俭自强、敬业奉献。

中共中央总书记习近平指出："人类社会发展的历史表明，对一个民族、一个国家来说，最持久、最深层的力量是全社会共同认可的核心价值观。"中国共产党第十八次全国代表大会报告中提出了"三个倡导"，即倡导富强、民主、文明、和谐；倡导自由、平等、公正、法治；倡导爱国、敬业、诚信、友善。它与中国特色社会主义发展要求相契合，与中华优秀传统文化和人类文明优秀成果相承接，是中国共产党凝聚全党全社会价值共识作出的重要论断。

社会主义核心价值观关系我国社会和谐稳定，关系国家长治久安。今天的我们，肩负着实现中华民族伟大复兴的历史使命，所以我们要不断提升自己的核心价值观理论认知，积极践行社会道德观，才能不断在自己平凡的岗位上为社会进步贡献自己的力量。

看薛家孽子违法纪　赞法治教育进课堂

——从薛蟠的案例探究法治教育

　　法治是指以民主为前提和基础，以严格依法办事为核心，以制约权力为关键的社会管理机制、社会活动方式和社会秩序状态。一个法治的国家，其社会秩序必将是良性的和充满活力的。依法治国，可以保障每一个公民公平地享有合法权益，保障公民生命及财产安全。《红楼梦》这部小说作为封建社会的缩影，显而易见存在"钱大于法""权大于法"的现象，这样的反面案例给了今天的我们怎样的警示呢？

　　近年来，众多读者都能发现《红楼梦》中运用了大量的暗示、隐喻以影射真实的历史事件与人物群体，例如贾家影射明皇宫，贾政、贾宝玉、林黛玉象征着明末政权等，这些后文还会提到。其中，有个群体出现次数不多，但是破坏力极大，作者在行文中毫不掩饰对他们的鄙夷，那就是以薛蟠为代表的败家子群体。

　　薛蟠，在原文第四回明确介绍"这薛公子学名薛蟠，表字文龙，五岁上就性情奢侈，言语傲慢。虽也上过学，不过略识几个字，终日惟有斗鸡走马，游山玩水而已。虽是皇商，一应经济世事，全然不知，不过赖祖父之旧情分，户部挂虚名，支领钱粮，其余事体，自有伙计老家人等措办"。透过这段文字我们已经可以非常直观地感受到，薛蟠在作者笔下就是一个不学无术又奢侈傲慢的纨绔子弟。

　　有趣的是，在给薛蟠这个人物起名字的时候，不知作者是否有意为之，巧妙地使用了拆字法，因为把"孽"这个字拆开就变成了"薛家之子"。这个造孽甚多的"薛家之子"名"蟠"字"文龙"，又可以理解为薛蟠代表的正是明清时期的皇亲贵戚。

"孽子"之名可不是白当的。十五岁的薛蟠自第四回"薄命女偏逢薄命郎　葫芦僧乱判葫芦案"甫一出场就为争买香菱打死了人，随母亲薛姨妈、妹妹薛宝钗进京投靠贾府后，第九回"恋风流情友入家塾　起嫌疑顽童闹学堂"、第四十七回"呆霸王调情遭苦打　冷郎君惧祸走他乡"、第八十五回"贾存周报升郎中任　薛文起复惹放流刑"（通行本）、第一〇一回"呆霸王惹祸牵旧案　悍妒妇作歹设新谋"（癸酉本）……可以说每次出场不是打人就是被打，闹得鸡飞狗跳。最终薛蟠因人命官司又牵扯旧案锒铛入狱，薛家花尽家底终至败落。

薛蟠的性格做派是封建社会一部分地主阶级的缩影，小说中一开始，薛蟠就打死了冯渊，后因薛氏家族的财势，贾雨村和门子联手制造了冤假错案，致使薛蟠逍遥法外。冯渊的一条人命、香菱的一生命运，反成了贾雨村攀结权贵的资本。历史上，封建时代每个王朝都会出现皇亲贵戚仗势欺人的事件。"千里之堤，毁于蚁穴"，当一个个事件积累到一定程度必然会激发社会矛盾，引发大规模的民变。《明史·熹宗本纪》记载："明自世宗而后，纲纪日以陵夷，神宗末年，废坏极矣，虽有刚明英武之君，已难复振。而重以帝之庸懦，妇寺窃柄，滥赏淫刑，忠良惨祸，亿兆离心，虽欲不亡，何可得哉？"这其中的"纲纪"即是社会的秩序和国家的法纪，一个社会是否井然有序、整个体制是否运作正常，与朝纲关系极大。

明末李自成率领的农民起义军打入北京城，崇祯皇帝吊死煤山，标志着明王朝的覆灭。《红楼梦》的作者们回想这段不堪回首的过往，想必对"纲纪""法治"的重要性与必要性会有更深的感悟。

红楼梦回，以古鉴今，既可鞭挞过往，亦可警醒当下。

2022年6月10日，唐山烧烤店打人的视频在全网被曝光，阅读量很快超过20亿，引起了社会各界的关注。

人们震惊于国家扫黑除恶多年，唐山的这帮狂徒竟然还敢如此无法无天，不知收敛。人们更惊恐于如果我们不反抗呐喊，那有朝一日，落在被打女孩身上的拳头和臭脚，也会成为我们每个人的噩梦。

隔着屏幕都能感觉到被打女生身上的剧痛，相隔万里也能看见施暴者丑恶又暴戾的嘴脸。

"严查！严惩！严打！不要放过这群畜生！"成了善良者共同的呼声。全网关注下，唐山警方称已经抓获所有嫌疑人，我们期待也相信法律能给弱者以公正。

如今我们应该庆幸能够安心地栖居在这片法治气息浓郁的土地上。党的十九大报告把明确全面推进依法治国总目标纳入习近平新时代中国特色社会主义思想的"八个明确"，把坚持全面依法治国纳入新时代坚持和发展中国特色社会主义的"十四个坚持"基本方略，把"法治国家、法治社会基本建成"纳入2035年基本实现社会主义现代化的奋斗目标，标志着全面依法治国构成了我们党的指导思想、基本方略和奋斗目标的重要内容。

2019年3月18日，习近平总书记主持召开学校思想政治理论课教师座谈会并发表了重要讲话。习近平强调，思想政治理论课是落实立德树人根本任务的关键课程。青少年阶段是人生的"拔节孕穗期"，最需要精心引导和栽培。我们办中国特色社会主义教育，就是要理直气壮开好思政课，用新时代中国特色社会主义思想铸魂育人。

义务教育阶段的思想政治课为道德与法治课，课程有机融入法治知识，注重培养法治意识，根据党的十八届四中全会"在中小学设立法治知识课程"的要求，把六年级上册和八年级下册的教材设置为法治教育专册，集中讲授宪法，强化系统性。其他册教材结合相关内容分散嵌入，确保法治教育贯穿始终，全程不断线。小学阶段的道德与法治教材涉及30多部法律法规，初中阶段涉及50多部法律法规、6部条例和司法解释。

如何在孩子们心中种下法律的种子？这就要求执教道德与法治课的教师不断提升自我，具备准确的法律知识，授课中方能有的放矢，答疑解惑而不致误人子弟。推而广之，每一名教书育人的教师，都应是法治教育的先行者。要成为一名新时代合格的人民教师，除了要具备扎实的学科专业知识和教育理论知识，还需要了解一些相关的教育法律法规知识，把学法、知法、守法、用法的意识贯彻到自己的教育教学工作中，遵师德，守底线，做到依法执教、依法育人。

对于教师而言，我们的工作对象是一群天真善良的孩子，他们已经开始用自己稚嫩的心灵去体会和衡量这个世界，他们有着各自判断是非的标准，在孩子的眼中，教师是成人社会的代表，更是社会公正的代表、社会公平的化身。这就要求教师在其职业领域内，所有的职业表现都要体现社会的正义与良知。学校里，课上课间，教师难免会遇到学生之间出现摩擦矛盾的情况，这时在孩子们纯净的眼中，老师自然成为"法官"，如何公平公正地调解矛盾纠纷，让孩子们心服口服？选拔班干部、活动推荐、评优评先时，怎样坚守初心？不以学生的学习成绩、家庭背景、远近亲疏等为参考侧重，不正是对教师无声的考验吗？老师们需谨记，自己的每一次选择，甚至每一次表扬批评，都会被每个孩子看在眼里，记在心里，影响着孩子们对于是非善恶的判断和理解。

公平与公正，说简单，做不易。千百年来，世界千变万化，但趋利避害的人性未变。中国是一个非常讲究人情的国家，又有谁不在千丝万缕的关系网之中？"读史以明鉴，鉴古以知今"，传道授业的教师们是孩子们认识世界的窗口，我们必须以社会主义核心价值观为指引，热爱、尊重、信任每一个学生，敢于坚持原则，在自己教学工作的各个环节建立公正、民主、平等的氛围，形成一股"法治"的清正之风。

红楼多少梦，梦醒知何处？愿薛蟠这样的人物在我们的生活中越来越少，愿小说里的案件只存在于文学作品中，永远不要照进现实。

品黛玉初进荣国府　思少年当知礼仪规

——浅谈礼仪教育

中华民族自古以来就是礼仪之邦,《论语》有云:"不学礼,无以立。"礼在中国古代是社会的典章制度和道德规范。《红楼梦》这部书的作者推崇的是儒家的治国理政思想,其中对于儒家正统礼仪的描写在第三回林黛玉初进荣国府的情节中体现得淋漓尽致。这部分描写能给今天的小学生礼仪教育带来哪些启示呢?

《红楼梦》第三回"贾雨村夤缘复旧职　林黛玉抛父进京都"描写八岁的林黛玉辞别了父亲林如海,第一次去京都外婆家。书中有话:"这林黛玉常听得母亲说过,他外祖母家与别家不同。他近日所见的这几个三等仆妇,吃穿用度,已是不凡了……"所以到了外婆家,黛玉是"步步留心,时时在意,不肯轻易多说一句话,多行一步路,惟恐被人耻笑了他去"。

从弃舟登岸到进入荣国府,再到宝黛相见,里面有几个非常典型的场景可以看出林黛玉"礼出大家"的风范,我们一起来品一品吧。

1. 辞饭

林黛玉拜见了外婆史老太君后,遵照其嘱咐去拜见两位母舅:大舅贾赦和二舅贾政。

不出意料,两个舅舅都没有见到。是两个舅舅故意冷待外甥女吗?未必。那为什么都不见呢?这正是作者对社会礼仪的思考。封建社会还是以男权为尊，如果林黛玉是个男孩，想必贾赦、贾政一定会见，因为男孩可以代表林如海，无论如何也要见。就像薛蟠一家进京，贾政、贾赦、贾珍都亲自接见了，皆因薛蟠能代表薛家。对此甲戌本侧批曰："若一见时，不独死板，且亦大失情理，亦不能有此等妙文矣。"

舅舅没见到，黛玉"再坐一刻，便告辞"。邢夫人"苦留吃过晚饭去"，这也是人之常情，但黛玉却笑回道："舅母爱惜赐饭，原不应辞，只是还要过去拜见二舅舅，恐领了赐去不恭，异日再领，未为不可。望舅母容谅。"她的话里讲的是礼节，还要去拜见二舅舅，如果先在这里吃了饭去，那未免显得太怠慢了；同时也恰到好处地向大舅母表示歉意，给所有人一个"识大体"的印象。

2. 谢座

黛玉有三处"谢座"。

第一处，林黛玉在荣禧堂东边的一间耳房里等贾政和王夫人接见："老嬷嬷们让黛玉炕上坐，炕沿上却有两个锦褥对设，黛玉度其位次，便不上炕，只向东边椅子上坐了。"

"度其位次"可以看出这是主人待客的座位，不僭越，礼也。

第二处，王夫人把黛玉请到了"东廊三间小正房内"。"正房炕上横设一张炕桌，桌上垒着书籍茶具，靠东壁面西设着半旧的青缎靠背引枕。王夫人却坐在西边下首，亦是半旧的青缎靠背坐褥。见黛玉来了，便往东让。黛玉心中料定这是贾政之位。因见挨炕一溜三张椅子上，也搭着半旧的弹墨椅袱，黛玉便向椅上坐了。王夫人再四携他上炕，他方挨王夫人坐了。"

相较于刚才老嬷嬷们让黛玉上炕，王夫人就有点形式主义和考验黛玉的意思了。黛玉看出这东边是二舅贾政的位子，也知道那是上座，当然不能坐，选择去"挨炕一溜三张椅子上"坐了。王夫人"再四"要拉她到炕上坐，她才挨着王夫人坐了，应该还是坐在王夫人的下首，也即西边。既可以表示亲近，又不失礼节。

第三处，贾母叫吃饭，又碰到排座次的问题。"贾母正面榻上独坐，两边四张空椅，熙凤忙拉了黛玉在左边第一张椅上坐了，黛玉十分推让。贾母笑道：'你舅母你嫂子们不在这里吃饭。你是客，原应如此坐的。'黛玉方告了座，坐了。"

吃饭的位次，自古至今都不是小事。想黛玉小小年纪，就能如此妥当地处理，的确当得起作者笔下儒家正统的代表。

3. 吃茶

饭后吃茶一节，是林黛玉初进荣国府的经典桥段。"寂然饭毕，各有丫鬟用小茶盘捧上茶来。当日林如海教女以惜福养身，云饭后务待饭粒咽尽，过一时再吃茶，方不伤脾胃。今黛玉见了这里许多事情不合家中之式，不得不随的，少不得一一改过来，因而接了茶。早见人又捧过漱盂来，黛玉也照样漱了口。盥手毕，又捧上茶来，这方是吃的茶。"

与自家习惯不同便懂得"入乡随俗"，不明就里便细心观察，是以林黛玉的做法颇有孔子遗风。《论语·八佾》有云："子入太庙，每事问。或曰：'孰谓鄹人之子知礼乎？入太庙，每事问。'子闻之，曰：'是礼也。'"这段话的意思是孔子对周礼十分熟悉，但是他来到祭祀周公的太庙里却每件事都要问别人。于是有人就对他是否真的懂礼表示怀疑。孔子听到后，不以为忤，亦不以为耻，还很坚持，说："这就是礼啊。"孔子这种"每事问"的行为体现了他谦逊好学的态度，同时也说明他对祭祀大典的诚敬谨慎。

再读《红楼梦》，似乎只有在林黛玉初进荣国府的时候才能看出贾家"簪缨世族，诗礼传家"的样子。今天的少年儿童要注重礼仪教育，不仅是对中华民族优秀传统文化的传承，而且是构建文明社会的时代呼唤。

讲文明，懂礼仪，并不是表面文章，是一个人在与他人、与社会共处的时候，自觉遵守规范的道德修养。客观来说，现在的青少年学生中，存在着对应有的礼仪素养不重视、礼仪观念淡薄的现象。一些孩子在学校里，不会尊重他人，不会礼让，不讲礼貌；在社会上不懂怎样称呼他人；在家里不懂孝敬长辈，唯我独尊，有时显得智力有余而教养不足，缺乏必要的礼仪修养。

2018年，天津一家影院的屏幕被划烂，影院一直没能找到肇事者，损失近二百万元；2020年国庆节期间，海口发生熊孩子损坏影院银幕事件，影院报警后经协商，家长赔偿两万多元；2021年五一期间，东莞出现熊孩子踢屏幕事件，警方介入……

除了这些事件，如果在网上搜索"熊孩子"，能出现85800条相关报道。为什么现在社会上有这么多"熊孩子"出没？归根到底就是家庭与社会在礼仪教育方面的缺失。

为了加强中小学文明礼仪教育，提高中小学生的思想道德修养，努力构建社会主义和谐社会，提升全民族的文明素质，增强国家的文化软实力，2010年教育部颁布了《中小学文明礼仪教育指导纲要》，强调要贯彻落实全国教育工作会议精神和《国家中长期教育改革和发展规划纲要（2010—2020年）》，深入贯彻落实《中共中央国务院关于进一步加强和改进未成年人思想道德建设的若干意见》。

《中小学文明礼仪教育指导纲要》指出，小学阶段的教育目标是："重在培养学生良好文明习惯。让学生掌握基本的礼貌、礼节规范，在学习、生活实践中初步养成讲文明、讲卫生、讲秩序、讲公德的良好习惯。"

初中阶段的教育目标是："在培养学生养成文明习惯的基础上，让学生理解学习文明礼仪的意义。培养说文明话、办文明事、做文明人的意识。培养热心参与、友好交往的能力，能够自觉规范自己的行为举止，完善个人素养。"

高中阶段的教育目标是："让学生了解礼仪的渊源和内涵，掌握做人做事的原则和方法，提高合作、参与、交往的能力，培养乐观、豁达、积极向上的性格，形成对家庭、社会和国家的责任感，树立社会主义公民意识。"

中国是具有悠久历史的文明古国、礼仪之邦，礼仪文化源远流长。讲文明、懂礼仪是当代公民必备的基本素质，是做人的基本要求。让学生了解文明礼仪的基本内容，懂得文明礼仪是个人文化、艺术、道德、思想等的表现形式，是人们完善自我、与人交往的行为规范与准则。希望通过我们的共同努力，能帮助更多的学生养成文明礼貌的行为习惯，使他们能够成长为优雅大方、豁达乐观、明礼诚信的合格公民。

听史太君教众孙女　想青春期边界教育

——谈青春期男女生交往边界

青春期在生理学上指由儿童阶段发展到成人阶段的过渡时期,是人生长发育的重要阶段。从社会学上看,青春期是人生发展的一个重要时期,也是性教育的关键时期。帮助青少年了解青春期的身心发展变化,学习如何处理人际关系,有利于促进青少年的身心发展与社会性发展,这些都是青少年道德与法治教育中的重要内容。

《红楼梦》中贾府春节期间娱乐节目很丰富,第五十四回"史太君破陈腐旧套　王熙凤效戏彩斑衣"描写了一派歌舞升平的热闹景象。然而在这一回里,为什么有"贾母评书"的经典场面?贾母为何不听《凤求鸾》而点《将军令》?这里面透露着哪些教育方面的思考?我们一起来听一听——

> 贾母便问:"近来可有添些什么新书?"那两个女先儿回说道:"倒有一段新书,是残唐五代的故事。"贾母问是何名,女先儿道:"叫做《凤求鸾》。"贾母道:"这一个名字倒好,不知因什么起的,先大概说说原故,若好再说。"

女先儿告知此书述说金陵人氏、两朝宰辅王忠告老还乡,后来命公子王熙凤上京赶考,王公子途中避雨进了世交李乡绅庄园,住在书房里,李家有位千金小姐雏鸾，琴棋书画，无所不通。

此时书中原文是——贾母忙道："怪道叫作《凤求鸾》。不用说，我猜着了，自然是这王熙凤要求这雏鸾小姐为妻。"接着贾母便作了书评："这些书都是一个套子，左不过是些佳人才子，最没趣儿。把人家女儿说的那样坏，还说是佳人……比如男人满腹文章去作贼，难道那王法就说他是才子，就不入贼情一案不成？……"

贾母在《红楼梦》整部书中是当仁不让的家族最高统治者，每次出现在众人面前时都是沉稳、慈爱又有着老于世故的精明，唯独这一次和说书的女先儿对话的时候用了"忙道"这个词，贾母为什么会"忙"呢？因为此时她想到的是身边坐着的黛玉、迎探惜三春这几个青春期的女孩子。

青春期的孩子自我意识开始觉醒，他们欣喜地体验着自己的成长，渴望独立自主，渴望摆脱种种约束，尤其是古时候女孩子及笄之后就可以谈婚论嫁了。这是女孩子最美好的年龄，也是最危险的年龄。这个年龄的女孩子既容易受到诱惑，又没有足够的自我保护能力，一旦受到伤害会给她们的一生造成阴影。所以，给青春期的孩子们在男女生正确交往方面进行及时的教育，是非常有必要的。

怎样给青春期的孩子们进行边界教育呢？最好的办法是让他们知道自己的底线。任何人或事一旦越过这些底线就要提高警惕。

这些底线包括自律意识、自我保护意识和自立意识。

首先，要培养孩子的自律意识。

自律意识是孩子成长过程中真正的"防护服"。孩子能够懂得自我约束，遵守规则，有明确的边界感，能正确把握分寸，才能真正保护自己。如今网络上经常能看到未成年人早恋等相关报道，这些孩子在自己不具备承担责任的能力时犯下错误，正是因为不懂得自律，在与同学交往时没有正确的边界感和分寸感，酿成大错之后只能用自己的一生为错误买单。

其次，要培养孩子的自我保护意识。

这些年，青少年因不谙世事而上当受骗的事时有发生，有些甚至危及生命。父母也无法时刻跟在孩子身边保护孩子，因此应尽早培养孩子的自我保护意识，让他们拥有自我保护的能力。

最后，一定要培养孩子的自立意识，尤其是女孩子。

自立意识是孩子长大的标志之一。有自立意识的孩子，不虚荣不软弱，拥有独立精神和自由人格，不会因为一点财帛或其他的诱惑而放弃自己的奋斗，更不会将自己的人生寄托在别人身上，依赖别人的施舍过活。

网上有个流传很广的故事。

女儿考上大学后，父亲给她打钱："1200元够不够？"

女儿回答："够了。"

父亲又说："想买什么就买，别亏着自己。"

女儿听了，半天不作声。父亲觉得奇怪："怎么了？"

女儿说："室友和我一样，每月家里也是给1200元，但她生活质量比我高，每天都有零食吃，每周都去麦当劳……"

父亲说："她是不是在打工？你不要去，耽误学习。"

"她没有打工，是在谈恋爱。有一次她约会回来对我说，其实她不喜欢那个男生，只是喜欢他替自己买单而已。她还说我傻，可惜了这张脸，如果她有像我这样漂亮的脸，根本不用向家里要钱。"

父亲放下电话，立即给女儿打了1500元，并对女儿说："从这月起，爸爸每月给你1500元。多出的300元，你可以买零食。还有，如果你恋爱了就要告诉我。我每月再给你500元，作为恋爱经费。请你一定要记住，每次约会，都不要忘了带上自己的钱包。"

这位父亲为什么要这么做？他是在传达给女儿一个生活底线——要有经济独立能力。经济独立的女人，是最有尊严的女人。经济不独立，人格便不独立；人格不独立，爱情便不独立。

贾母也许当时没有想到这些理论，但是作为贵族的大家长是不会允许自己家族出现"雏鸾"这样的"佳人"的，轻而易举就被莫名其妙的人诱惑了，那可真是"出乱"了。因此贾母当时急忙打断女先儿的话，一番"掰谎记"揭破了市井评书惯用的套路，也顺带教育了众孙女要自尊自爱。

再细想，贾母的"掰谎记"仅仅是为了教育身边的女孩子们吗？非也。这个情节同时也是作者站在统治者的角度，对社会上的读书人（才子）发出的呼声：大丈夫当志存高远，岂能为儿女情长而丧志乎？

贾家为武将之家，贾母不听《凤求鸾》而点《将军令》，实质也是在教育子孙不忘本，更是作者借《将军令》在勉励后辈奋发图强。

自古以来读书是为了"修身齐家治国平天下"，十年寒窗是为了实现自己的远大抱负，又怎能把诗书作为风流浪荡的资本？

2020年10月17日，国家主席习近平签署主席令，正式宣布《中华人民共和国未成年人保护法》（下称"新法"）由中华人民共和国第十三届全国人大常委会第二十二次会议于2020年10月17日修订通过，自2021年6月1日起施行。

新法在很多方面作了大幅度扩展，其中第四十条第二款规定："学校、幼儿园应当对未成年人开展适合其年龄的性教育，提高未成年人防范性侵害、性骚扰的自我保护意识和能力。"这一规定使得学校性教育这项重要却始终棘手的工作终于有了法律依据，标志着中国性教育有了巨大的进步。

跨越数百年的时空，《红楼梦》里贾母教众孙女的声音仿佛还在回响，那是一个时代对青春的缅怀。青春期是美好的，青春期的青少年是祖国未来的栋梁。教师、家长和社会都应给予他们正确的青春期价值引导，帮助他们健康快乐地成长，使他们拥有更美好的人生。

痴贾瑞魂丧风月鉴　青少年品塑责任感

——从贾瑞之死探讨新时代青少年"爱与责任"的教育

贾瑞在《红楼梦》里只是微不足道的一个小人物,出场没几次就死于"王熙凤毒设相思局　贾天祥正照风月鉴"一回。贾瑞之死固然是因为王熙凤毒设相思局,但是就贾瑞接近王熙凤的目的来说,他本身思想上也存在着巨大的问题,贾瑞可笑可悲又可叹的一生给后人留下了哪些思考呢?

贾瑞,贾府义学塾贾代儒的长孙。贾瑞的身世及成长过程,在《红楼梦》第十二回中有较为详细的交代:"原来贾瑞父母早亡,只有他祖父代儒教养。"贾瑞幼年丧亲,在祖父膝下成长。关于贾瑞的祖父贾代儒,书中说得也很清楚——"贾家塾中现今司塾的是贾代儒,乃当今之老儒",所以贾瑞是最有机会接受正统儒家教育的。但遗憾的是,种种原因造成贾瑞并没有如祖父所期望的样子发奋读书光宗耀祖,反而变成了一个表面唯唯诺诺、实际内心龌龊的不良青年。

从第九回"恋风流情友入家塾　起嫌疑顽童闹学堂"的几句侧写,可以看出贾瑞的品行。据书中交代,贾代儒如果有事,即命贾瑞管理学中之事,"原来这贾瑞最是个图便宜没行止的人,每在学中以公报私,勒索子弟们请他;后又附助着薛蟠图些银钱酒肉,一任薛蟠横行霸道,他不但不去管约,反助纣为虐讨好儿"。这才引起书房里的一通大闹。

贪小利而无大用,是贾瑞给人的第一印象。

然而到了第十一回"庆寿辰宁府排家宴 见熙凤贾瑞起淫心"则让所有读者看到了贾瑞毫无责任感、不光明磊落的特点。

是以贾瑞到了第十二回就以一种极不光彩的方式死去,却没有一个人表示同情。贾瑞就如一面风月宝鉴,观贾瑞的所言所行,能折射出青少年如果在思想道德教育方面有所缺失的话,会呈现三种特点。

特点一:目光短浅胸无大志

贾代儒在豪门大族贾家的私塾教书,地位相当于现在贵族私立学校的校长。且不说贾代儒的教学水平和教育观念,单就贾代儒教书的收入来看,其家境也还是说得过去的。书中有一段关于秦钟入学的描写:"他父亲秦业现任营缮郎,年近七十,夫人早亡……只是宦囊羞涩,那贾家上上下下都是一双富贵眼睛,容易拿不出来,为儿子的终身大事,说不得东拼西凑的恭恭敬敬封了二十四两贽见礼,亲自带了秦钟,来代儒家拜见了。然后听宝玉上学之日,好一同入塾。"可知秦钟入学是交了二十四两银子的学费。这二十四两银子的概念在后面第三十九回刘姥姥二进大观园的时候也有一比:"这样螃蟹,今年就值五分一斤。十斤五钱,五五二两五,三五一十五,再搭上酒菜,一共倒有二十多两银子。阿弥陀佛!这一顿的钱够我们庄家人过一年了。"再加上第九回文中说:"原来这贾家之义学,离此也不甚远,不过一里之遥,原系始祖所立,恐族中子弟有贫穷不能请师者,即入此中肄业。凡族中有官爵之人,皆供给银两,按俸之多寡帮助,为学中之费。特共举年高有德之人为塾掌,专为训课子弟。"由此可见,贾代儒担任书塾校长兼老师每年的收入还是足以养家的。

在这种情况下,本应发奋读书立志出人头地的贾瑞,却没有从圣贤书中读出人生理想。二十多岁的年龄,落在一群纨绔子弟之间晕头转向,偶尔从中获得些许蝇头小利便得意洋洋。一日如此,一年如此。

殊不知,没有理想的人生不仅是缺少方向,更是虚度光阴。

今日薛蟠等子弟可以与你为伍,好酒好肉,他日呢?他日薛蟠等人离开学堂，该继承家业的继承家业，该继承爵位的继承爵位，贾瑞能剩下什么？只有蹉跎的岁月和日渐衰颓的精神。

现代教育中贾瑞这样的例子不胜枚举。寒门父母节衣缩食拼尽全力将儿女送到收费颇高的学校，希望能尽自己最大的能力改变孩子的人生阶层。可是有些寒门出身的孩子不仅没有珍惜机会发奋读书，反而比吃，比穿，比恋爱，比游戏，比不学无术，沾染上有些富家子弟的不良习性。他们不会想到，毕业的那天，除了一身恶习和为了供养他们而变得更加贫寒的家庭，他们还能剩下什么。

由此可见，少年当立凌云志，不负黄河万古流！

特点二：只有欲望而无担当

曾经有人评论贾瑞之死的时候，说贾瑞这个人物的出现就是作者为了刻画王熙凤心狠手辣。这种说法也算是有一定的道理，但是这种说法忽略了另一种可能。如果贾瑞试图调戏的不是王熙凤，而是一个身份卑微的丫鬟，或者像迎春、尤二姐那样性格懦弱的姑娘，在对女性要求苛刻的封建社会，会有什么后果呢？极有可能是贾瑞得逞后女孩身败名裂。

贾瑞接近王熙凤是出于"爱"吗？想来贾瑞不配。如果第一次被王熙凤惩治后他能迷途知返，也不至于后来丢掉性命。"欲"，使他忘记了礼义廉耻，第二次走进"相思局"后"冻恼奔波，因此三五下里夹攻"一病赴死。

贾瑞的事件又一次让人想到了2022年6月10日唐山烧烤店打人事件。随着调查深入，打人者的身份逐渐浮出水面，是一伙惯于行凶的恶徒，都有过多次伤人的前科。引发全网众怒的，正是那名首犯去接近受害者的时候本就不怀好意，遭到拒绝后又丧心病狂地集体施暴。

不得不说，幸亏贾瑞不是那伙恶徒，否则王熙凤也有可能惨遭毒手。再反过来说，这伙恶徒的暴行居然发生在我们今天的文明社会中，确实值得整个社会反思，这些人的道德去哪儿了？多年之后，他们回想自己劣迹斑斑的一生会不会羞愧？

除这伙暴徒应该被严厉惩治以外，事件发生后的第二天，西南政法大学一名学生因在网上发表不当言论被学校予以警告处分。相比于作恶多端的施暴者，这名大学生的言论更让人感到不寒而栗：西南政法大学作为重庆市直属的政法类高校，同时也是我国政法类老牌高校之一，学校影响力和学生就业率一直名列前茅。学生毕业后主要从事公检法等工作，不少都在各地区政法系统中担任要职。所以，西南政法大学也被誉为法学界的"黄埔军校"。可惜，就是如此赫赫有名的政法大学竟然有学生针对唐山烧烤店打人事件发表一些不当的言论，难怪网友们会觉得不可思议，也难以置信。试想，如果这样的人将来真的成为一名法官，法律的尊严能被捍卫吗？普通人的正当权益能被保护吗？

担责任，始进步；尽责任，始成长。

特点三：忘廉耻而不会"爱"人

樊登曾经推荐过一本书，名为《少有人走的路》，里面对成熟的爱情有一段精辟的注解："爱是为了促进自己和他人心智成熟，而不断拓展自我界限，实现自我完善的一种意愿。"这里面的核心观点就是要看重心智成熟这件事。心智成熟是发生在你和被爱的人之间的，两个人都需要达成心智成熟，这才是真正的爱。

放在《红楼梦》里来看，贾瑞对王熙凤绝对不是"爱"，用平儿的话来说那是"癞蛤蟆想天鹅肉吃，没人伦的混帐东西，起这个念头，叫他不得好死！"

贾宝玉对林黛玉是爱吗？应该是有"爱"的，但不是成熟的"爱情"。至于大观园里其他的女孩子，比如为表弟潘又安而死的司棋、深恋贾蔷的龄官、与贾芸互诉衷肠的小红等，她们或许也曾憧憬过爱情，但是由于那个时代本身对女子的态度，决定了她们在感情生活中的地位。

那么我们今天在"爱与责任"这个主题下要对青少年做好哪些思想教育呢？

首先，要培养青少年爱的能力。爱，不是洪水猛兽，是一种纯洁美好的情感。青少年时期，不要回避谈论"爱"这个话题，应该让孩子们明白什么是"爱"。爱意味着付出，那么青少年时期好好学习实现自己的远大理想正是为了拥有爱的能力。

其次，要培养青少年的责任心。责任心是具有责任感的心态，指个人对自己和他人、对家庭和集体、对国家和社会所负责任的认识、情感和信念，以及与之相应的遵守规范、承担责任和履行义务的自觉态度。培养青少年的责任心，就是让他们懂得要为自己的言行负责，为自己的家庭负责，为自己的人生负责。

最后，要培养青少年的包容心。有了包容心，才能学会与人和谐友善相处。学会接纳不同的意见，包容相异的想法，人才能成长起来。

不要小看每一滴水，许多滴水汇集起来就可能是一场海啸。正是一点一滴的小细节造就了贾瑞卑微又不堪的命运。对于今天的青少年来说，一定要引以为戒。

观宁荣府穷奢极欲 感新时代俭以养德

——从宁荣二府因"奢"而"败"谈勤俭节约

说及"俭"字,我们会想到节省、节约、节俭、俭朴,想到生活有计划、用钱有节制,不大手大脚、不铺张浪费。崇俭戒奢是中华民族的传统美德。墨子说:"俭节则昌,淫佚则亡。"韩非子说:"俭于财用,节于衣食。"诸葛亮的《诫子书》中有"静以修身,俭以养德"。尊重他人的劳动贡献、劳动成果,才能够做到勤俭自律。具有这样的认识和品德的人,做事才会更有责任心,做事业才更容易取得成功。《红楼梦》中贾家之败虽然是多方面原因共同导致,但是宁荣二府穷奢极欲的生活无疑对家族败亡起到了推波助澜的作用。今天我们看宁荣二府的生活,能给新时代的思政教育带来哪些思考呢?

"俭则约,约则百善俱兴;侈则肆,肆则百恶俱纵。"俭与侈对一个人修身养性的影响,在"百善俱兴"与"百恶俱纵"的强烈对比中呈现得淋漓尽致。曾经有一句老话:"富不过三代。"古代很多富贵人家,位高权重,春风得意,但常常在教育上栽跟头,子孙后代开始骄横跋扈,不知勤俭自律,只知奢侈享受,不但不能继承发扬家业,还把祖宗千辛万苦打拼下来的家业消耗殆尽。

《红楼梦》里多次描写贾氏家族宁荣二府的奢华生活。有几处细节我们来品味一下——

1. 堪比皇宫的大观园

第十六回，贾元春才选凤藻宫之际，贾府预备迎接元春省亲，文中借贾琏的奶妈赵嬷嬷之口说："嗳哟哟，那可是千载希逢的！那时候我才记事儿，咱们贾府正在姑苏扬州一带监造海舫，修理海塘，只预备接驾一次，把银子都花的淌海水似的！说起来……"可见花费之巨。

到了第十八回，元春归省之日，场面是非常宏大、辉煌、奢侈的。"园中香烟缭绕，花彩缤纷，处处灯光相映"，连"贾妃在轿内看此园内外如此豪华，因默默叹息奢华过费"。

2. 够庄户人家一年花费的家宴

第三十九回中，有一顿螃蟹宴，是由薛宝钗和史湘云发起的，在贾府只能算一次小型宴会。周瑞家的道："早起我就看见那螃蟹了，一斤只好秤两个三个。这么三大篓，想是有七八十斤呢。"周瑞家的道："若是上上下下只怕还不够。"平儿道："那里够，不过都是有名儿的吃两个子。那些散众的，也有摸得着的，也有摸不着的。"刘姥姥道："这样螃蟹，今年就值五分一斤，十斤五钱，五五二两五，三五一十五，再搭上酒菜，一共倒有二十多两银子。阿弥陀佛！这一顿的钱够我们庄家人过一年了。"这里足见贾府生活的奢侈，一顿螃蟹宴抵得上平民百姓一家人一年的生活费了，可贾府中人却还嫌不够。

3. 随处可见的奢侈品

贾府的衣食住行中随处可见当时社会上极其罕见的事物。比如缂丝，是一种顶级的丝织品，据记载，一件缂丝龙袍往往需要多个匠人花费一年多的时间才能完成。所以，就算是在皇家，一件缂丝制品的衣服大概也只有皇帝、皇后这样级别的人才能享用。

但是在《红楼梦》里，我们却看见缂丝衣物在四大家族中，至少在王家和贾家，是司空见惯的。如王熙凤第一次出场，身上就穿了一件五彩刻丝（缂丝）石青银鼠褂，她第一次见刘姥姥时，身上也有一件石青刻丝灰鼠披风。

这还不算，在贾府里，这样贵重的衣物，还时常赏赐给下人，可见生活之奢靡。第五十一回，袭人回娘家，因为袭人此时的身份已是宝玉的屋里人，王夫人赏了她几件衣裳，其中就有一件桃红百子刻丝银鼠袄子。

又如宝玉要到王子腾家去时，贾母便命鸳鸯："把昨儿那一件乌云豹的氅衣给他罢。"宝玉看时，金翠辉煌，碧彩闪灼，又不似宝琴所披之凫靥裘。只听贾母笑道："这叫作'雀金呢'，这是哦啰斯国拿孔雀毛拈了线织的。"这件衣服可了不得，堪称《红楼梦》里的冬装之王，雀金呢为面，乌云豹为里，都是当时最名贵的材料，怪不得贾母送这件衣服给宝玉后，还让他去王夫人那里显摆一下。

其他的奢侈品还表现在日常食物上，比如"牛乳蒸羊羔""头胎紫河车""御田胭脂米""新鲜鹿肉""玫瑰露"……在当时社会上都属于皇家专享而且也是非常罕见的食物，可在贾府却是经常能见到而且就连丫鬟用人有时候也能吃上的普通食物。

由此种种，贾府生活的奢侈程度可见一斑。一个官宦公侯之家的生活如此奢靡成风，这也是造成贾家衰败的原因之一。而贾家奢华的生活，不仅仅是其一家的写照，更反映了当时官场、官宦之家的奢靡风气。

纵观历史，此类真人真事不胜枚举。例如乾隆年间有个名叫王亶望的官员，曾任甘肃布政使，后又升任浙江巡抚。这个王亶望做官有没有什么建树我们不知道，但是他最出名的是喜欢吃豆腐。吃豆腐并不是节俭的表现，因为他吃的豆腐制作方法很是奇特。据说王亶望为了让豆腐味道鲜美，命人在自己衙门里养鸭子，鸭子养肥了，而他想吃豆腐了，就杀两只鸭子熬汤，再用这鸭汤煮豆腐。不用此法煮的豆腐，他就食之无味。此豆腐和《红楼梦》里的茄鲞差不多，用刘姥姥的话来说，一个茄子"倒得十来只鸡来配他"。他这一块豆腐得两只鸭子来配，奢侈浪费程度也不遑多让了。

王亶望还只是一个历史上名不见经传的浙江巡抚。据《清史》记载，清代一个七品知县年俸银仅45两白银，即使是总督、巡抚这样的官员，每年俸银也只有150两至180两。这些俸银，还不够这些官僚一餐之费。

为了满足自己奢华的生活,那些官僚靠的自然是搜刮、勒索、贪污、受贿等不法行为。

古语云:"成由勤俭败由奢。"《红楼梦》的作者借贾家之败反思大明江山之亡,对于今天的我们也同样有启发意义。

如今,随着社会的进步,吃饱穿暖已经不再是普通人的梦想,人们开始追求更高层次的生活质量。对此,有些人认为勤俭节约已经是陈词旧调,实则不然。无论什么时代,勤俭都是一种值得继承和发扬的优秀品质。国家提倡合理消费,所谓"合理消费"就是量入为出,避免在消费的同时造成资源、人力的浪费,更不能给生态环境造成破坏。

小学道德与法治课本四年级下册专门用了两个单元的课时向学生讲授勤俭节约的意义,同时指导学生"从自身做起,从小事做起,为形成勤俭节约的良好社会风尚作出自己的努力"。不仅要求学生做到,身为教师,我们更应该以身作则,率先垂范,坚决践行勤俭节约、艰苦奋斗的光荣传统和优良作风。

今天,我们比历史上任何时期都更接近中华民族伟大复兴的目标,人民日益增长的美好生活需要在不断被满足。然而,一道新的考题摆在了我们面前:富起来以后,我们当以怎样的姿态和理念去生活去前进?是把"人生在世,吃喝二字"当信条,还是把"勤俭节约"装在心里、教给后代?新时代,新生活,更要有新智慧。反对奢华浪费,提倡勤俭节约,是每个人任何时候都不能丢掉的优良品质。

宁国府苛待苦焦大　总书记慰问老英雄

——浅谈当代英雄精神教育

在整部《红楼梦》里，焦大实在是存在感太低的一个人物了，出现在《红楼梦》第七回"送宫花贾琏戏熙凤　宴宁府宝玉会秦钟"，然后除了这次出现之后剩下的一两回仅仅是提了一下名字，表示这个人还活着。作为宁国府的一个下人，焦大的出现让我们对于宁国府及书中的豪门望族有了更为深刻的理解，他给今天的思政教育工作带来了哪些思考呢？

焦大是《红楼梦》中宁国府里的一个下人。第七回"送宫花贾琏戏熙凤　宴宁府宝玉会秦钟"里，借尤氏之口对焦大的身份来历进行了一番介绍——

尤氏叹道："你难道不知这焦大的？连老爷都不理他的，你珍大哥哥也不理他。只因他从小儿跟着太爷们出过三四回兵，从死人堆里把太爷背了出来，得了命；自己挨着饿，却偷了东西来给主子吃；两日没得水，得了半碗水给主子喝，他自己喝马溺。不过仗着这些功劳情分，有祖宗时都另眼相待，如今谁肯难为他去。他自己又老了，又不顾体面，一味吃酒，吃醉了，无人不骂。我常说给管事的，不要派他差事，全当一个死的就完了。今儿又派了他。"凤姐道："我何曾不知这焦大。倒是你们没主意，有这样的，何不打发他远远的庄子上去就完了。"

猛一听，这个焦大确实是个不讨喜的角色：年纪大，爱喝酒，喝醉了酒品又不好，"无人不骂"。然而细品焦大的人生经历，"从小儿跟着太爷们出过三四回兵"，说明焦大是军人出身，在战场上出生入死，是战斗英雄啊！"从死人堆里把太爷背了出来，得了命"，由此可见，焦大对贾家是有大功劳的。可是这样一个战斗英雄、一个有恩于贾家的军人，在风烛残年却依然是奴仆的身份，过着无人理睬任人欺负的生活。

焦大对宁国府新主人是恨铁不成钢的无奈，当被拖往马圈的时候，焦大情急之下说出了自己所看到的宁国府的混乱生活："我要往祠堂里哭太爷去。那里承望到如今生下这些畜牲来！每日家偷狗戏鸡，爬灰的爬灰，养小叔子的养小叔子，我什么不知道？咱们'胳膊折了往袖子里藏'！"这一番话将宁国府见不得光的丑陋面彻底暴露出来，连捆绑他的小厮都"唬的魂飞魄散"，可见这样的话在新主子们的耳朵里是多么刺耳，只有焦大这样特殊的人物才敢说出如此犀利的语言。透过如此不堪的话语，我们仍旧可以读到一个忠心耿耿的下人对新主人惋惜却又无法改变现状的无奈，或许作者塑造焦大这一人物就是为了让他说出这些话，以此揭露封建社会里名门望族由繁盛到衰落的本质因素。

透过焦大的命运，能够看到封建社会的兵役制度和出身社会底层阶级的士兵的命运——十五从军征，战场颇有功，封侯无指望，年迈了残生。试想，如果这就是封建帝王对待屡立战功的英雄的态度，那强敌再犯时谁还能挺身而出？

天地英雄气，千秋尚凛然。

英雄，是一个民族最闪亮的坐标。回望历史的天空，无数先烈的牺牲奉献，换来人民当家作主的新中国。在新时代，又有许多后来人接续奋斗，推动新中国的巨轮不断前行。在我们今天所处的时代，英雄都应该得到敬仰，民族精神才会代代传承。

中华民族是崇尚英雄、成就英雄、英雄辈出的民族，和平年代同样需要英雄情怀。致敬英雄、传承英雄精神，习总书记为我们做出了最好的表率。

张富清是原西北野战军359旅718团2营6连战士，在解放战争的枪林弹雨中九死一生，先后荣立一等功三次、二等功一次，被西北野战军记特等功，两次获得"战斗英雄"荣誉称号。1955年，张富清退役转业，主动选择到湖北省最偏远的来凤县工作，为贫困山区奉献一生。60多年来，张富清刻意尘封功绩，连儿女也不知情。2018年底，在退役军人信息采集中，张富清的事迹被发现，这段英雄往事重现在人们面前。

2019年5月24日，中共中央总书记、国家主席、中央军委主席习近平对张富清同志先进事迹作出重要指示强调："老英雄张富清60多年深藏功名，一辈子坚守初心、不改本色，事迹感人。在部队，他保家卫国；到地方，他为民造福。他用自己的朴实纯粹、淡泊名利书写了精彩人生，是广大部队官兵和退役军人学习的榜样。要积极弘扬奉献精神，凝聚起万众一心奋斗新时代的强大力量。"

习主席对抗战时期的老兵、老党员、老干部以及当代退役军人有着深厚的感情，多次就退役军人工作作出重要指示，有许多"暖心话"令人感动。2018年3月12日，习主席在出席十三届全国人大一次会议解放军和武警部队代表团全体会议时，饱含深情地说："必须做好退役军人管理保障工作。该保障的要保障好，该落实的政策必须落实，不能让英雄流血又流泪。"

习总书记不仅牵挂着战场上走下来的英雄，也牵挂着新时期在平凡的岗位上为国家做出杰出贡献的劳动者。

2020年9月8日，全国抗击新冠肺炎疫情表彰大会在北京人民大会堂隆重举行。习总书记向国家勋章和国家荣誉称号获得者颁授勋章奖章并发表重要讲话。授予钟南山"共和国勋章"，授予张伯礼、张定宇、陈薇"人民英雄"国家荣誉称号。以国之名，致敬抗疫英雄！

2021年，经中共中央批准，"七一勋章"颁授仪式于6月29日上午10时在人民大会堂隆重举行。习总书记首次颁授"七一勋章"并发表重要讲话。来自各条战线的29名党员获得了此项荣誉。

这样的事情还有很多很多，每一桩每一件都能让我们感受到习总书记的英雄情怀。

今天，面对新时代的少年儿童，我们同样需要做好英雄精神的教育和传承工作。只有给学生树立正确的英雄观，才能使学生拥有正确的人生导向，自觉以英雄人物为榜样，努力成为对国家对民族对社会有用的人才。

一个有希望的民族不能没有英雄，一个有前途的国家不能没有先锋。

今天我们祭奠缅怀英烈，学习英雄，铭记英雄，就是要传承民族气节，崇尚英雄精神，自觉提升境界，涵养气概，激励担当。

今天我们祭奠缅怀英烈，学习英雄，铭记英雄，也是为了传承红色基因，进一步发扬革命精神，让英烈们挥洒的满腔热血温暖、感动、激励更多人，拼搏在当下，奋斗在当下，奋进在新征程。

第三辑

求法班级管理

物格知至而后意诚，意诚心正而后身修。

细思无为管理潇湘　探究班级管理妙法

——从"黛玉管理方式"谈班级管理

班级教育管理是一个动态的过程，班级管理分为制度管理、平行管理、民主管理、目标管理。细读文本，细品人物，细看红楼世界，很多核心人物的故事都是一本书，也是一本管理教材。他们的管理才能和管理理念也值得我们学习和借鉴。

班级管理管无定法，贵在得法。班级管理的方法有很多，根据班级学情、班主任性格特点呈现出不同管理风格的班级管理模式。衡量班级管理优劣的标准却只有一个——班风正学风浓，班级有超强凝聚力和向心力。

黛玉的管理才能往往被大多数读者所忽视，缘由大概是大家都被宝黛爱情的风花雪月所吸引，或者被黛玉的才情美貌所遮掩。其实，黛玉的管理才能也不容小觑。

林黛玉出生在一个富贵的家庭里，是书香门第，祖籍在姑苏，家住在扬州。她的爸爸林如海是前科探花，后来升职为兰台寺大夫，而后又成为扬州巡盐御史。书内有位着墨极少，甚至没有直接正面描写的人物，但似乎处处有她的影子，她便是贾母之女、黛玉之母贾敏，贾敏出生于四大家族之首的官宦世家，且在家族兴盛之时，从绮罗丛富贵乡里娇生惯养长大的，得父母兄长疼爱。贾母向黛玉说："我这些儿女，所疼者独有你母……"贾母用一个"独"字告诉我们她几乎将全部的母爱都给予贾敏一人。贾敏自小成长于贾府这个大环境，能力和见识可想而知，黛玉一定耳濡目染了母亲很多处理问题的态度和方法。

黛玉的管理可谓是治大国若烹小鲜，虽不显山不露水，但是细读文本，却不得不佩服黛玉的管理之才。

不细读文本，我们会以为潇湘馆里只有黛玉、紫鹃、雪雁三四个人，仔细研读文本品味情节，发现其实潇湘馆里的人不少于二十个，也是一个不小的团队。直到我们看完全本，潇湘馆里从来没有什么是是非非、纷纷扰扰，那里一直都是和谐安宁，风平浪静；而怡红院等其他地方总是是是非非，矛盾重重。

1. 黛玉的管理理念主张宽严有度

"心比比干多一窍"，这是作者对黛玉的莫高赞赏。这句话不全是点明黛玉细腻的心思，更多的是赞扬黛玉谨言慎行、勤于思考、善于观察。她广读诗书，思维敏捷，洞察力强。探春管家时，黛玉赞叹之余，也有自己的见解，她一方面赞叹探春改革大刀阔斧，自己也算出了贾府的亏空："咱们家里也太花费了。我虽不管事，心里每常闲了，替你们一算计，出的多进的少，如今若不省俭，必致后手不接。"可是宝玉却说："凭他怎么后手不接，也短不了咱们两个人的。"一对比，更显黛玉的立足现实，筹划未来。另一方面，黛玉也觉得探春颐指气使，太过张扬，这也是黛玉管理理念的侧面体现——她的管理一定不事张扬，和风细雨。

她还有感于迎春的懦弱，说过："'虎狼屯于阶陛尚谈因果'。若使二姐姐是个男人，这一家上下若许人，又如何裁制他们。"这也说明黛玉的观点是：管理不能过于懦弱无度，一味宠溺，所以黛玉管理潇湘馆一定不是懦弱被动的。黛玉的性格是开放、透明的，她的小性只是在面对爱情时，在管理上是自由、平等、博爱、宽容、宽严有度的。

这有一点明证——王熙凤评论道："大奶奶是个佛爷，也不中用。二姑娘更不中用，亦且不是这屋里的人。四姑娘小呢。兰小子更小。环儿更是个燎毛的小冻猫子，只等有热灶火炕让他钻去罢……再者林丫头和宝姑娘他两个倒好，偏又都是亲戚，又不好管咱家务事。"

2. 黛玉的管理理念重在人心

宝钗的管家本领众所周知，王熙凤却将她和林黛玉相提并论，可见两人的管理才华相差不远。黛玉知世故，不世故，天真烂漫，赤子之心，所以黛玉洞悉世事，不事张扬，稳中求和，运筹帷幄，值得班主任在班级管理中借鉴。人的管理重要的是管心，班级管理也是如此，不在于形式，而在于内在的心的聚合，真正的班级管理也是学生心的聚合。黛玉对潇湘馆的管理是民主在先，是人心的管理，所以潇湘馆才那么和谐，思想统一，从未有过任何风波，也都真心维护集体，且每一个人都安享其中。

3. 黛玉的管理理念收放自如

看看怡红院三天一大闹、一天一小闹，再看看二小姐屋里从奶妈到下面的小丫鬟莲花，没一个省心的。王夫人屋里更别提了，下人就没一个和自己贴心的。无论大小事，争也好，斗也罢，吃酒赌钱，门户不严，这些全部与潇湘馆绝缘，你见林黛玉管过吗？根本不用，林黛玉的水平也正在此，不是不管，而是收放自如，往那一站，自带气场，自身就是标准，以身作则，不怒自威，有这样的管理者，被管理者只想着怎么才能对主子好，那是发自内心的爱戴和敬服。

文中从未见黛玉管理潇湘馆的细节，魏书生曾经说过："班级管理，管是为了达到不管。"要讲究一点"管"与"放"的艺术。"管"是手段，"不管"是目的，但"不管"绝不意味着班主任对班级发展听之任之。班主任的"不管"是以培养全体学生的"共管"为前提的，是以追求班级管理的"大治"和学生能力的全面提升为目的的。

一个人有没有管理才能，不在其风风火火雷厉风行的表现形式，应从多方面认识。黛玉绝对不是不谙世事或者没有管理能力的人，只是她的身体健康以及客居贾府的情况严重限制了她多方面才能的发挥。

班级管理是学校管理的最小单元，每一个班级的管理到位了，学校的管理自然水到渠成，所以提高班主任班级管理理念、水平、能力尤为重要。拓宽班主任管理视野，提升班主任管理能力，这是学校管理的基础。

稻香主人柔中有刚　诗社管理制度严明

——从"李纨诗社管理"悟班级管理制度建设

研读《红楼梦》，众生百态，千人千面，各有所思，一叶知秋。可以享受其文字的美，可以沉浸其人物的真，可以遐想其情节的妙，亦可以汲取其管理之道、经验之谈。班级教育管理是一个动态的过程，班级制度管理是指通过制定和执行规章制度去管理班级的活动。规章制度是学生在学习、工作和生活中必须遵守的行为准则，它具有管理、控制和教育作用。

《红楼梦》中的李纨是一个不太受关注的人物，其实李纨的父亲李守中曾为国子监祭酒，她嫁到贾家是门当户对——

> 原来这李氏即贾珠之妻。珠虽夭亡，幸存一子，取名贾兰，今方五岁，已入学攻书。这李氏亦系金陵名宦之女，父名李守中，曾为国子监祭酒，族中男女无有不诵诗读书者。至李守中承继以来，便说"女子无才便有德"，故生了李氏时，便不十分令其读书，只不过将些《女四书》《列女传》《贤媛集》等三四种书，使他认得几个字，记得前朝这几个贤女便罢了，却只以纺绩井臼为要，因取名为李纨，字宫裁。因此这李纨虽青春丧偶，居家处膏粱锦绣之中，竟如槁木死灰一般，一概无见无闻，惟知侍亲养子，外则陪侍小姑等针黹诵读而已。

这一段文字简单明了，涉及李纨的家世背景、成长教育、婚姻情况、当前的生活状态，还有价值观、生存理念，可以说将李纨的里里外外都介绍得极其清楚。

李纨无论从家世见识到个人修养都是匹配贾家的。从书中很多细节中我们也感受到这个云淡风轻、与世无争的女人其实也是胸有见地、颇具管理才能的。

李纨管理诗社时，不仅是贾家烈火烹油、鲜花着锦的鼎盛时期，也是李纨个人魅力的高光时刻。李纨给人的感觉是无为而治，其实不然。李纨的管理思路很清晰，是有严明的制度和明晰的目标的。

1.诗社有明晰的组织建构

按长幼来排序，七个人来组诗社，迎春、惜春都不是擅长作诗的，所以她给予优先考虑。她建立诗社的组织机构，诗社设社长一人、副社长两人，除了自己担任社长外，李纨还能够审时度势让不善于作诗的迎春、惜春担任副社长，并进行了职责划分，使得众人都有事可做。正如魏书生提出的："人人有事做，事事有人做。"这也是班级管理中不遗忘任何一个学生，人尽其才，才尽其能。

不仅如此，李纨还立规矩说，平时作诗、作词，她们三个不是一定要作的。如果遇到一些容易的题材和韵脚，她们便作。但是另外四个人是必须要作的。这就是她要兴的规矩，如果依她的规矩，她就一起来组这个诗社；如果不依，也就不来一处玩闹了。

见她这样一说，迎春和惜春自然双手支持。宝黛钗三人，为了热闹，自然愿意让着她们一些。探春虽然有一些不情愿，但也只是抱怨了两句，就同意了。

这就是制度建设。要培养优秀的班集体，必须加强班级制度建设，通过班级制度的建立、执行、完善，不断深化班级管理，促进学生的全面发展。我们的做法是：没有规矩不成方圆。因而，班级应建立调节师生关系、同学关系以及规范学生日常行为，明确权利义务等方面的制度。

由于各个班级的学生构成不同，因而各个班级制度也应有各自的特殊性。实践告诉我们，只有不断了解班级的实际情况，明确班级的特点、优势及问题，有的放矢地制定与贯彻班级制度，才能做到发扬优势，纠正问题，形成制度，从而建构班级文化，实现从制度管理到文化管理的升华。

2. 诗社有实际的目标规划

确定诗社常规起社时间，确保诗社长久办下去。

> 宝钗道："也要议定几日一会才好。"探春道："若只管会的多，又没趣了。一月之中，只可两三次才好。"宝钗点头道："一月只要两次就够了。拟定日期，风雨无阻。除这两日外，倘有高兴的，他情愿加一社的，或情愿到他那里去，或附就了来，亦可使得，岂不活泼有趣。"……李纨道："从此后我定于每月初二、十六这两日开社，出题限韵都要依我。这其间你们有高兴的，你们只管另择日子补开，那怕一个月每天都开社，我只不管。只是到了初二、十六这两日，是必往我那里去。"

她对管理是有愿景期待和远景规划的，有明确的组织目标。

反观班级管理，班主任可以制定班级远景规划和班级文化，走内涵发展之路，这才是班级聚合和发展的原动力。另外，李纨的管理才能，尤其是她的活动组织和活动策划能力值得我们学习，班主任老师作为班级活动的组织者和策划者，在活动中应进行有创意的策划、有规划的管理，在活动中激发每一个学生的主观能动性和积极意愿，发挥其潜能。

3. 诗社有严明的惩罚制度

为了保证诗社的正常运转，李纨支持探春提出的立罚约的想法，善于采纳合理建议。

探春道："以后错了，也要立个罚约才好。"李纨道："立定了社，再定罚约。"于是规定，作诗时，因为钗、黛、宝、探是作诗高手，要按照题目韵脚进行，其余人则不必如此。

能力不同，要求也不同，十分公平合理。为了进一步保持公道，对于"出题限韵"也规定"不必随一人出题限韵，竟是拈阄公道"。

另外，在第四十二回，李纨说："社还没起，就有脱滑的了，四丫头要告一年的假呢。""我请你们大家商议，给他多少日子的假。我给了他一个月他嫌少，你们怎么说？"经过详细论证，宝钗说："如今一年的假也太多，一月的假也太少，竟给他半年的假，再派了宝兄弟帮着他。"

可见"海棠社"对于规章制度的执行是非常严格的，并且由集体讨论方可决定，真可谓是"民主管理"的先驱了。这也足可见最高管理者李纨的管理方法和策略。

李纨是有着清晰思路的一位管理者，反观我们的班级管理、组织建构，去明确分工、任务和目标；目标规划，达成目标一致共同体；奖惩严明，具体实施规则严明有约束，是形成好的班级管理运行的前提，是形成特色班级的管理方法步骤，也是班级有序运行、科学管理的重要环节。

班级管理可以借鉴李纨诗社管理的明晰思路以及有效的策略方法，加以运用。

贾母重用熙凤之才　借鉴班干培养之道

——从"贾母人才观"谈班级干部能力培养

在每个班级中，要组成一个坚强的集体，使集体成为陶冶学生的熔炉，不能没有一个领导核心。这个核心，就是班干部。班干部是班集体中表现突出、工作能力强、成绩优秀、具有一定威信的学生代表，是班级活动的积极分子，是班主任工作的得力助手。优秀的班主任一定会将培养班干部作为班级建设的重要工作去做。

班干部的培养与管理是班主任管理工作的核心。如果说做好班主任工作是一门艺术，那么如何培养和管理班干部就是这门艺术的重中之重。著名教育家斯宾塞说过："记住你的管教目的应该是养成一个能够自治的人，而不是一个要让人来管理的人。"现代教育理论又告诉我们，班主任要建设一个积极向上、朝气蓬勃的良好班集体，必须建设一支素质良好、认真负责、积极肯干、能独立高效开展工作的班干部队伍。因此，在班级管理中培养班干部发现问题、解决问题等管理能力具有较强的理论意义和现实意义。

班干部由于生活在同学中间，能掌握班内的第一手材料，班主任借助班干部的"上情下达，下情上传"，能及时了解学生的思想情况，掌握班级各方面动态。因此，班干部又是班主任与学生联系的桥梁。再者，班主任面对几十个学生，每天要做的工作千头万绪，既要备课、上课、批改作业，又要处理班上的事，如果没有班干部的协助，是很难从繁杂事务中抽离出来做好其他工作的。一个班级如果有一批积极工作的班干部，为周围的同学树立良好榜样，对于形成良好的班风、建立一个团结的集体，具有很大的作用。所以每位班主任必须做好班干部的选拔和培养工作。

正确的发展阶段应该是：初期阶段，班主任强势，事必躬亲，选拔培养班干部；成长阶段，班主任慢慢放手，班干部强势起来，能力不断提升；成熟阶段，班主任解脱出来，班干部管理能力日趋成熟，班级实现自主管理。

为了达到最高阶段——班级自治，就需要培养强有力的班干部队伍。这也是彰显班主任管理水平和管理境界的一个层面。

贾母就深谙人才培养之道，知人善任。

贾母是贾府名义上的最高统治者，虽然享乐主义成了贾母晚年生活的主旋律，但她却并不昏庸糊涂，大礼严格，小节灵活，通权达变，惜老怜贫。

贾母晚年的放权，原因在于随着年龄的老去，淡看权势浮华；再者，和她知人善任，着力选拔新一代管理人才也有很大关系，使她可以安心放手，去享受天伦之乐。

贾母的成长背景、生活环境、人生经历，使她活成了人间清醒。她深知贾府这样一个大家族，她的全身而退，必须出现一个新的管理者接班，才能打理庞大家族的琐碎日常，这个人必须是核心层人物，必须具备强大的管理才能。缘何说贾母人间清醒呢？

1. 贾母深谙用人之道

《红楼梦》第三十五回，宝钗在众人面前奉承贾母，这样说道："我来了这么几年，留神看起来，凤丫头凭他怎么巧，再巧不过老太太去。"宝钗的话透露出一个重要的信息，那就是贾母的管理才能是在王熙凤之上的。这话虽然有讨好奉承的成分，但是宝钗是一个比较理性的人，这个结论是她来贾府几年时间，留心观察而得出的，因此这一观点是可信的。

从贾母身边的人也可以看出她是一个很有能力的人。贾母的丫鬟大都聪明能干，鸳鸯就不用说了，是她的贴身秘书，事事处理妥当。袭人、晴雯原来都是贾母身边的丫鬟，给了宝玉。紫鹃是个聪明伶俐的，给了黛玉。为什么贾母身边的丫鬟个个都聪明能干而且忠心呢？首先是因为贾母很会选人，资质差的也入不了她的法眼。

尤其是贾母通过观察，从一众两代媳妇中，选出王熙凤作为接班人，执掌大权，后来事实也证明了其是可堪重任的最佳人选。

贾母选拔人才可谓独具慧眼，正如班级管理中，我们要善于发现基本具备管理才能的学生，要善于选用具备担当意识的学生。

2. 贾母深谙培养之法

贾母非常会培养人，她对王熙凤大胆放权，遇事替人担当，对于培养干部很有自己的策略和方法。

第五十二回，王熙凤提出天气转冷，不如在大观园里再设一个厨房，省得女孩子们到园子外面吃饭，灌一肚子冷风。贾母就向众人说："今儿我才说这话，素日我不说，一则怕逗了凤丫头的脸，二则众人不伏。今日你们都在这里，都是经过妯娌姑嫂的，还有他这样想的到的没有？"

第七十一回，贾母过生日，王熙凤要惩治一个不晓事的老婆子。邢夫人素日对王熙凤不满，当众给王熙凤难堪，让王熙凤下不来台。鸳鸯向贾母说明凤姐受气的原因后，贾母说："这才是凤丫头知礼处，难道为我的生日由着奴才们把一族中的主子都得罪了也不管罢。"鸳鸯是贾母的得力助手，是最懂贾母心思的。随后鸳鸯就进到大观园，当着李纨和众姊妹的面，对王熙凤进行了口头声援。

贾母宠爱王熙凤的例子还有很多，在各种场合提携、力捧。那贾母为什么这么力捧王熙凤呢？

王熙凤是当家人，贾母要给她树立威信。贾家有三四百口人，人口众多，事情繁杂，管理起来特别不容易。而且很多仆人、婆子，又都有各自的打算，都不是省油的灯，管理的难度可想而知。当初贾母嫁到贾家，从重孙媳妇做起，如今自己也有了重孙媳妇了。贾母也是做过当家人的，而且是在贾府的上升时期、鼎盛时期做的当家人。作为一个过来人，贾母更懂得当家的不易。所以她会给正在当家的王熙凤很多支持，帮王熙凤树立威信，这样管理才能更好地进行。

班主任要善于在平时的工作中给予班干部充分的信任和指导，要维护班干部，给他们信心，当他们有了困难时，要及时予以支持，当然，他们有了错误之后，要适时给予指导，当他们因为管理而遭到孤立时，要及时给予帮助，当他们因为工作而失误时，要及时给予宽容，只有这样，才能为他们树立威信，提升自信，才能培养出管理能力强、责任意识强的班干部，班干部也才能更好地为班级服务，为班主任解压，共同管理好班级。

3. 贾母深谙监督之要

第四十回，贾母游大观园，看见黛玉的窗纱旧了，担心宝贝外孙女黛玉被人冷落，用了很隐晦的方式提醒王熙凤："这个纱新糊上好看，过了后来就不翠了。"王熙凤一听就有点尴尬了，立刻表示早就已经准备换了。

王熙凤生病，探春和李纨协理荣国府。王熙凤平时靠的是威权式管理，一旦管少了，下属就开始反弹，各种怠工，甚至聚众赌博。贾母知道自己这个不管事的董事长必须出来管一管了。

于是，贾母找来了探春和李纨，问明情况，开始了一番谆谆教诲：赌博不是小事啊，赌博就要喝酒，喝酒就会管理松懈，管理松懈就会"藏贼引奸引盗"，这不就变大事了吗？

几句话说完，探春的反应是"默然归坐"，王熙凤虽然叫来了管家，但仍然强调自己生病了，精神不太好。于是，《红楼梦》中，贾母唯一一次直接出手发号施令的场面出现了。

贾母使用了三大手段：

第一是分化参与者：动员大家提供举报线索，对知情不报者重罚。

第二是查出主犯三人，不管是什么背景，一律开除，从犯每人二十大板，扣三个月工资。

第三是给管家记大过处分一次。

贾母就是通过自己在幕后的默默观察、指导、培养，以及必要时候的参与管理，来实现监督之责，以及无声的示范引领式的指导。

班干部的培养，也可以借鉴贾母这些选拔、培养干部的方法，慧眼选拔、悉心培养、适时监督。该出手时就出手，该放手时就放手。

很多人评论说，贾母是终极领导绝学。贾母的管理思想值得我们细品，具有特殊的借鉴意义，她很少亲自发号施令，而更多的是通过观察监控、鼓励说服、解释指导等一系列手段，去影响身边的人，用一双无形的手，维持着贾府发展的大方向。

叹多愁善感黛玉心　筑阳光快乐童年梦

——单亲家庭孩子教育之道

　　幸福的人用童年治愈一生，不幸的人用一生治愈童年。原生家庭对人性格的影响不言而喻，其中传递的幸福感会塑造一个个积极、阳光、乐观的人。但原生家庭带来的伤害，更是会让人一生都缺乏安全感，敏感、多疑、悲观……我多希望每个孩子的家庭都是幸福美满的，然而现实中，我们又见到了很多性格有缺陷的孩子。一个问题孩子的背后很可能有一个不和谐的家庭。这种原生家庭给孩子带来的伤害，可能会伴随孩子一生，甚至会一模一样地再传给他的孩子。

　　记得一位教育专家说过，当对一个学生的说教都不奏效时，还有一个方法，那就是爱；如果依然不行，那是你爱得还不够。

　　如果用一个词来形容林黛玉，"多愁善感"最是恰当。她出生于钟鼎之家、书香之族、四代为侯的林家。父亲林如海是前科探花、当朝重臣。母亲贾敏是荣国公贾源的孙女、继位荣国公贾代善和史夫人嫡出的女儿，更是一等将军贾赦和主事贾政的妹妹，是名副其实的千金贵小姐。

　　这样的家世，书中无几人能及，又被父母视为掌上明珠。"夫妻无子，故爱如珍宝，且又见他聪明清秀，便也欲使他读书识得几个字，不过假充养子之意，聊解膝下荒凉之叹。"然而，造化弄人，含着"金汤匙"出生的林黛玉体弱多病，从会吃东西起就开始吃药。年幼时母亲因病去世，随即被父亲以"汝父年将半百，再无续室之意；且汝多病，年又极小，上无亲母教养,下无姊妹扶持,今依傍外祖母及舅氏姊妹,正好减我顾盼之忧,何反云不往?"之由送到外祖母家。

父母之爱子,则为之计深远。对于当时的林黛玉而言,去外祖母家是最好的选择。

但对于幼时的孩子,他们最想依赖的莫过于亲生父母。离开父母,会变得极其敏感。进入荣国府,她"步步留心,时时在意,不肯轻易多说一句话,多行一步路,惟恐被人耻笑了他去",连博览群书都不敢承认。

然而,造化弄人,林黛玉在贾府待了三四年,等她再回林家时,父亲已病入膏肓。一别多年,再见竟是永诀。父亲的离世,让林黛玉从一个实至名归的千金小姐变成一个寄人篱下的孤儿。重回荣国府,她变得更加多愁善感和自卑。

在第二十六回,林黛玉晚饭后去找贾宝玉,丫头晴雯不给她开门,她没有摆出主人的架子,没有思量是不是别人没有听出她的声音,而是立马想:"虽说是舅母家如同自己家一样,到底是客边。如今父母双亡,无依无靠,现在他家依栖。如今认真淘气,也觉没趣。"再一听到里面贾宝玉与薛宝钗的谈笑之声,更是来气,不禁悲悲戚戚呜咽起来,连柳枝花朵上的宿鸟栖鸦都飞起远避,不忍再听。

林黛玉的幼年和童年,是一个不断失去的过程。从弟弟到母亲,再到父亲,多次面对死亡,心灵有了一层层创伤,宛如伤口流血、结痂、再流血、再结痂。自身又体弱多病,寄居外祖母家,生命如同柳絮一样,不知飘向何处,不知将面对怎样的风吹雨打。这是一种无力的被抛弃感,无奈,伤人肺腑,这也直接造成了她性格的缺陷、人生的悲剧。

林黛玉极度依赖青梅竹马的宝玉,把他当作救命稻草,用内心的敏感一次次揣摩他的内心。与宝玉成婚是她生命最后的寄托,而她最终却吐血身亡于宝玉、宝钗成婚之时,至此博览群书、才华横溢的林黛玉烟消云散。

反观班级管理,由于一些社会原因,离异家庭、问题家庭、单亲家庭较前几年明显增多。有一些离异家庭和单亲家庭的孩子,相比其他孩子，不是那么快乐阳光、积极乐观，他们有的内心敏感，面对别人的无意言行往往反应很激烈。

社会和一部分教师往往也有这种心理定式，认为单亲家庭的孩子会有一些成长的问题，这些家庭的孩子往往也会有或轻或重的自卑感，其实在历史上，很多名人也是成长于单亲家庭。

第一位是远古时代的舜。舜与尧并称，是中国古代的"圣王"，相传舜的家世甚为寒微，虽然是颛顼的后裔，但五世为庶人，处于社会下层。舜的遭遇更为不幸，父亲瞽叟，是个盲人，母亲很早去世。瞽叟续娶，继母生了弟弟象。舜生活在"父顽、母嚚、象傲"的家庭环境里，父亲心术不正，继母两面三刀，弟弟桀骜不驯，几个人串通一气，欲置舜于死地而后快。然而舜对父母不失子道，十分孝顺，与弟弟十分友善，多年如一日，没有丝毫懈怠。舜在家里人要加害他的时候，及时逃避；稍有好转，马上回到他们身边，尽可能给予帮助。身世如此不幸，环境如此恶劣，舜却能表现出非凡的品德，终成一代圣王，令万世敬仰！

第二位是春秋时的孔子。孔子是中国历史上伟大的教育家、思想家，是儒家学派的创始人之一。他的思想影响中国几千年，成为中国封建社会的正统思想。然而，孔子只是一个私生子，父亲叫叔梁纥，是个没落贵族，母亲姓颜，出身贫寒。孔子从小就跟随母亲生活，由于家境穷困，而且出身微贱，很被人瞧不起。为了谋生，孔子不得不早早踏上社会，先后给人放牧、看守粮草、管理粮仓和牧场，甚至当过替人办丧事的吹鼓手。然而，孔子不放过任何学习的机会，刻苦努力，终成一代圣人。

第三位是战国时期的孟子。孟子是中国古代伟大的思想家、教育家，是战国时期儒家代表人物。他继承并发扬了孔子的思想，成为仅次于孔子的一代儒家宗师，有"亚圣"之称，与孔子一起被后人合称为"孔孟"。然而，孟子三岁就没有了父亲，跟着母亲生活。在母亲的教育和培养下，经过"孟母三迁""孟母断织"等历史上著名的教子经历，孟子终成一代圣人。

第四位是三国时期的诸葛亮。诸葛亮是中国历史上伟大的军事家，而且也是政治家、战略家和发明家。他的军事思想和军事才能不须赘述，他的出现让势力微弱的刘备与天下二雄的孙权与曹操三分天下。刘备曾经说："吾得孔明，犹鱼之得水也！"可见诸葛亮对整个蜀汉多么重要。然而，诸葛亮8岁时就成了孤儿，跟随叔父生活。正是这样一个人，帮刘备成就了伟业，也成就了自己的一世英名。

第五位是南宋抗金英雄岳飞。岳飞是中国历史上伟大的英雄人物，是南宋时期的抗金英雄，他的一首《满江红》让人为他的爱国思想所感动。然而，关于他的身世，知道的人却很少。他出生佃农，家庭贫困，父亲早逝，又正值北宋灭亡、南宋堪忧之际，在母亲的教育下，他立下"精忠报国"之宏愿，为他后来全力光复宋朝埋下了伏笔。

第六位是元朝开国皇帝成吉思汗。一代天骄成吉思汗是中华民族发展史上一位伟大的人物，也生活在一个单亲家庭。在他9岁的时候，其父也速该被塔塔儿人毒死，母亲领着铁木真和他的几个弟弟过了数年艰难生活。少年时期的艰险经历，培养了铁木真坚毅勇敢的素质。正是这样的家庭环境，也正是这样的母亲，培养出来了一代天骄，他的伟大成就，在中华民族史上可以说是空前绝后。

第七位是明朝开国皇帝朱元璋。他自幼贫寒，父母兄长均死于饥饿，孤苦无依，入皇觉寺为僧，兼任清洁工、仓库保管员、添油工。正是这样一个人，后来却当上了皇帝，而且是开国皇帝，极大推动了中国的历史进程。

所以，单亲家庭的孩子依然可以成才。而且因为环境的特殊，更会让孩子从小得到历练。但是，单亲家庭的孩子心理上更为敏感，这需要引起我们教育者的重点关注。

班主任在处理班级事务、面对单亲家庭孩子时应如何做呢？

首先，班主任要摒弃旧有观念，不要带有心理定式看待这些孩子。很多成长中的问题，也会发生在家庭幸福的孩子身上，只是，当我们带着固有的观念去看待单亲家庭的孩子，会让孩子更自卑，进入恶性心理定式的循环。班主任要弱化孩子这种心理，处理问题归因也尽量规避这种来自家庭原因的判断。

其次，班主任老师要尽力打造一个温馨的班集体，让孩子在这里感受老师对他们的关爱，感受同学间的友爱。通过组织一些活动来营造集体的氛围感，为他们的童年增添一抹绚丽的色彩，射入一道道灿烂的阳光。

单亲家庭子女在成长发育的关键时期，遇到家庭变故，不仅需要教师的关心和指导，也需要同龄人的关心和帮助。因此在教育实践中，班主任要结合单亲家庭子女的实际情况，引导他们真正参与到班集体生活中，保证他们能够在班集体中得到关心和尊重，用班集体的爱抚慰他们受伤的心灵。

在具体教育活动中，教师要有意识地经常关心单亲家庭子女，并结合他们的优秀表现及时提出表扬，让他们可以在班级中得到尊重。在班级教育管理工作中，教师要渗透人性化管理思想，让每一个班集体成员都能以宽容的心与其他同学和谐相处，并且在生活中给予他人一定的关心和爱护，成为班级中重要的一分子。在和谐的班集体氛围中，单亲家庭子女就能够感受到班级其他同学的关心和爱护，也会觉得自己并没有什么不同，他们自己也会尝试关爱别人，与同学和谐相处。

借助良好班级环境的构建和引导单亲家庭子女融入班集体中，为他们创造良好的学习和成长环境，让他们感受到集体的关怀和集体生活的快乐，真正摆脱不良心理状态的影响，享受快乐的生活。

见三春性情各不同　思管理模式孰优劣

——班级管理模式探究

都说读不尽的《红楼梦》：往浅了读，这是一个园子的儿女情长；往深了读，这是一个朝代的盛衰兴亡。其实，往近了读，这也是一本管理学的教科书。无论什么时候读《红楼梦》，每每掩卷，心里总会想：真有味道！

大观园中迎春、探春、惜春三姐妹的命运令人叹息。纵观《红楼梦》，从第七十四回"惑奸谗抄检大观园　矢孤介杜绝宁国府"开始，贾家便由盛转衰。抄检大观园抄的是谁的住所？仔细看过来除了抄检了贾宝玉的怡红院和林黛玉的潇湘馆、李纨的稻香村之外，就只抄了三春的住处。

在这一回前后，三春的表现就代表了这三个女孩子管理自己一亩三分地的水平，也为她们后来的命运埋下了伏笔。

一、迎春——没有原则的管理者

第七十三回写贾母听说园中有人斗牌赌博，十分震怒，痛斥之后，责令对为首的几个人"每人四十大板，撵出，总不许再入"。这其中之一恰恰是迎春的乳母。乳母有此丑行，受此惩处，对迎春来说，是很丢人的事。因此，"黛玉、宝钗、探春等见迎春的乳母如此，也是物伤其类的意思，遂都起身笑向贾母讨情"，而贾母则断然回绝："你们不知。大约这些奶子们，一个个仗着奶过哥儿姐儿，原比别人有些体面，他们就生事，比别人更可恶，专管调唆主子护短偏向……你们别管，我自有道理。"

乳母获罪，迎春自然"心中不自在"，而当邢夫人责备她"你这么大了，你那奶妈子行此事，你也不说说他"时，迎春听了，半晌回答说："我说他两次，他不听也无法。况且他是妈妈，只有他说我的，没有我说他的。"

从这段情节不难看出，迎春管理失败的原因之一在于没有摆正自己的位置。像迎春这样的身份，在大观园里应该是紫菱洲的管理者，即使上面有更高层次的管理者，可是在紫菱洲这里她还是有话语权的。可是迎春从来没有想过履行自己的职能，所以才会导致自己身边的从属人员胡作非为。

后面的情节更体现了迎春管理水平不佳。当丫鬟绣桔催迎春去讨累金凤时，迎春却道："罢，罢，罢，省些事罢，宁可没有了，又何必生事。"她试图用息事宁人来换取内心的平静。可事情并未因此平息，乳母的儿媳王住儿家的逼她去贾母处讨情，被她拒绝后，王住儿家的看她面软好欺就捏造谎言，说迎春使了他们的钱。此时，迎春仍然一味忍让。即使在绣桔与王住儿媳妇针锋相对闹得不可开交时，她还息事宁人地说道："罢，罢，罢。你不能拿了金凤来，不必牵三扯四乱嚷。我也不要那凤了。便是太太们问时，我只说丢了，也妨碍不着你什么的，你出去歇息歇息倒好。"劝止不住，她只好捧起《太上感应篇》来看。

既没有在平日里建树威信，又没有原则，这就是妥妥的一个糊涂虫啊！一个贵族小姐在自己娘家尚且被乳母一家欺负到如此境地，更不要说嫁给中山狼孙绍祖之后的日子了。由此可见，贾迎春的悲剧命运固然与她的身世、性格、遭遇有关，但是管理能力欠缺也是导致她悲剧一生的重要原因。

从贾迎春的故事反观班级管理。从广义上说，班级管理者并不是仅仅指班主任，每一位科任老师都是班级管理者。

在管理班级的时候，老师们首先要摆正自己的位置。老师是学校的代言人，老师向学生以及学生背后的家庭所传递的都是学校的理念、制度、任务等，所以老师们要敢于管理，善于管理。

其次，在班级管理的过程中要有原则和规则。老师的性格可以各有特色，或温柔典雅，或爽朗明快，或严谨耿直，或诙谐幽默，但是无论何种性格都要有管理者的原则，并且依据规则进行管理。班级中一旦出现触及原则、违反规则的行为，就应该立刻治理。

二、惜春——没有担当的管理者

"心冷口冷心狠意狠"是《红楼梦》中存在感仅仅略高于贾迎春的贾惜春在第七十四回落下的评价。作为贾府的嫡小姐，惜春出场的次数却非常有限，而且几乎都是作为配角出现，只有在第七十四回为她立正传"矢孤介杜绝宁国府"。这一回抄检大观园时她的丫头入画因私传东西受到谴责，这时惜春不但不为入画辩解讨情，反而催促或打，或杀，或卖，快带了她去。她说"古人说得好，'善恶生死，父子不能有所勖助'……我只知道保得住我就够了，不管你们"，又说"'不作狠心人，难得自了汉。'我清清白白的一个人，为什么教你们带累坏了我"。这些语言描写说明了惜春只是逃避现实，以求个人的精神解脱而已。原著中惜春的结局是出家，每天过着颠沛流离的生活，化缘得来的残羹剩饭是她唯一可以果腹的东西。不知这时候惜春有没有反思过，这样的境遇难道就是她所追求的自由干净的生活吗？

惜春的命运悲剧固然有时代洪流中不可抗拒的因素，但是当她居住在大观园的蓼风轩的时候，她是有机会改变自己的命运的。遗憾的是惜春对待生活、对待自己的责任都采取了逃避的态度，这种没有担当的管理者最后只会失去自己的团队，落得形单影只。

从惜春的教训来反观班级管理。班级管理是一个依靠团队协作才能完成的复杂工作。这个团队不仅有班主任作为指挥、各学科老师协调配合，还有学生内部自我管理互相带动，最后还有家长群体的支持配合。

要想推动这个复杂团体默契配合，班主任就要做一个有正气、有担当、有目标、有号召力的管理者，从而增强班级的凝聚力。这需要班主任特别锻炼自己的沟通能力。

优秀的班主任要善于与科任老师沟通，共同制订班级管理方案，锁定需要特别关注的目标，合作管理。

优秀的班主任要善于与学生干部沟通，一方面肯定学生干部优于同学的地方，一方面指导学生干部开展工作，实现学生之间互帮互助共同进步。

优秀的班主任要善于与每一个学生沟通。学生在成长过程中难免会出现阶段性特有的心理、行为状况，作为班级直接的管理者，班主任要及时发现问题并积极与学生沟通探讨。

优秀的班主任要善于与学生家长沟通。家长是学生的第一任老师，家长的思想言行会对学生的心理、行为、习惯产生深远的影响。班主任与学生家长的沟通是否有效的标准之一，就是看有没有把学生家长拉进自己的管理团队，有没有使学生家长成为自己的合作者。

单丝不成线，独木不成林。当一个班级中所有成员都有了共同目标和责任感的时候，班级管理也就进入了良性机制。

三、探春——志高才清的管理者

"才自精明志自高，生于末世运偏消。清明涕送江边望，千里东风一梦遥。"这是《红楼梦》中对贾探春的判词。探春的性格、才情与能力在众姐妹中无疑是最有特色、最为泼辣的一个，连"凤辣子"都要忌她几分。她精明能干，有心机，能决断，这一点在"敏探春兴利除宿弊"这一回中充分地表现了出来。

在第七十四回抄检大观园的时候，探春的表现则显示出一个有才干、有胆识的管理者风范。

当王熙凤同王善保家率领众人来到秋爽斋时，探春命众丫头"秉烛开门而待"，然后公然申明："我的东西倒许你们搜阅；要想搜我的丫头，这却不能。……你们不依，只管去回太太，只说我违背了太太，该怎么处治，我去自领……"而王善保家的向前拉起探春的衣襟，故意一掀，嘻嘻笑道："连姑娘身上我都翻了，果然没有什么。"却不料，只听"啪"的一声，王善保家的脸上早着了一巴掌。探春大怒，指着王善保家的问道："你是什么东西，敢来拉扯我的衣裳！我不过看着太太的面上，你又有年纪，叫你一声妈妈，你就狗仗人势，天天作耗，专管生事……"

探春的这一巴掌，维护了自己的尊严，也展示了自己的管理能力。

探春居住在秋爽斋，作为贾府庶出的女儿，她在出身方面比不上惜春，和迎春差不多，但是用王熙凤的话来说"谁又敢小瞧了她"。回想贾探春的生存环境，一个倒三不着两的赵姨娘和一个不成才的贾环胞弟，没有给她拖后腿就已经阿弥陀佛了，谁也帮衬不了探春。整个贾家没人敢小瞧探春的原因主要有三：

1. 摆正位置

摆正位置指的是知道自己处于什么样的状态，处于什么样的地位。做自己该做的事情，说自己该说的话，不该说的话一句都不说，不该做的事一件也不做。在自己职权范围内坚守原则、履行职责，才能使管理发挥出应有的效能。

例如探春理家，被赵姨娘一场大闹气哭了，外面管家媳妇们排着队等着汇报工作，但是探春却不草草开工，而是端正地重新洗面补妆。但见：探春稳坐在榻上，三四个小丫头捧了沐盆、巾帕、靶镜等物，捧盆的丫鬟到跟前，双膝跪下，高捧沐盆。另两个小丫鬟屈膝在一旁侍立，因侍书不在，平儿赶忙上来与探春挽袖卸镯，将沐巾掩在探春衣襟前。这时探春方伸手进盆里盥沐。整部《红楼梦》里，小姐洗面补妆的场面只有这一次详细的描写，探春全程不发一言，没有一句指示，甚至全程没有探春的亲自动作。

探春洗脸时，有管家媳妇进来汇报工作，探春不看她更不作声，平儿先就将这个媳妇训斥了一顿，说："你忙什么！你睁着眼看见姑娘洗脸，你不出去伺候着，先说话来……"

这就是把自己的位置摆正了。

与探春的做派形成对比的是第七十五回尤氏在李纨处梳妆。

小丫鬟炒豆儿捧了一大盆温水走至尤氏跟前，只弯腰捧着。李纨道："怎么这样没规矩。"银蝶笑道："说一个个没机变的，说一个葫芦就是一个瓢。奶奶不过待咱们宽些，在家里不管怎样罢了，你就得了意，不管在家出外，当着亲戚也只随着便了。"尤氏道："你随他去罢，横竖洗了就完事了。"炒豆儿忙赶着跪下。

这两处梳妆对于端水的细节描写并非为了凸显探春的骄纵或尤氏的平易近人，而是强调"这是贾府的规矩"。《红楼梦》作为一个朝代末世的缩影，描写的规矩自然是为了表达统治阶级的特权，但是放在今天的社会中对应一所学校一个班级的管理，则可以理解为"要摆正自己的位置，遵照规则（依法）治理"。

俗话说，"国有国法，家有家规"，一个有序的班级必然要有一套完善的管理制度。制度是为了保护大多数人的利益，所有班级成员都遵守这套管理制度的时候也就是班级成员价值最大化的时候。

除探春梳妆的描写外，还有探春吃饭的特写，周边丫鬟环侍，一声不出，与薛宝钗家里的鸡飞狗跳形成了鲜明的对比。位置摆得正，会给周边之人形成一种无言的压力感，对待小姐探春丝毫不敢怠慢。

2. 公平公正

曹雪芹在《红楼梦》中多次运用春秋笔法来刻画不同的人物，可以说曹雪芹对贾探春这个角色是有所偏爱的，不然也不会把一个"敏"字赠给她。

"敏探春兴利除宿弊"前后讲述了探春管家的情节，在此回中探春的管理才能被描写得淋漓尽致。

第五十五回，探春的舅舅赵国基死了，她没有多顾及死者与自己的关系以及生母赵姨娘的哭闹，而是按照规矩给了二十两的礼钱。当然，这其中还有探春不以赵国基为舅舅的因素，但也能看出她公事公办、大公无私的态度。第五十六回，探春蠲免了宝玉、贾环、贾兰以上学为名义每月多得的八两银子零嘴钱。虽然这件事让个别人的心里不自在，却没有人会说反对的话，因为人人心里都明白探春的做法是正确的。连王熙凤都嘱咐平儿说："他虽是姑娘家，心里却事事明白，不过是言语谨慎；他又比我知书识字，更利害一层了。如今俗语'擒贼必先擒王'，他如今要作法开端，一定是先拿我开端。倘或他要驳我的事，你可别分辩，你只越恭敬，越说驳的是才好。千万别想着怕我没脸，和他一犟，就不好了。"这个向来无所畏惧的凤辣子对探春也有所畏惧，可见探春管家的能力确有过人之处。

作为一个班级的管理者，关心、关注、关怀每一个学生，是每位教师应该保持的工作作风，要让每一个学生都享受到教师公平公正的教育。

班级管理者的公正公平体现在正视学生的个体差异，对学生一视同仁。龙生九子，各有不同。一个班级里几十个学生来自几十个不同家庭，学习环境、基础、习惯必然也是千差万别。班级管理者尤其是班主任要保持一颗公心，平等地看待每一个学生。

3. 宽严有度

如果说探春梳妆和吃饭的细节能看出她管理下人要求严格，那么探春攒钱买小玩意的情节则能显示她的管理方法中更为高明的一点。

《红楼梦》第二十七回，贾探春私下里将贾宝玉悄悄叫到一边，笑着说道："这几个月，我又攒下有十来吊钱了。你还拿了去，明儿出门逛去的时侯，或是好字画，好轻巧顽意儿，替我带些来。"宝玉道："我这么城里城外，大廊小庙的逛，也没见个新奇精致东西，左不过是那些金玉铜磁没处撂的古董，再就是绸缎吃食衣服了。"探春道："谁要这些。怎么像你上回买的那柳枝儿编的小篮子，整竹子根抠的香盒儿，胶泥垛的风炉儿，这就好了。我喜欢的什么似的，谁知他们都爱上了，都当宝贝似的抢了去了。"宝玉笑道："原来要这个。这不值什么，拿五百钱出去给小子们，管拉一车来。"探春道："小厮们知道什么。你拣那朴而不俗，直而不拙者，这些东西，你多多的替我带了来。我还像上回的鞋作一双你穿，比那一双还加工夫，如何呢？"

这段文字中提到的"他们"想必是除了姊妹们之外就是自己家的丫鬟们了。探春和迎春、惜春一样,每月只有二两银子的月钱,又要买胭脂水粉,又要打点人情世故,实际上真攒不下什么钱。后来邢岫烟入住大观园的时候,因没钱打赏下人不得不当掉自己的棉衣的事例就可以看出来,在贾府当小姐的要想维系人情关系,就得处处动脑子。

探春的聪明之处在于她懂得时不时用一些"朴而不俗,直而不拙"的小礼物打赏自己的团队,一方面可以把"小钱"的作用发挥到极致,另一方面则拉近了自己与团队成员之间的关系。

抄检大观园的时候探春的言辞做法亦可看出她对自己团队成员的维护。

> 一时众人来了。探春故问何事。凤姐笑道:"因丢了一件东西,连日访察不出人来,恐怕旁人赖这些女孩子们,所以越性大家搜一搜,使人去疑,倒是洗净他们的好法子。"探春冷笑道:"我们的丫头自然都是些贼,我就是头一个窝主。既如此,先来搜我的箱柜,他们所有偷了来的都交给我藏着呢。"说着便命丫头们把箱柜一齐打开,将镜奁、妆盒、衾袱、衣包若大若小之物一齐打开,请凤姐去抄阅。凤姐陪笑道:"我不过是奉太太的命来,妹妹别错怪我。何必生气。"因命丫鬟们快快关上。平儿丰儿等忙着替侍书等关的关,收的收。探春道:"我的东西倒许你们搜阅;要想搜我的丫头,这却不能。我原比众人歹毒,凡丫头所有的东西我都知道,都在我这里间收着,一针一线他们也没的收藏,要搜所以只来搜我。"

试想,倘若惜春身边的入画在此,心中会作何感想?由此可见,探春虽然对内管理严格,但是遇事又会维护自己的团队,这样的管理者怎会不被自己的团队敬服?

清代学者涂瀛在《红楼梦论赞》中对贾探春给予高度评价:"可爱者不必可敬,可畏者不复可亲。非致之难,兼之实难也。探春品界林、薛之间,才在凤、平之后,欲以出人头地,难矣!然春华秋实,既温且肃,玉节金和，能润而坚，殆端庄杂以流丽，刚健含以婀娜者也。其光之吉与？其气之淑与？吾爱之，旋复敬之畏之，亦复亲之！"

我们从探春处再次回看班级管理。

班级管理的过程中，管理者在摆正自己的位置、公正公平地对待每一个学生之余，还要学会宽严有度。对内严格要求，对外维护班级，才能使班级成员产生强烈的归属感，增强班集体的凝聚力和向心力。

《红楼梦》里三春的故事已经随着历史的风尘湮没于黄沙之中，但是《红楼梦》带给我们的教育思考却回味悠长。

临危受命更显担当　中途接班尤需智慧
——从"探春理家"汲取中途接班的智慧

探春是众多红楼女子中有些丈夫气的女子，也深受大家喜爱。读者美其貌，爱其才，敬其品，更怜其人。她是大观园女子中管理才干最为突出的人之一。

很多班主任老师都喜欢从起始年级开始带班，因为"后妈"难当，中途接班往往会遇到很多问题。当遇到中途接班，作为班主任要直面挑战，不仅要"接住"，还要"接好"，这样才不辜负学校对自己的信任，不辜负学生的大好年华。怎样接住班，进而接好班？从《红楼梦》中贾探春身上我们或许能得到一些启发。

探春是贾府的三小姐，她在书中的初次登场是黛玉眼中的"削肩细腰，长挑身材，鸭蛋脸面，俊眼修眉，顾盼神飞，文彩精华，见之忘俗"，完全是优秀青年的形象。纵览全书中与探春相关的点点滴滴，无论是组织诗社，还是协理贾府，呈现在我们眼前的都是一位有才情、有能力、有抱负的女青年。

集中体现探春管理能力的是在《红楼梦》第五十五回和第五十六回，王熙凤因病不能操劳，李纨、探春、宝钗暂时理事的部分。

这次中途从王熙凤手里接过主管贾府家庭内部日常事务的担子，给了探春大展手脚的舞台。如果说贾府是一个班级的话，同样是中途接手工作，班主任探春老师的一些做法很值得我们借鉴。

一、尽责处事，树立威信

一般情况下，在一个班集体中，学生已经熟悉了前任班主任的管理和教学模式，中途更换老师后，学生和家长往往会采用之前教师的标准衡量接班老师，前期会进行试探，或给老师出一些难题。探春在众人的眼中算不上陌生人，但在大家的眼里，与班主任王熙凤相比，探春年轻，而且性格平和，所以不少同学都懈怠了。班里难免有几个刺头，像吴新登媳妇就率先拿探春亲舅舅去世赏银的事情进行试探。探春却有根有据，遵循旧例处理得妥妥当当，把挑事的吴新登媳妇弄得满脸通红，面对自己的生身之母赵姨娘的哭闹、责问，依然秉公办理，在众人当中树立了威信。

二、善于学习，勇于借鉴

三人行，必有我师。从同事身上，我们能得到很多班级管理或教学上的启发。在管理大观园的过程中，探春是一个特别善于学习的人。即便是与人吃饭聊天，探春也能敏感地收获"一个破荷叶，一根枯草根子，都是值钱的"启迪。探春老师学习贾府大管家赖大家花园的管理模式，将贾府的花园承包给下人。为了顺利实施自己的管理工作，探春积极寻求李纨、宝钗的支持和同意，对班级（大观园）进行改造。通过班务承包制，实现了事事有人干，人人有事干，班级的风貌焕然一新。

三、知人善任，选择班干

对于班务负责人的选择，探春老师有着自己的用人准则，那就是"本分老诚，能知园圃的事"。"本分老诚"是品质，是对班干部的品格要求；"知园圃的事"是能力，要求班干部会办事。按照标准，探春老师协同李纨和宝钗两位老师定下了分包的人选。然后，公开征求同学的意见，让大家自由选择自己要承担的任务，双向选择后，探春老师确定了老祝妈来打理竹子，老田妈负责稻香村一带的菜蔬庄稼，等等。最后，对每个人负责什么工作,具体要做什么等班务提出了明确要求。

四、付出真情,换取真心

探春在接班之初首先与其他老师积极合作,制定了集中教研处理班务的制度:"每日早晨皆到园门口南边的三间小花厅上去会齐办事,吃过早饭于午错方回房。"探春肯在班级事务上花心思、费工夫,处理班务井井有条,让大家觉得她不比王熙凤差,而且还温和许多。尤其是在处处为班级着想,为学生着想,落实了大观园改革的方案后,学生们对待这位"代班主任"探春有了不一样的态度——"姑娘奶奶这样疼顾我们,我们再要不体上情,天地也不容了。"中途接班的困扰,悄然间烟消云散。

处处留心皆学问。《红楼梦》这部鸿篇巨制的确是一本内容生动、思想深邃的百科全书。每一个人眼中可能有着不同的《红楼梦》,每一个人关注到的可能是书中不同的人物角色、故事情节。用教育的眼光来读书,用书中的智慧看教育,我们一定都会收获满满。

赞熙凤运筹帷幄才　思管理得失寸草心

——从凤姐的管理思路谈班级管理方法

说起管理，王熙凤是《红楼梦》众女子中绕不开的话题女王，也是"脂粉队里的英雄"。她身上确实有着卓越的管理才能。读人物，摒弃非黑即白的观点，看作有血有肉的灵魂，这样眼中的人物才丰满，人物的内涵才深刻。

《红楼梦》里，王熙凤以其卓越的管理才能为人称道。协理宁国府，是王熙凤才华的尽情展现，她的卓越见识和雷霆手段得到了充分肯定，收到了长辈、同辈、小辈等大家族内人群的钦佩。

在第十三回"秦可卿死封龙禁尉　王熙凤协理宁国府"中，秦可卿死了之后，尤氏装病不理事，贾珍在悲痛之余，还要忙里忙外，顾了外头事，顾不得里头事，可谓焦头烂额。紧要关头，宝玉推荐了凤姐，贾珍与宝玉一拍即合，因为贾珍很了解凤姐的能力。看看贾珍对凤姐的评语："我包管必料理的开，便是错一点儿，别人看着还是不错的。从小儿大妹妹顽笑着就有杀伐决断，如今出了阁，又在那府里办事，越发历练老成了。"

凤姐接过这个差事，完全是意外，她本人没有任何心理准备，可以说是临危受命，而且是兼职，荣国府的那一大摊子也不能放下，这就更难了。然而对于《红楼梦》中管理人才的天花板凤姐来说，尽管她不怎么识字，却在很短的时间里就理出了头绪。这也是凤姐的高光时刻。

这里凤姐儿来至三间一所抱厦内坐了，因想：头一件是人口混杂，遗失东西；第二件，事无专执，临期推委；第三件，需用过费，滥支冒领；第四件，任无大小，苦乐不均；第五件，家人豪纵，有脸者不服钤束，无脸者不能上进。

凤姐刚刚接下这暂时协理宁国府葬礼的差事，在面对宁国府这个烂摊子的时候，王熙凤并不是眉毛胡子一把抓，而是先理清了思绪，对应地，她提出了有效的整顿措施：

第一，建立新的规则，打击违规违纪，惩治首犯。

第二，重新设定岗位，划定责任范围，奖惩明确。

第三，严格执行规定，明晰项目管理，恩威并施。

真不愧是"凤辣子"，"杀伐决断"绝不含糊，组织管理能力超强。

拿第一条细说一下。到宁国府后，凤姐第一件事就是建立新规则。她对来升媳妇道："既托了我，我就说不得要讨你们嫌了。我可比不得你们奶奶好性儿，由着你们去。再不要说你们'这府里原是这样'的话，如今可要依着我行，错我半点儿，管不得谁是有脸的，谁是没脸的，一例现清白处治。"然后，凤姐采用相对授权的管理方式，要求部门管理者带头遵守规则，严格管理，她对来升家的说道："来升家的每日揽总查看，或有偷懒的，赌钱吃酒的，打架拌嘴的，立刻来回我，你有徇情，经我查出，三四辈子的老脸就顾不成了。如今都有定规，以后那一行乱了，只和那一行说话。"以此克服"事无专执，临期推委"，"家人豪纵，有脸者不服钤束，无脸者不能上进"，最大限度避免了"人口混杂，遗失东西"，"任无大小，苦乐不均"的顽疾。

凤姐的做法绝对是有用又有效的秘方，对我们的启示有四点：

1. 整体规划，理清头绪。

2. 抓住关键，制定措施。

3. 恩威并施，严格执行。

4. 时间管理，严于律己。

一个优秀的管理者，应具有清晰的管理思路和高效的执行力。

高效的执行力，可以说是王熙凤管理才能的集中体现。精准的问题识别，合理的人员分工，严格的规章制度，以及高度的自我表率，无论是丧礼期间协理宁国府，还是对荣国府的日常管理，王熙凤管事的能力都无可挑剔，也赢得了合府上下的敬服。

长辈们信任她，是因为她能管好这个家，有用；同辈们敬服她，是因为她把这些小姑子小叔子照顾得很好，有礼；下人们敬畏她，是因为她雷厉风行行事严厉，有权。以上是她身上值得学习的管理才能的亮点。

但真正尊重她的，荣国府几百号人中却没有几个。这是她身上的性格缺陷和阶级劣根性使然，也是我们在管理中要注意和规避的问题。

王熙凤作为荣国府的体面人物，之所以没能赢得尊重，很重要的一个原因就是她的德行欠佳。这让我想到班级管理，首先应以德服人，这里的人，指的是学生、家长和合作的其他任课老师。在和学生相处时，要真心以待，真正有爱心、耐心，发自内心地去爱，当爱也不能解决问题时，那是你爱得还不够。在和家长们相处时，要时时告诫自己：以学生学习进步、身体健康、品行端正等为出发点，放低姿态，表明态度，认清自己是一名普通的老师，与家长探讨学生的成长；如遇不能共育共识的家长，坚定自己的初心，静待结果即可。在和任课教师相处时，要宽厚雅量，真诚以待。

王熙凤是《红楼梦》中塑造最为成功的人物之一，她身上有很多闪光的管理才能值得借鉴，也有很多教训需要规避。说到《红楼梦》里的管理人才，不说王熙凤，像是欠了一笔管理学的债似的。

薛宝钗举手折丹桂　善沟通依约笑谈间

——论班主任沟通能力的培养

沟通是一项能力，也是一门艺术。红楼众钗中，如果抛开诸多道德法则和评判标准，宝钗为人处世堪称圆融周全。家校沟通、师生沟通是班主任的必备功课，也是基本能力之一。宝钗的沟通技巧和沟通能力有很多地方值得我们借鉴。

历来读者对宝钗的评价可谓是仁者见仁、智者见智，但如果说到沟通能力，我相信大家还是会为宝钗点赞。沟通，首先是一种能力，也可以说是一门思考和表达的艺术，再往深处说，是一种共情的情感智慧和情同此心的情感能量。

班主任处理班级事务，不仅要和学生沟通，也要和家长沟通，非常考验班主任的沟通能力。沟通能力强，和风细雨，大事化小；沟通能力弱，无事生非，事倍功半。

所以班主任要学会沟通，要善于沟通。宝钗的沟通能力有很多可圈可点之处。

一、要善于倾听

言谈是说与听的统一，交流过程中不仅要会说话，还要会听话。倾听是一种尊重，也是一个人的基本素养。学会认真听话至少有三大作用：一是加深理解，二是正确判断，三是在理解和判断的基础上决定自己的言行和观点表达。宝钗就是这么一个善于倾听的人。很多场合，我们看到宝钗总是笑而不语，更多的是倾听，听别人把话说完，然后才会去表达自己的观点。

二、要以理服人

第四十七回"呆霸王调情遭苦打"中，薛姨妈出于对儿子的偏袒和心疼，不分青红皂白就要报复柳湘莲，当即就要去擒拿。还是宝钗及时劝阻："这不是什么大事，不过他们一处吃酒，酒后反脸常情。谁醉了，多挨几下子打，也是有的。况且咱们家无法无天，也是人所共知的。妈不过是心疼的缘故……如今妈先当件大事告诉众人，倒显得妈偏心溺爱，纵容他生事招人，今儿偶然吃了一次亏，妈就这样兴师动众，倚着亲戚之势欺压常人。"宝钗在此以她惯有的冷静豁达、明智达理进行了有力的劝谏。她理智客观地判明了事件的性质、诱因，以及对家庭的利害，认定再不能偏心纵容薛蟠，薛姨妈听后才不予追究。

三、要注意说话方式

薛宝钗在林黛玉无意中说出《西厢记》内容后，说出了这样一番话："你当我是谁，我也是个淘气的。从小七八岁上也够个人缠的。我们家也算是个读书人家，祖父手里也爱藏书。先时人口多，姊妹弟兄都在一处，都怕看正经书。弟兄们也有爱诗的，也有爱词的，诸如这些'西厢'、'琵琶'以及'元人百种'，无所不有。他们是偷背着我们看，我们却也偷背着他们看。后来大人知道了，打的打，骂的骂，烧的烧，才丢开了……"

宝钗首先没有当着众人的面揭穿黛玉读禁书，然后又拿自己的亲身经历来设身处地替黛玉着想，说话非常注意方式，取得了黛玉的认同，也是自此之后，两人的感情才真正得以升华。这里面无不显示着宝钗的沟通智慧。

注意说话方式有两层含义：一是把握合适的时机再说话；二是说出来的话必须得体有分寸。这需要良好的口才，更需要智慧。薛宝钗的话往往让人自然地对她产生好感。而这种好感的获得在于她平常在交际中对口才艺术的纯熟运用,以及对当前形势、对方心理需求的准确判断。

我们和家长沟通时,尤其是面对问题学生的家长,不妨做到"三一":一声问候,一把椅子,一杯热茶;"四说":说优点,说进步,说鼓励,说喜欢;"四不":不恶意告状,不简单批评,不一味指责,不盲目失望。遇到不被理解时,沉住气,冷处理,感动家长心;听到过分要求时,多理解,换位想,体谅家长心;遇到家长求助时,不推辞,热诚助,赢得家长心。

世事洞明皆学问,人情练达即文章。学习宝钗的沟通艺术,对于班主任老师,于己于人于工作,都是会有启发和帮助的。

第四辑

问策学科教研

问渠那得清如许？为有源头活水来。——宋·朱熹《观书有感》

赏大观园里行酒令　研三写三改习作课

——从红楼酒令到习作教学

多年以来，尽管一代又一代语文教师坚持致力于习作教学研究，也取得了许多成果，但是一说起习作教学仍然令不少老师深感头疼。总结起来，学生写作主要存在三大难题：缺少素材、缺少方法、缺少情感。探索解决学生写作的三大难题就成为我校语文教师团队的课题，对此，《红楼梦》里的故事情节又能给我们哪些启示呢？

说起"习作"和"习作教学"，我们必要先明确一个概念：习作教学和习作是不一样的。"习作"一词在《现代汉语词典》中的解释是"练习写作"。小学生课堂所要求的"习作"，是指学生根据范文写一篇简文，练习相应的描述方法，以获得书面表达能力的训练手段。

那么"习作教学"又是什么意思呢？习作教学是教师在教学活动中，通过多种形式的语文训练，帮助学生在反复接触与练习中形成创作的一项重要教学任务。侧重的是"教"的"内容"、"方法"、"过程"和"结果"。

明确了"习作"和"习作教学"的概念后，我们就可以看出来，平时学生写作文头疼主要还是练得少，因此需要有方法有目标地指导学生反复练习。换句话说，只要通过正确持续的刻意练习，练到一定程度，学生的习作水平自然会得到有效提升。那对于"习作教学"来说应该怎样做呢？习作教学应该在选好教学内容的基础上，设计合理的方法，带领学生兴趣盎然地投入习作练习中。

我们以《红楼梦》第五十回"芦雪庵争联即景诗　暖香坞雅制春灯谜"为例，找找破解学生写作三大难题的方法。

如果把《红楼梦》里的大观园比作一座学校，那么贾宝玉在这里一定是个普通学生，林黛玉、史湘云应该都是响当当的学神，薛宝钗算是个学霸，剩下的迎春、探春、惜春等就算各有所长吧。平时官二代学生贾宝玉"专能对对联，虽不喜读书，偏倒有些歪才情"，迎春、探春、惜春三姐妹志向都不在诗书。但是在第五十回参与联诗的有凤姐、李纨、香菱、探春、李绮、李纹、邢岫烟、史湘云、薛宝琴、林黛玉、贾宝玉、薛宝钗，十二人之多，可谓是充分调动了众人联诗的积极性。这又是怎样做到的呢？

一、要懂得写作的真正意义是为了自我表达和与人交流

《义务教育语文课程标准》经过2001年、2011年、2022年三次修订，对于写作的课程目标有一句始终不变的话就是"懂得写作是为了自我表达和与人交流"。

什么是"自我表达"？就是说真话。

说真话就是要求学生说真话实话心里话，不说假话空话套话。说真话不是要求来的，而是要让学生有真话可说，有真事可写，有真情可感，有说真话的环境。转变教师的教学观念，为学生创造安全的讲真话的环境，才能实现"让学生乐写、能写"。

再来说说"与人交流"。"自我表达"给谁听（看）？一定要有听众或观众表达才有意义。自我表达的内容都能与人交流吗？不一定吧？比如日记。

季羡林大师曾经说过："真话不全说，说的全真话。"这就告诉我们，自我表达的内容不一定要全部拿出来与人交流，所以大家再看这句"懂得写作是为了自我表达和与人交流"，中间用了"和"。

这样一来，老师又有了新的思考方向：怎样帮助学生实现"与人交流"？秘诀只有两个字——发表。

提到发表文章，大家并不陌生，发表文章也是与人交流的最佳途径。不仅可以跨越时间和空间的界限与更多的人交流，而且发表文章后获得的被认同感也会激发学生的写作信心。

我们学校的学生因为积极参与习作教学实践，所以发表的文章数量就非常可观。不过我今天更想向大家推荐更多、更方便的发表方式，比如在班级黑板报、文化墙上发表，比如在老师自己的微信公众号上发表，或者由家长制作成美文MTV，分享到朋友圈或者一些平台软件上……

发表，就是让学生知道，自己能被人看见。

二、重视语文综合实践活动，丰富写作素材

大家品读《红楼梦》的时候也许会发现，行酒令能够使所有人非常投入地沉浸在同一个目标中。

据统计，《红楼梦》里先后出现了六次行酒令的场景。在大观园这个青春的王国，这里的主人公行酒令是一种文化的体现，也可以看作是一群青少年学习生活的形式。

在"史太君两宴大观园　金鸳鸯三宣牙牌令"这一回里，我们看到的酒令比的是什么？当然是诗词歌赋的积累了，这样的游戏如果放在我们的习作课堂上可以叫作语文综合实践活动。除此之外，《红楼梦》里还有题匾额、联诗、填词、制灯谜、听曲等文化活动，都是语文综合实践活动的形式。

《义务教育语文课程标准》指出，语文课程必须遵照语文本身的特点和学生学习语文的特点，通过自主、探究、合作的学习方式以及学生大量的语文实践活动，使学生获得基本的语文素养，掌握语言这一重要的工具。因此，小学语文课程应该与综合实践活动结合起来，切实提高学生的学习效率以及积极性。

回过头来看《红楼梦》，为什么大观园里无论年轻如林黛玉、贾宝玉还是年长如贾母，甚至连比较有文化的丫鬟们也都很乐于参加各种游戏活动呢？因为游戏本身的对抗性能充分调动起水平接近的人的积极性，

而游戏本身的趣味性则降低了参与者游戏失败的心理成本。正因为游戏设计具备了上述两个因素，才使游戏具备了吸引力。

反观我们的习作教学，我们不妨思考一下我们平均每学期抽出多长时间投入习作教学中？每个单元的习作主要问题是什么？我们采用了哪些方法解决问题？我们用了哪些方法调动学生的习作积极性？

如果说习作教学也要分类的话，应该分为"考场写作训练课"和"习作能力培养课"。

考场写作训练课可以看作是专门训练学生在规定的时间内完成审题、立意、选材、布局、写作一系列任务的能力。这是熟能生巧的，多写多练加上修改，就能在脑子里存下一些素材和底稿，在考场上能迅速完成习作题目。

习作能力培养课的周期就比较长了。统编教材每个单元对于习作都有具体的训练要求，我们要结合本单元的课文逐步将这些习作训练点落实并带领学生反复练习，以达到巩固提高写作能力的目的。

因此，培养学生的习作能力既要有足够量的阅读积累作为前提，又得有丰富多样的活动作为实践经验，为习作提供多样化的素材，最后再根据教材的编排逐步学习写作方法。

三、重视"三写三改"，及时评价指导

所谓"三写三改"指的是一个习作训练的完整过程。

一写——在单元首篇课文学过之后，我们就会用多文本阅读的教学模式一方面给学生补充习作例文，一方面针对单元习作训练点进行指导，同时留出课堂三十五分钟时间让学生完成初稿创作。

一改——初稿完成后老师会收上来立刻批改，要认真地逐字逐句地批改，以便发现初稿中的共性问题。这次批改属于"细改"，所需时间因人而异，有经验的老师基本上可以在一天内完成。

二写——改完的初稿会在当天下午放学前反馈给学生，同时老师要结合初稿中的共性问题进行指导。

二改——这次修改后的稿子可以在小组内让学生互相评价，在同学之间互相帮助自主学习，不断修改完善草稿。

三写——学生要把修改后的草稿工工整整地誊抄在正稿本上。这个过程按四十分钟计算。初稿和正稿为什么都要限定时间呢？因为小学语文考试总时长是90分钟，除去前面的基础知识和阅读题，留给习作题的时间也就是30—40分钟。《红楼梦》里面也提到了以一炷香为限作诗的情节，可见，限时练习很有必要。

三改——正稿本收上来后老师再进行"评改"，评改以激励性评价为主，以提升学生的写作信心。

三写三改之后还会有不少学生把自己的文章转成电子版打印出来，请老师单独帮助他们指导"精改"，然后去投稿发表，这就属于更高的要求了。

三写三改的教学方法好处是可以及时反馈学生的问题，改变了以往一次习作写完之后就不再回顾的状态，让每一次习作训练都能帮助学生有效地提升写作能力。

《红楼梦》能给我们的习作教学提供的思考方向还有很多很多，有机会我们不妨一起再次慢下来，品经典，思教育。

读判词评红楼人物　抓特点悟读写教学

——《红楼梦》人物判词中的语文教学价值

读《红楼梦》,我们一定会关注其中的人物判词,这些判词言语精练,特点鲜明,内涵丰富,抓住这些判词来阅读,可以帮助我们快速把握人物特点,同时预测人物命运。一方面,它增加了我们阅读的趣味,另一方面也给我们的写作以启发。

《红楼梦》中的人物判词,精准概括了书中对应的人物特点以及命运走向。其中,最为人所熟知的几组判词,源于书中的太虚幻境。贾宝玉在警幻仙子的指引下梦游太虚幻境,在薄命司中看到金陵十二钗正册、副册、又副册共三册。旧时称女子为"金钗"或"裙钗",十二钗即指称十二位女子。在《红楼梦》原稿后半稿失散的情况下,这些涵盖了书中女子命运走向的判词就显得尤为重要。通过研读这些人物判词,梳理人物性格特点以及命运发展,找出其中的联系,进而引导学生感悟作者的文字魅力,也可进一步提升学生的总结概括能力。

"可叹停机德,堪怜咏絮才。玉带林中挂,金簪雪里埋。"这四句是薛宝钗和林黛玉的判词,其中"可叹停机德"是指宝钗其贤德人品可叹,"堪怜咏絮才"则是指黛玉咏絮才情堪怜。这两句道破二人身上最为突出的特点,即宝钗有德、黛玉怀才。在指导学生写作的过程中,抓住人物的主要特点是首位,在抓住主要特点之后,再向其他方向延伸或补充,方能体现其概括力。后两句"玉带林中挂,金簪雪里埋",则是二人名字的谐音,同时也暗示了二人命运的悲情走向。

"富贵又何为,襁褓之间父母违。展眼吊斜晖,湘江水逝楚云飞。"这一首乃史湘云判词。湘云是《红楼梦》中我非常喜爱的一位人物,醉眠芍药茵、雪中品鹿肉,实在率真可爱。虽自幼父母双亡,却有一颗赤子之心。该首判词前两句讲湘云身世可悲,虽富贵却双亲不在,后两句则暗指其婚后幸福生活短暂,好景不长。通过此首判词,可知晓在概括人物特点时,可以从其身世经历入手。

"欲洁何曾洁,云空未必空。可怜金玉质,终陷淖泥中。"此首判词刻画的是妙玉。妙玉有洁癖,又身在寺庙带发修行,故称"欲洁"。她心性高洁、出身不凡,本是"欲洁""云空"之人,却落得一个"身陷淖泥"的下场。这首判词前两句运用了对比的手法,将妙玉的愿望与现实进行了对比;后两句则抒发了对妙玉遭遇的悲叹之情。在引导学生理解判词时,要使其将作者刻画人物的手法了然于胸,在鉴赏的基础之上进行借鉴。

通过研读《红楼梦》人物判词,可以大致了解人物特点,亦可以窥知作者对书中人物的评价态度,以及作者对其命运安排的整体构思。对于语文教学来讲,无论在读还是写的层面,都有一定的借鉴意义。

第一,读整本书,要能够抓住人物特点,如宝钗有德、黛玉有才,提升学生阅读整本书时的概括能力,这对于准确把握人物形象很有帮助;写文章的时候,用一两个词来概括人物特点,然后围绕这个特点来具体写,可以让人物形象更鲜明,给人留下更深的印象。

第二,在概括人物特点时,可自其身世经历入手,通过其经历刻画人物特点。《红楼梦》中的人物判词虽然用字不多,但却能够用极精练的语言概括人物的主要经历,梳理出人物大致的命运走向,提炼出个性鲜明的人物特点,这对于我们写作是很有启发意义的。

第三,要掌握一定的刻画手法,丰富写作方式。《红楼梦》判词中使用了多样的表现手法。比如"玉带林"倒过来读就是谐音"林黛玉";

"停机德""咏絮才"都是运用典故;"凡鸟偏从末世来"中"凡"和"鸟"组成繁体的"凤"字,暗示这是王熙凤的判词;等等。多样的写作方式,也增加了我们阅读的乐趣和探索的欲望。

抓细节析人物形象　善模仿写精彩文章

——从细节描写谈人物形象塑造

一曲红楼，几许心泪。曹雪芹用他那饱含血泪的笔墨，创作出了《红楼梦》这部鸿篇巨制。如果把《红楼梦》比作世界文学之林中的一棵参天大树的话，那么全书的思想主题就是大树的根部，各具情态的人物是大树的累累果实，而繁密的枝叶无疑就是书中丰富多彩的细节了。

第六回刘姥姥一进荣国府，通过对刘姥姥进府前后一系列动作的细节描写，生动形象地刻画出刘姥姥这一人物形象。

次日天未明，刘姥姥便起来梳洗了，又将板儿教训了几句。那板儿才五六岁的孩子，一无所知，听见带他进城逛去，便喜的无不应承。于是刘姥姥带他进城，找至宁荣街。来至荣府大门石狮子前，只见簇簇轿马，刘姥姥便不敢过去，且掸了掸衣服，又教了板儿几句话，然后蹭到角门前。只见几个挺胸叠肚指手画脚的人，坐在大板凳上，说东谈西呢。刘姥姥只得蹭上来问："太爷们纳福！"

通过这段描写，我们可以看到刘姥姥进荣国府前既激动又害怕的样子。为了平复自己的心情，她"掸了掸衣服"，并且"又教了板儿几句话"，然后连用两个"蹭"字把刘姥姥走路的情形刻画得一清二楚，一系列的动作描写体现了刘姥姥此时紧张迟疑、小心翼翼的心理状态，塑造出一个活生生的未见过世面的农村老太太的形象。

《红楼梦》中通过细节描写塑造人物形象的例子，可以说比比皆是，第四十回刘姥姥二进荣国府时一段关于"笑"的细节描写，刻画出一个众人哄笑的场面。史湘云、林黛玉、贾宝玉、贾母、王夫人、薛姨妈、探春、惜春这八个人的笑各有各的特色，各有各的笑法，充分体现了他们各自的身份和性格，乃至年龄和体质特点：史湘云是个直肠子，笑得"一口饭都喷了出来"，林黛玉体质柔弱，因此"笑岔了气，伏着桌子嗳哟"，宝玉平时爱在贾母面前撒娇，这时笑得"滚到贾母怀里"，贾母疼爱孙子，笑得"搂着宝玉叫'心肝'"……作者通过动作、语言、神态等细节描写传神地刻画了各人不同的笑态，在这各不相同的笑态中又表现了各自不同的身份地位和性格特点。

《红楼梦》是五年级下册"快乐读书吧"推荐的课外阅读名著之一，对小学生来说，虽然不能拔高要求，不必让学生挖掘古典名著的文学价值，深入剖析书中的人物形象，但书中抓住人物的语言、动作、神态、外貌等细节描写人物的方法是完全可以在阅读中去借鉴模仿的。本册语文教材也选入了第七十回的片段。课文讲的是贾宝玉和林黛玉等人在大观园里放风筝的热闹场面。文中人物众多，既有公子、小姐，如宝玉、黛玉、宝钗、探春；也有仆妇、丫头，如黛玉的丫鬟紫鹃。宝玉是文中的主要人物，人物形象刻画鲜明。

课文开篇写道："一语未了，只听窗外竹子上一声响，恰似窗屉子倒了一般，众人吓了一跳。"出去一看，发现是一个大蝴蝶风筝，这时宝玉笑道："我认得这风筝，这是大老爷那院里嫣红姑娘放的。拿下来给他送过去罢。"紫鹃却说："难道天下没有一样的风筝，单他有这个不成？二爷也太死心眼儿了！我不管，我且拿起来。"从这段对话中，可以看出紫鹃想把风筝据为己有。当宝玉知道是嫣红的风筝时，马上吩咐人拿下来给她送过去，可见他心肠很好。通过对紫鹃的语言描写，还可以看出宝玉对待丫鬟们态度随和，所以紫鹃才会如此和宝玉说话。

众人都在准备放风筝，宝玉本来想放大鱼风筝，却被丫头晴雯放走了，螃蟹风筝又给了三爷了。他首先提起这两个风筝，说明他非常喜欢，但听说自己喜欢的风筝没有了，虽然着急但也不气恼，可见他并没有贵族公子的架子。看见新拿来的美人风筝十分精致，马上就高兴了起来。文中写道："宝玉细看了一回，只见这美人做的十分精致，心中欢喜，便叫：'放起来！'"可放了半天还是放不起来，"急的头上的汗都出来了"，被众人一笑，又恨得把风筝摔在地上，指着风筝说："要不是个美人儿，我一顿脚跺个稀烂！"从这些言谈举止中，可以看出宝玉率直、纯真的性格特点。

看着《红楼梦》中这些经过作者细致刻画的栩栩如生的人物形象，不禁让我想到小学生的习作问题，个别学生的作文内容空洞，语言干瘪，人物形象缺乏生动感，人物特点不明晰，究其原因，就是文章缺少细节描写。没有细节就没有艺术，没有细节描写，就没有活生生、有血有肉有个性的人物形象。

朱光潜先生曾说："运用语言文字的技巧一半根据对于语言文字的认识，一半也要靠虚心模仿前人的范作。文艺必止于创造，却必始于模仿，模仿就是学习……模仿可以由有意的渐变为无意的。习惯就成了自然。"因此，我们的习作教学就应该让学生进行读写的结合，在赏析他人的作品中习得方法，进而运用到自己的写作当中。《红楼梦》是多么好的通过细节描写来塑造人物形象的典范啊！

品香菱三作咏月诗　学写作四点基本法

——"香菱学诗"中的写作教学启示

曹雪芹借"香菱学诗"表达了自己的诗学主张。它对于我们今天的写作教学也有着极重要的启发意义：怎样让学生喜欢写作？怎样才能写出高水平的文章？细读"香菱学诗"，我们便可以从中找到答案。

香菱的判词："根并荷花一茎香，平生遭际实堪伤。自从两地生孤木，致使香魂返故乡。""根并荷花一茎香"暗点其名。香菱本名英莲，莲就是荷，菱与荷同生池中，所以说根在一起。书中香菱曾解自己的名字说："不独菱角花，就连荷叶莲蓬，都是有一股清香的。""平生遭际实堪伤"点出她曲折悲苦的一生。"两地生孤木"，两个"土"字加上一个"木"字，是金桂的"桂"字，点出她后来被夏金桂折磨致死的命运。"魂返故乡"，指死。册上所画也是这个意思。香菱是甄士隐的女儿，她一生遭遇是极不幸的，名为甄英莲，其实就是"真应怜"。

香菱，这个命运多舛的女子，奈何有命无运，明明可以琴棋书画诗茶花，却被推向了世俗的深渊，她在大观园里学写诗的时光应该是她人生中最曼妙的一抹风景。

仔细读来，她那呕心沥血，甚至走火入魔的学诗过程足够让每一个写作者奉为圭臬，也给我们的写作教学以启发。

一、兴趣——知之者不如好之者，好之者不如乐之者

香菱得知自己可以入住大观园后，就央求宝钗趁着闲工夫教她作诗。薛宝钗说她得陇望蜀，刚刚进来这园子，得去贾母那儿，还有各处姑妹那儿打个招呼，才是正经事。香菱是个很清纯可爱的女孩子，虽然宝钗不肯教她作诗，但她一点也不生气，听从宝钗的话，挨家挨户地与长辈们、姊妹们打了招呼，最后来到了林黛玉的潇湘馆。香菱知道林黛玉非比寻常，具有一流诗才，况且黛玉见到她住进来也非常欢喜，香菱便笑着对黛玉说："我这一进来了，也得了空儿，好歹教给我作诗，就是我的造化了！"黛玉笑道："既要作诗，你就拜我作师。我虽不通，大略也还教得起你。"香菱非常高兴地应允了，而且说平日里自己也会"偷空儿看一两首"。只是这寥寥几笔，一个对诗情有独钟、对写诗有浓厚兴趣的可爱女子形象便跃然纸上。

这种主动学习的强烈欲望，或者说强烈的学诗兴趣，是能够持续做一件事的坚强后盾。这也是后文香菱连续写出不被认可的诗却依然坚持不懈，苦思冥想，不放弃不气馁的思想根基。

我时常说："兴趣即动力。"对于写作教学来说，首先要做的一件事，就是激发学生的写作兴趣。兴趣才是那个最让人"走火入魔"的老师。正如《论语》所说："知之者不如好之者，好之者不如乐知者。"

激发写作的兴趣，首先要让孩子产生表达的强烈需要。兴趣和需要是联系着的。深厚而稳固的兴趣是在需要的基础上产生的。要想方设法让学生认识到，写作是生活的需要，是一种自我表达的方式，因此要写真话，写心里话，真切地表达自己的思想和情感。

其次，要让学生在写作的过程中体验到快乐，要乐在其中。兴趣（interesting），这个词来源于拉丁文词根"inter"，在……之间，后面加上了代表最高级的"est"和代表当下的"ing"。这仿佛在告诉我们，兴趣就是你以最高级（est）的形式投入到当下（ing）的事情之中（inter）去。也就是说，兴趣就是让你自己完全身在事物之中。当你完全投入当下的

事情中时，不管这个事情多么简单卑微，你都能从中感受到无穷的乐趣。任何一个瑜伽教练都会告诉你，即使认真地投入你的呼吸——这个每天你做过无数次的事情——都能感受到无数的乐趣。香菱学诗虽然有"苦吟"之意，但苦中有乐，那种百般寻觅，最后获得成功的喜悦，是旁人无法体会到的。

二、阅读——问渠那得清如许？为有源头活水来

黛玉开始教香菱学诗的时候，说了这样一段话："我这里有《王摩诘全集》，你且把他的五言律读一百首，细心揣摩透熟了，然后再读一二百首老杜的七言律，次再李青莲的七言绝句读一二百首。肚子里先有了这三个人作了底子，然后再把陶渊明、应场、谢、阮、庾、鲍等人的一看……不愁不是诗翁了！"

才女黛玉给出的写诗方法首先就是阅读，阅读，再阅读。阅读的内容一定要是经典，否则"见了这浅近的就爱，一入了这个格局，再学不出来的"。这便是"取法乎上"的道理。

所以，要想写出好文章，首先要做的便是阅读。而且不能只读那些时尚的流行文学、畅销书，更要读经典。唯有经典，经过岁月的沉淀，时光的淘洗，依然散发出耀眼的光芒，折射出智慧的光辉。常常与经典为伴，置身在优美的语境中，获得的不仅仅是美的熏陶，更有对人生的辩证性思考，对世界的广泛认知，对自我的深刻探索……而写作的核心要素无非就是如此：独特的语言风格，深刻的思想。当我们站在那些历代巨人的肩膀上，才能看到一个更辽阔深邃的世界，才能感知到人类深沉的思想和永不过时的智慧。

黛玉是一个深刻而又智慧的写作老师，也难怪她的诗才能够成为红楼里的翘楚，这一定也是她日积月累的经验之谈，对于我们今天指导学生语文学习，仍有着极重要的借鉴和指导价值。

三、立意——意犹帅也，无帅之兵，谓之乌合

黛玉在指导香菱写诗时说："若是果有了奇句，连平仄虚实不对都使得的。""词句究竟还是末事，第一立意要紧。若意趣真了，连词句不用修饰，自是好的，这叫做'不以词害意'。"这里曹公借黛玉之口，指出了作文的三种境界：规矩、词句、立意。在我们日常的写作教学中，往往十分注重规矩和词句，过分强调文体要求、修辞运用和语言表达，而忽视了最最重要的"立意"。所谓"立意"就是要"写出自我"，即写文章应该写出个性化的、深刻的、有文化底蕴的"自我"。

提升学生的立意能力，必须引导学生平时在生活中留心观察周围的人和事，养成深入思考的习惯；多阅读，勤思辨，树立正确的价值观。

四、修改——两句三年得，一吟双泪流

黛玉给香菱布置的第一份作业是以"月"为题写一首诗。

香菱为想出一首好诗，茶饭不思，坐卧不定，费尽九牛二虎之力写出来一首后，黛玉点评为"措词不雅。皆因你看的诗少"。

香菱听了后，默默走开，"只在池边树下，或坐在山石上出神，或蹲在地下抠土……昨夜嘟嘟哝哝直闹到五更天才睡下"，为了写出一首能让老师肯定和满意的诗，香菱可谓煞费苦心，终于写出了一首以为妙绝的诗后，却再一次被老师泼了冷水，"过于穿凿，还得另作"。

没有一颗坚韧向上的心，一颗对爱好火热的心，估计经过这两次的打击也已然失去了继续前行的勇气，可是，若如此，那也就没有"香菱学诗"这段佳话了。

香菱虽然有些扫兴，但依旧继续思考起来，"挖心搜胆，耳不旁听，目不别视"，"至晚间对灯出了一回神，至三更以后上床卧下，两眼鳏鳏，直到五更方才朦胧睡去了"。

在脑海里描摹香菱的这种状态时，不禁又心疼又钦佩，一个并无多少诗词底蕴的姑娘，却对诗到了如此如痴如狂的地步，两耳不闻窗外事，

一心只想写好诗！

也许是有了前面两首的铺垫，失败乃成功之母；也许是功夫不负有心人，锲而不舍，金石可镂！香菱终于写出了一首被大家认可为"新巧有意趣"的好诗！

贾岛说："两句三年得，一吟双泪流。"杜甫道："为人性僻耽佳句，语不惊人死不休。"曹雪芹写红楼："批阅十载，增删五次。"而关于贾岛"推敲"的典故更是在文学界流传千年。以此看来，文章一定是越改越能丰富字里行间的情感，越改越能恰当地表情达意，越改越趋于完美，越改越能达到自己满意的状态，越改越能打动读者……

我们经常说"好文章是改出来的"。实际上，修改是提升学生写作能力的重要一环。因为修改的过程，实际上是写作者不断反思、持续提升的过程。叶澜教授说："一个教师写一辈子教案不一定成为名师，如果一个教师写三年的反思，有可能成为名师。"这句话，对于写作来说，依然有效。修改、提升的背后，正是一次一次的深刻反思与字斟句酌。

痴宝玉并非不读书　启智慧仍须重兴趣

——从《红楼梦》到数学趣味课堂

"纵然生得好皮囊，腹内原来草莽。潦倒不通世务，愚顽怕读文章。"在《红楼梦》里，贾宝玉给人的印象就是不愿意读书，坚决不走科举做官的道路。书中多次写到贾宝玉同学为了应付父亲贾政的检查而恶补功课，甚至许多人还帮他作弊的事情。可是，宝玉是真的不喜欢读书吗？我们看到他谈起诗词来颇有见地，这在"大观园试才题对额"一回中可以得到充分表现，他吟诗作对的急才相当惊人，不但出口成章，而且文采斐然。可见，宝玉并非不读书，他只是不喜欢读那些不感兴趣的书。

《红楼梦》第三回中说："黛玉亦常听得母亲说过，二舅母生的有个表兄，乃衔玉而诞，顽劣异常，极恶读书，最喜在内帏厮混；外祖母又极溺爱，无人敢管。"贾宝玉正式出场，作者用了两首《西江月》来描述他。词中有这样两句话："纵然生得好皮囊，腹内原来草莽。潦倒不通世务，愚顽怕读文章。"这两句话奠定了我们对贾宝玉的第一印象：贾宝玉虽然长相俊俏，但却是一个不通世务、不爱读书学习的无用之人。

在书中，作者多次写贾宝玉不喜欢读书，功课不好这件事。例如，小厮兴儿曾评价宝玉成天疯疯癫癫的，"每日也不习文，也不学武，又怕见人，只爱在丫头群里闹"；贾宝玉的父亲贾政每次叫宝玉过去，宝玉也都是胆战心惊的，因为他最害怕贾政问他功课的事情。

自此，贾宝玉便在读者心中落下个不喜读书的"恶名"。事实上，果真如此吗？

同样是第三回，宝玉与黛玉初次见面，他给黛玉取了一个表字：颦颦。探春便问何出。宝玉道："《古今人物通考》上说：'西方有石名黛，可代画眉之墨。'况这林妹妹眉尖若蹙，用取这两个字，岂不两妙！"探春笑道："只恐又是你的杜撰。"宝玉笑道："除《四书》外，杜撰的太多，偏只我是杜撰不成？"

《红楼梦》中不止一处提到贾宝玉不爱学习这件事，但是我们通读全书就会发现，贾宝玉并非不喜欢读书，他只是对作八股文，考功名，走仕途不感兴趣而已，在他感兴趣的方面似乎都还学得不错。只不过受当时社会主流文化的影响，认为只有四书才是正道，《红楼梦》正是通过贾宝玉，展现了封建旧社会对于多元化发展的扼杀。

我们常常听到一句话说："兴趣是最好的老师。"在我们孩子小的时候，很多家长在学习关于孩子成长的课程时，也常常听到要观察关注发展孩子的兴趣。可见一个人在做自己感兴趣的事情的时候，会非常专注和忘我。也就是说，一个人会"自我驱动"地做一件自己感兴趣的事而不觉得疲惫。但在应试教育的背景下，很多孩子对学习失去兴趣，在学习面前难以形成内驱力。

结合小学数学教学，我能感受到"兴趣"对于一个学生的重要作用。小学阶段的孩子处于自我调整和发展的关键时期。尤其是低年级孩子，自我控制能力比较差，容易受到外界干扰，注意力难以长时间集中，导致一部分孩子认为数学是抽象、难学的，不能很好地适应数学学习。为了培养小学生的数学学习兴趣，趣味性教学法应运而生，受到越来越多的关注，并且被广泛地应用到小学数学课堂。

中国是一个伟大的文明古国，它为世界数学的发展做出过巨大贡献。中国古老的智力游戏和古典益智玩具，如九连环、七巧板、华容道、鲁班锁、四喜人等，把数学和游戏玩具结合起来，对于提高玩具品位、开发思维智力具有独特的功能。西方将它们统称为"中国的难题"。

九连环又是各种巧环玩具的代表。它在中国差不多有两千年的历史，

《红楼梦》中就有林黛玉巧解九连环的记载。书中第七回，周瑞家的送宫花，寻黛玉不见。原文："谁知此时黛玉不在自己房中，却在宝玉房中大家解九连环顽呢。"可见，黛玉和宝玉对此也很有兴趣。

假期时，我校杨敏老师将九连环的游戏作为孩子们的"家庭作业"，通过益智游戏的方式培养孩子们的数学兴趣和逻辑思维。很多孩子除了完成"拆解和安装"的步骤，还对着镜头一步一步认真地进行操作和讲解，把挑战过程拍成了视频，要知道想解下所有九个环，在完全没有失误的情况下需要341步，因此需要非常有耐心才能成功，让杨老师感到意外的是，很多孩子并不满足于一次的成功，而是反复地练习，一次次的"成功"背后是孩子们意志力的坚持、大脑的不断思考和发自内心的喜悦。

在九连环后，杨老师又尝试着将华容道、汉诺塔等数学相关的益智游戏引入教学中来，在孩子们的欢声笑语中不知不觉地培养了他们的逻辑思维和学习数学的兴趣。

这让我又想到了宝玉，如果他生活的社会和家庭能够像现今的中国社会一样充满包容性和多元化，也许贾宝玉就不会像书中描写的那样成为一个所谓的"纨绔子弟"，而是在自己感兴趣的方面有所成就，从这点上说，《红楼梦》是一部悲剧，一部贾宝玉个人成长的悲剧，也是一个家族、一个社会整体的悲剧。

我们生活在一个好的年代，随着国家"双减"政策的落地，教育生态发生重大变化，孩子的学业负担大大减轻，也有更多的空余时间可以自由支配。作为老师我们要做的，一是要想方设法激发学生的学习兴趣，为他们打开一扇扇窗，让学生爱上学习；二是要保护学生的学习兴趣，给他们更广阔的练习飞翔的天空，让学生学有所长。

为省亲修建大观园　探究竟计算园面积

——大观园到底有多大？

文科老师读《红楼梦》，主要关注的是人物、情节以及环境描写等。理科老师读《红楼梦》所关注的则会有所不同，比如会关注空间位置、周长面积等。有时候，换个角度来读书，也是一种别样的趣味。

大观园是《红楼梦》中贾府为元春修建的省亲别墅，元春省亲时赐名大观园。

《红楼梦》第二十三回提到，在省亲结束后，为了"不使佳人落魄，花柳无颜"，元春便命家中能诗会赋的姊妹及宝玉进去居住。自此之后，《红楼梦》里精彩曲折的故事便与大观园密不可分，大观园也成为贾府的青春王国，那这座青春王国到底有多大呢？

一、电视剧中的大观园

拍摄电视剧版《红楼梦》时，剧组曾根据书中描述建造了北京大观园，其面积约为13万平方米，也就是13公顷。但北京大观园只是为了拍摄需要而建，只是仿建了书中的部分建筑，并非完全建造，但这足以说明《红楼梦》中大观园的面积要远远大于13公顷。

二、"三里半大"的大观园

《红楼中》第十六回中，贾蓉向贾琏的汇报中提到大观园"从东边一带，借着东府里花园起，转至北边，一共丈量准了，三里半大，可以盖造省亲别院了"。从这里可以看出，"三里半"应与大观园的建筑面积有关，书中的"三里半"又是多大呢？这需要从计量单位"里"说起。

《春秋穀梁传》中记载："古者，三百步为里。"可以看出，"里"是一个长度单位，而大观园的大小需要用到的是面积单位，那"里"是大观园的边长还是周长呢？《红楼梦》里没有给出具体的答案。

部编版小学数学三年级上册在讲授"千米"这个长度单位时备注"'千米'也叫'公里'"，1公里是1000米，而1公里是2里，那么1里就是500米，三里半也就是1725米。如果把大观园看作一个周长为1725米的正方形，那么边长约是431米，其面积约为185761平方米，也就是18.5761公顷，大约和国家体育场（鸟巢）的面积差不多；如果把大观园看作一个边长为1725米的正方形，其面积是2975625平方米，也就是297.5625公顷，和北京颐和园的面积差不多。

以上计算是按照现行的长度单位换算方法计算的，其中"里"的长度是按照现行的"市里"（也叫"华里"）计算的，而据资料显示，在清朝一里约为576米，那么三里半约为2016米，按周长2016米计算，大观园的面积约为254016平方米，也就是25.2016公顷，按边长2016米计算，大观园的面积约为4064256平方米，也就是406.4256公顷，比上述计算结果要略大一些。

三、走进书中的大观园

书中具体讲大观园的景物是在《红楼梦》第十七回"大观园试才提对额"，贾政等人从大观园正门入园，一进门，就是一带翠嶂挡在面前，众人"往前一望，见白石崚嶒，或如鬼怪，或如猛兽，纵横拱立，上面苔藓成斑，藤萝掩映，其中微露羊肠小径"。贾政道："我们就从此小径游去，回来由那一边出去，方可遍览。"由此段描述结合后面元春为大观园各处所命之名可见，贾政众人的路线基本是大观园正门—沁芳桥—潇湘馆—稻香村—荼蘼架—木香棚—牡丹亭—芍药圃—蔷薇院—芭蕉坞—

蘅芜苑—顾恩思义正殿,至此贾政众人仅游览了大观园东侧,也就是书中所说"才游了十之五六。"贾政众人返回时,走的是大观园西侧,"一路行来,或清堂茅舍,或堆石为垣,或编花为牖,或山下得幽尼佛寺,或林中藏女道丹房,或长廊曲洞,或方厦圆亭",而这些景点,贾政众人并未进入,可见对大观园西侧的游览只是走马观花,而未曾细赏的原因是"半日腿酸,未尝歇息",后又行至怡红院,从怡红院后门出大观园。从中,我们可以看出,贾政等人游了半日,逛到腿酸脚软,只是走了大观园的"十之五六"。我们新乡市人民公园的面积约为49公顷,想象以下我们平时逛人民公园时的感受,不难发现大观园的面积怎么说也要比人民公园大得多。

结合大观园中的景点,再来想一想,书中提到的大观园中的住所主要有:贾宝玉的怡红院、林黛玉的潇湘馆、宝钗的蘅芜苑、迎春的缀锦楼、探春的秋爽斋、惜春的蓼风轩、李纨的稻香村、妙玉的拢翠庵等,书中的潇湘馆,前院"有千百竿翠竹遮映",后院"有大株梨花兼着芭蕉",稻香村"有几百株杏花,如喷火蒸霞一般"……可见这每一处住所的面积都不会小。另外还有暖香坞、梨香院、榆荫堂、嘉荫堂等重要住所,木香棚、荼蘼架、红香圃、蔷薇院、牡丹亭、芍药圃、芭蕉坞等诸多园景,再加上大观园中的山山水水所占的面积,以及厨房、仓库、下人住所等,那么大观园的面积就更大,那么上述计算的18.5761公顷或25.2016公顷显然有些小了。但书中第十六回提到"拆宁府会芳园墙垣楼阁,直接入荣府东大院中。荣府东边所有下人一带群房尽已拆去",可见大观园的修建范围是宁府会芳园及荣府下人所住群房,宁荣两府其他地方都未动,那么大观园的面积显然只是宁荣两府的一小部分,如果大观园的面积是上述计算的297.5625公顷或406.4256公顷,那么宁荣两府面积便更大。书中贾家的祖先是国公,这个爵位和清朝的亲王差不多,而清朝最大的王府是恭亲王府,面积约为6万平方米,也就是6公顷左右。照此计算,宁荣两府的面积最多十几公顷,大观园的面积便只有几公顷了,这显然与书中所描绘的大观园不相符。

上述计算结果是把大观园看作正方形来计算，但书中并未言明大观园是否为正方形，也就是说大观园的面积会和上述计算结果有些许出入，但大观园既是《红楼梦》中的造梦之所，又是省亲别墅，更不用考虑造园经费等现实因素，那么大观园的面积便不会小。其实大观园的面积到底是多少，到现在也没有定论，所有数据只是推测，红楼一梦荒唐言罢了。

看书中女人巧算账　凭谁说女子不如男
——兼论"女生学不好数学"

很多人都说:数学是女孩子的噩梦。在中国乃至世界范围内,人们普遍认为女生不适合学数学,或者说女生学习数学的能力逊色于男生。是女孩子天生就缺乏数感吗?该怎样让女孩子爱上数学?如何培养女生学习数学的自信心?让我们从《红楼梦》中的事例,说到当今的脑科学研究,试着探寻其中的奥秘。

《红楼梦》中不乏会算账的人物。第三十九回"村姥姥是信口开合　情哥哥偏寻根究底"里就有这样一段。刘姥姥道:"这样螃蟹,今年就值五分一斤。十斤五钱,五五二两五,三五一十五,再搭上酒菜,一共倒有二十多两银子。阿弥陀佛!这一顿的钱够我们庄家人过一年了。"这刘姥姥本是一村姑,然而对于数学运算却如此熟练,由此可见中国人的计算能力自古以来就相当不错。

中国传统数学,古代称作算术。中国古代的数学著作《九章算术》《周髀算经》都体现了以算为主,寻求各种应用问题的普通解法。贾府中的王熙凤更是理财能手,虽然她大字不识几个,但偌大一个贾府,日常的生活开支皆在她的运筹帷幄之间。

可见,女子在计算方面丝毫不逊色于男子,甚至更胜一筹。可是,很久以来,在中国乃至世界范围内,人们普遍认为女生学习数学的能力逊色于男生。很多人把这归因于生理结构的不同,认为女孩学不好数学更多的是先天的原因造成的。

近年来的许多研究表明，文化才是导致男女数学学习差异的"罪魁祸首"。研究表明，在国家男女平等做得好的时候，这种数学方面的差距就不是性别差距了。宾夕法尼亚大学研究团队的拉奎尔·古尔和鲁本·古尔2015年在著名医学期刊《大脑皮层》（Cerebral Cortex）上发文，称男女大脑在功能连接上其实大同小异。另一项研究发现，当性别身份被隐藏时，女性在数学学习上的能力和男性是相当的，女性不再感到性别暗示压力。威斯康星大学的研究表明，男女在数学方面的差异是缘于不同国家的社会文化因素，而这些因素是可以改变的。

但是，现实却依然残酷。一些高校教授在招收研究生、博士生时依然偏爱男生。在小学，我们也经常听到"男孩子学数学更有优势，女孩子不适合学数学"的论调。正因为受到数学学习中"女不如男"思想的影响，不少女生失去了学习数学的兴趣，甚至放弃了在数学学习上的努力。所以，要让女孩热爱数学、精于数学，很重要的一步就是培养她们的自信心，把她们从陈旧保守的观念中解放出来。

那么如何帮助女生培养数学学习的自信心？其实，在学习生活中，我们总是对于能胜任的工作和学习越来越有信心，并在取得成就的过程中获得满足。当我们费尽全力解出一道较为困难的题目时，得到的喜悦胜过获得一般的奖励，这时的我们能获得知识的满足、自尊的满足、尽责后的心安，更增强了自信心。所以，培养女生的自信心可以通过一些方法，使女生获得数学学习上的成功，鼓励更多的女生加入"聪明蛋"的队伍，使女孩在与男孩公平的竞争中，感受到学数学的乐趣和成功的欣喜，完全忘记了做题时的艰难和辛苦。

另外，要让女生真正学好数学，还要培养女生的数感。

数感，是学习数学的重要结构变量，集中表现为：对知识教学的充分感知，对思维教育的强烈感应，对个性教养的深刻感受。数感的特点表现为敏锐的判定、瞬时性的理解和记忆、一定的模糊性和在适宜的重复性训练后才能形成，数感越健全，知识越扎实，更易活化。而女孩子的特点就是敏感，数学学习完全可以运用数学本身的魅力去美化和敏化女生的数感心灵，让女生更有"数学气质"。

老师在学生学习的过程中扮演着相当重要的角色。首先，老师要公平地对待每一个学生，对于那些没有建立起数学学习信心的女孩子，要多一些关注，可以给她们讲一些女数学家（科学家）的故事，帮助她们建立起数学学习的自信心。其次，要更有热情地和这些女孩子展开关于数学与理工的对话，这种对话可以完全不围绕公式、计算和应用，而是引导她们一起观察赞叹生活中数和科学的无处不在，让她们去感受数学之美，产生强烈的学习数学的兴趣。最后，要想办法创造机会，让她们在生活中利用数学解决问题，去体验数学学习成功的喜悦。

豫剧《花木兰》中有一句"谁说女子不如男"的唱词，在数学学习上，亦是如此。须记住：观念改变，结果改变。

观《红楼梦》包罗万象 品大观园数学世界

——谈谈《红楼梦》中的数学问题

《红楼梦》是一部文学巨著,又是一部百科全书。它包罗万象,是一个立体的存在。这就给我们从不同的角度对其进行解读提供了可能。这一篇文章,我们就试着从数学的角度来探寻《红楼梦》的奥秘,并从中感悟其对我们今天数学教学的启示。

《红楼梦》的构思与结构、人物的设计、情节的安排、生活与事件的交错、主线和副线的发展、近千个人物的登场、数量庞大且艺术水准极高的诗词,相信没有一个庞大而严谨的预先设想与架构,是不可能完成的。这样的创作过程,是需要有一个复杂的数学模型来架构的。所以,如果你还认为数学在文学中只能是来个偶然的浪漫邂逅,或是在对联中随意客串,那就大错特错了。从现在很多的文学著作中可以看出,都是建立了一个虚拟的架空的宏大世界,在这样一个世界中,作者可以充当上帝的角色,将自己的观念和设想进行预演。而这样宏大的世界,是需要用数学思维事先搭建一个数学模型,然后在模型中添加各项设定,来丰满内容。而往往一部失败的作品,都是因为这样的空间模型残缺,导致世界的崩塌。可见,一位成功的作者,必定是有着一定的数学思维的。

我们先来盘点一下《红楼梦》中的数学事件吧。

马道婆算香油账——马道婆听如此说,便笑道:"这也不拘,随施主菩萨们随心愿舍罢了……再还有几家也有五斤的、三斤的、一斤的,都不拘数……"贾母听了，点头思忖。马道婆又道："……也不当家花花的，要舍，大则七斤，小则五斤，也就是了。"贾母说："既是这样说，你便一日五斤合准了，每月打趸来关了去。"

贾家为宝玉每天供奉五斤香油，一个月按三十天计算，按当时物价一斤香油价为一点二串钱，一个月合一百八十串钱，一串钱一般是二十文钱，而一两银子相当于一千文钱左右，一个月约三两六的银子，一年约四十三两二钱，一年供奉的香油钱，大约相当于现在的四万三千二百元。看上去好像四万多元并不是很多，但仔细想想，仅仅一年供奉的香油钱就那么多，再去估算贾府一年的总开销，非常奢华。马道婆算香油账，也就是曹雪芹算香油账。显然，曹雪芹在写这段文字时，也"点头思忖"：出多少斤香油比较合理，既合乎贾府的身份，又不至于引起非议。

刘姥姥算螃蟹账——刘姥姥道："这样螃蟹，今年就值五分一斤。十斤五钱，五五二两五，三五一十五，再搭上酒菜，一共倒有二十多两银子。阿弥陀佛！这一顿的钱够我们庄家人过一年了。"显然这是一道有趣的数学题，分析文中解法：将八十斤看成五十斤加三十斤，"五分一斤。十斤五钱"不难理解，"五五二两五"指五分银子乘以五十斤蟹，得二两五银子，"三五一十五"是指剩下的三十斤螃蟹，得"一十五"分银子。"五五二两五"不能说成"五乘以五十等于二百五十"，同样"一十五"不能认定为"一十五两银子"，是口算时"节略语"的习惯性表达方式。二两五加一两五等于四两，算得螃蟹价为四两银子，外加"酒菜"，合计出"二十多两银子"也符合常理。由此可见，刘姥姥不但会"乘法口诀"，更会简便计算，是一位算账的好手、能手。

贾母的年龄——刘姥姥二进贾府时七十五岁，贾母道："比我大好几岁呢！"只过了两年，却说"今岁八月初三日乃贾母八旬之庆"。贾母还说："我进了这门子做重孙子媳妇起，到如今我也有了重孙子媳妇了，连头带尾五十四年……"贾母过八十大寿，红楼十三年应是七十八岁，而第四十七回，即同一年贾母言明自己进贾府连头带尾五十四年，可见贾母出嫁年龄为二十四岁。

从上面三个例子可以看出，数学和文学有着密切的关系。其中的数学思想和数学实践至今仍对我们具有启发意义。

如果只是从《红楼梦》的些许情节中去寻找数学的影子，似乎研究的意义并不大，更需要引起我们关注的是思维方式。数学思维方式对人的影响更为深远，是我们必须养成的核心素养。

就比如林黛玉和薛宝钗，她们的性格分别代表着数学中两种不同的问题解决策略：从条件想起和从问题想起。具体地说，林妹妹也许并不懂得数学中那些解决问题的策略，但其实她的性格特征倾向就是习惯从条件想起。宝姐姐或许也不懂得数学中那些解决问题的策略，但其实她的性格特征倾向就是善于从问题想起。从条件想起的人，他的行为动机是出于内心真实的感受。而从问题想起的人，他的行为动机是出于某种想要达到的目的。从条件想起和从问题想起的出发点不一样，它所经历的过程及对新问题生成的影响也是不一样的。从条件想起就像林黛玉堆起的落花冢，无用，但能触及更多人的心灵。从问题想起就像薛宝钗服用的冷香丸，实用，但只为解决她一个人的病症。

数学思维方式对于我们人生也有许多启发。首先，要努力去做一个"有解"的人。"有解"就是豁达，要学一学苏轼"莫听穿林打叶声，何妨吟啸且徐行"；要读一读陆游"山重水复疑无路，柳暗花明又一村"；要品一品龚自珍"一箫一剑平生意，负尽狂名十五年"。其次，要努力去做一个"有过程"的人。数学讲究解题过程，但数学的解题过程又不是千篇一律，所以不能故步自封，活在自我世界里；不要把自己的主观感受作为判断事物的唯一标准；不要沉迷于个人的情感得失，应走出去看世界。最后，要努力去做一个"有数"的人。教师的职责是教书育人，教育出怎样的孩子就是老师解题的结果，应该教育孩子成为一个与国家同呼吸，共命运，不因时运不济而悲哀，不因贫穷潦倒而悔恨，不因大富大贵而忘本之人。

史湘云率真惹人怜　周伯通专注成武痴

——从史湘云到周伯通的启发

读《红楼梦》时很喜欢史湘云，她心直口快，活泼开朗，娇憨可爱，才思敏捷；读《射雕英雄传》和《神雕侠侣》时很喜欢周伯通，他童心未泯，顽皮可爱，乐观自在，喜交朋友。从某种程度上说，他们都活得很纯粹、很执着，身上有着一股忘我的"痴"劲儿和"憨"劲儿，不虚伪，不做作。聪明人都在下笨功夫，愚蠢的人都在找捷径。"痴"与"憨"，表面看来似乎愚笨，其实才是真正聪明人的不二选择。

读史湘云的时候总会想起老顽童周伯通。不是因为他们的童心未泯，不谙世故，而是因为他们的单纯执着，对诗学和武学的不懈追求。

史湘云是《红楼梦》中最经典的女性形象之一，她虽然有着凄凉的身世，却能乐观对待生活，是一个富有浪漫主义色彩的人物。她心直口快，才思敏捷，热情乐天，平易率真。

史湘云是彻头彻尾的乐观派。黛玉寄人篱下常有孤寂之感，动辄则哭，引起了我们极大的同情。实际上湘云的命运也一样悲苦。黛玉毕竟还受过父母之爱。住到贾府之后虽说不似自家自在，但也有老太太的垂怜、众星捧月的照料。而湘云则"襁褓中，父母叹双亡。纵居那绮罗丛，谁知娇养"，她自幼便失去父母，依靠婶母过活。即使有到贾府生活的机会，也是含着眼泪嘱咐宝玉在贾母面前多提点自己，才得以过来的。即使如此之苦，她也没有像黛玉一样悲悲切切，而且还曾经开导林黛玉说：

"你是个明白人，何必作此形像自苦。我也和你一样，我就不似你这样心窄。"她大说大笑，不把自己的悲苦命运放在心上，是豪气干云的女丈夫。湘云性格活泼豪爽，气量豁达，没有半点虚伪做作，她身为女子，却常常以"真名士""大英雄"自喻，"爱打扮成个小子的样子"。她的豪气还在于她的"真"，她敢醉酒眠花丛，带头烤鹿肉，乃至要替岫烟、迎春打抱不平，被讥为"荆轲、聂政"。风流倜傥气概，宛若一个"巾帼男子"。在她的诗句中也不乏这种形象的写照，特别是那句"萧疏篱畔科头坐，清冷香中抱膝吟"，把她的豁达与自傲表现得淋漓尽致。她娇憨潇洒，敢作敢为，全然没有小女子的矫揉造作。

史湘云超逸的才情和敏捷的诗思，更让我印象深刻。她多次文思泉涌，谜语、酒令、诗词、排律，其数量之多无出其右；且诗风兼豪放婉约之长，不愧为脂粉英雄。周汝昌评价其诗词超出钗、黛二人。张爱玲曾评价史湘云说："她稚气，带几分憨，因此更天真无邪。"湘云的才华源于她心思单纯，"憨湘云醉眠芍药裀"中的一个"憨"字是对湘云性格的最好概括。

老顽童周伯通也是如此，心思单纯，醉心武学，自创空明拳、左右互搏，无意中学会《九阴真经》又能将其忘记。第三次华山论剑时被推为五绝之首。被时人称为武痴。

原来任何技艺如果要达到巅峰就需要这种忘我、专注的"痴"和"憨"。这也就是我们现在呼唤的"工匠精神"。我们教师的教学和学生的学习何尝不需要这种"痴"和"憨"？有多"痴"有多"憨"，决定你将走多远。

做老师需要一点"痴"劲儿。或者说无论哪一行想要做出一定的成绩都需要"痴"。汉朝国学大师孙敬痴迷读书而"头悬梁"；同朝代的匡衡，从小喜爱读书便"凿壁偷光"；爱书法如痴的王羲之；爱画如痴的米芾……无一不是无"痴"难成。在新区小学，也有不少痴迷于教与学的老师：数学老师王秀玲痴迷于每天写上千字的教学日记，体育老师李丽君多年来痴求花样跳绳的教学艺术……学校虽然不要求老师们坐班，但老师们有空就扎在办公室，批改作业，辅导学生，从不计较个人的得失。如果没有一股子"痴"劲儿是难以坚持的。

当老师需要一点"憨"劲儿。"憨"是一种执着。因为有股"憨"劲儿，才能做实功求实效，执着于党的教育事业，才能无私心杂念，保持党性，永远跟党走。工作中无论经受怎样挫折，遇到什么突发事件，都能咬紧牙关，打起精神，运筹帷幄并坚定教育信念。"憨"同时又是一种境界，蕴含深刻哲理。"花从春走过，留下芬芳馥郁；叶从夏走过，留下似伞凉荫；风从秋走过，留下金浪滚滚；雪从冬走过，留下琼花皑皑。"教师只有真正拥有了无私无欲、上善若水的境界，才能超然物外，才能"化作春泥更护花"，为人师表，要运用自身的专业才能和教育智慧，提高课程改革的质量，从而在奉献中实现人生价值的深度和广度。

让我感动的还有史湘云和周伯通的"真"。看到一段评史湘云的话，深以为然："她既无视高低贵贱，又不拘于男女之别，与人相交，一片本色，无功利之心。"她待人全然一派天真，不把身份的高低贵贱放在心上。在她心中众生平等，赤诚相待。史湘云对众人的赤诚相待，也启示着教师对学生的一视同仁。教师要平等地把爱的阳光和雨露洒向全体学生，滋润每个学生的心田，成为播种快乐、播种情感的人。

周伯通也有一颗纯净的赤子之心。从这颗心出发，他做了许多美好的事：在襄阳城打仗杀敌、中箭负伤的是他；积极开创山洞教学，培养出两代双手互搏高手郭靖和小龙女的是他；华山上一笑泯恩仇，越众而出祭奠老毒物欧阳锋的还是他……周伯通的"真"表现在他的心无旁骛和习惯宽恕上。他做事专注，不和人斤斤计较，真正做到了"出门一笑无拘碍，云在西湖月在天"。一个好的教师也应当如此，心无旁骛才能醉心教学，业务精湛；习惯宽恕，才能真诚地面对每一个孩子，多看他们的优点，用成长思维激励孩子们不断进步。

察《红楼梦》民俗活动 思东西方文化差异

——时令文化与英语教学

语言不能脱离文化而存在。学习语言是为了实现跨文化交际，因此小学英语教学也必须兼顾语言与文化，提高学生对中外文化的欣赏和鉴别能力。从这个意义上来说，细读《红楼梦》中的传统民俗活动，不仅可以帮助我们树立文化自信，也有助于加深我们对西方文化的理解与把握。

民俗作为一种文化现象，是大众创造、享用和传承的生活文化，也是民族生活在历史中积淀的宝贵财富。在我国悠久的历史发展过程中，形成了春节、元宵节、清明节、端午节、中秋节等重要时令节日，这些节日都伴生了许多民俗活动。古典名著《红楼梦》对这些时令节日极尽渲染之能事，向我们呈现了丰富精彩的民俗文化风情。

除夕——供请神主，清扫院房，贴对联油桃符

除夕是中国人最重要的节日之一，第五十三回"宁国府除夕祭宗祠 荣国府元宵开夜宴"中有详尽的描述："当下已是腊月，离年日近，王夫人与凤姐治办年事……且说贾珍那边，开了宗祠，着人打扫，收拾供器，请神主，又打扫上房，以备悬供遗真影像。此时荣宁二府内外上下，皆是忙忙碌碌……已到了腊月二十九日了，各色齐备，两府中都换了门神、联对、挂牌，新油了桃符，焕然一新。宁国府从大门、仪门、大厅、

暖阁、内厅、内三门、内仪门并内塞门，直到正堂，一路正门大开，两边阶下一色朱红大高照，点的两条金龙一般……"

元宵节——看戏听书放烟花，吃酒行令猜谜语

元宵是除夕之后的又一高潮。而且元宵这天，由于有放焰火、看花灯，十分热闹，于是有人称此日为中国的"狂欢节"。在《红楼梦》中，它也是提到次数最多的节日。第一回"甄士隐梦幻识通灵　贾雨村风尘怀闺秀"中即点明元宵节的特点：观社火、看花灯——"士隐命家人霍启抱了英莲去看社火花灯"。第十七回至第十八回中元妃省亲也是在元宵佳节。第五十三、五十四回中则详尽地描写了贾府元宵夜宴的盛况，宁荣二府的亭台楼阁处处张灯结彩，贾老太太率众小姐丫鬟们兴高采烈参与，尽享欢乐，看戏听书放烟花，吃酒行令猜谜语。

清明节——祭祀烧纸，放风筝

第五十八回"杏子阴假凤泣虚凰　茜纱窗真情揆痴理"中写道："可巧这日乃是清明之日，贾琏已备下年例祭祀，带领贾环、贾琮、贾兰三人去往铁槛寺祭柩烧纸。宁府贾蓉也同族中几人各办祭祀前往。"也是这日，藕官烧纸祭同伴。此外，在第五回的判词中和第二十二回的谜语中也都提到清明，并且都提到了清明节的一项活动——放风筝。

端午节——蒲艾簪门，虎符系臂

第二十四回"醉金刚轻财尚义侠　痴女儿遗帕惹相思"先提一笔："凤姐正是要办端阳的节礼，采买香料药饵的时节。"第三十一回"撕扇子作千金一笑　因麒麟伏白首双星"则介绍了端午节的一些习俗："这日正是端阳佳节，蒲艾簪门，虎符系臂。"辟邪驱凶，斗草怡情。

中秋节——焚香祭月，赏花作诗

第一回中简单提及，第七十五回"开夜宴异兆发悲音　赏中秋新词

得佳谶"、第七十六回"凸碧堂品笛感凄清　凹晶馆联诗悲寂寞"则详细地描写了贾府赏月的情形："次日一早起来，乃是十五日……贾珍夫妻至晚饭后方过荣府来……贾母笑道：'此时月已上了，咱们且去上香。'说着，便起身扶着宝玉的肩，带领众人齐往园中来。当下园之正门俱已大开，吊着羊角大灯。嘉荫堂前月台上，焚着斗香，秉着风烛，陈献着瓜饼及各色果品……贾母盥手上香拜毕，于是大家皆拜过。贾母便说：'赏月在山上最好。'因命在那山脊上的大厅上去……于厅前平台上列下桌椅，又用一架大围屏隔作两间。凡桌椅形式皆是圆的，特取团圆之意……贾母便命折一枝桂花来，命一媳妇在屏后击鼓传花。若花到谁手中，饮酒一杯，罚说笑话一个……贾母因见月至中天，比先越发精彩可爱，因说：'如此好月，不可不闻笛。'因命人将十番上女孩子传来……这里贾母仍带众人赏了一回桂花，又入席换暖酒来……"

重阳节——把酒食蟹，赋诗赏花

重阳节有两大雅趣，一是螃蟹宴，二是菊花诗。第三十八回，由史湘云做东、薛宝钗买单办下的一场螃蟹宴，请了贾府上下众人在大观园中吃蟹，赏桂。席间饮酒谈笑，席后执笔赋诗，良辰、美景、赏心、乐事，四者俱全。重阳节的另一大特色就是菊花，而《红楼梦》里的公子小姐们专门也开了一场菊花诗社，连题目都非常精巧，第三十八回"林潇湘魁夺菊花诗　薛蘅芜讽和螃蟹咏"写的就是重阳节赏菊、写菊花诗的情景。十二首菊花诗很好地展示了各人的气质才情，暗示他们各自的命运，同时也体现了丰富而深厚的中国传统菊花文化。

以上是《红楼梦》中部分时令文化描写，由此可见，无论是哪种庆祝方式，都在向我们传达着古人生活的智慧和雅趣。它已成为一种文化基因，植根于每一个中国人的心中。情怀如梦，家国在心。这些传统民俗活动蕴含着情感眷恋和文化认同，已融入每一个中国人的血液之中。

英语教学中，也会经常提到西方的文化背景，其中便包括各种节日，如圣诞节、感恩节、复活节等，虽然我们不过洋节，但是让学生们了解这些西方的节日文化知识却也是非常必要的。因为，我们一方面要树立文化自信，另一方面也不能孤陋寡闻，了解西方文化有利于增加文化理解能力，加强我们与其他国家和民族的联系与沟通。

为了更好地加深学生们对这部分知识的了解，教师们组织学生自选节日，根据具体学段的英语水平制作英语节日主题手抄报，通过图文并茂的方式，来展现这些西方节日的民俗活动。学生在了解西方文化背景的同时，也锻炼了英语书面表达和动手能力，一举两得。

对于小学阶段的孩子来说，他们爱思考，爱动手，所以手工制作便成为学生们最喜爱的一种创作方式，所以根据西方民俗文化，英语老师尝试让孩子们做一些手工制作，比如复活节彩蛋、万圣节南瓜灯、感恩节卡片等，同时让学生用英语书写卡片来介绍自己的制作意图和设计主题，通过英语口语的表达方式和同学们交流制作体验，这样一来既培养了孩子们对英语学科的学习兴趣，又锻炼了学生们的口语表达能力和交际能力。

学习语言是为了实现跨文化交际，英语教学也必须兼顾语言与文化，提高学生对中外文化的欣赏和鉴别能力。教会学生尊重东西方文化差异，在欣赏差异之美的同时，培养学生们的民族自豪感和文化自信心，这是我们应努力践行的目标和方向。

惜黛玉多愁又善感　盼少年健康且强健

——体育老师眼中的林黛玉

喜欢黛玉，喜欢她的才华横溢、淡泊真实；也受不了黛玉，受不了她的敏感猜疑、多愁善感。如果以文学的眼光来看黛玉，毫无疑问她是最光彩夺目的；如果从体育健康的角度来看黛玉呢？就让我们有点惋惜她的生不逢时了。

以文学的眼光看《红楼梦》，我最喜欢的就是林黛玉。看1984年版电视剧《红楼梦》，总觉得黛玉既锋芒毕露，嘴上不饶人，又爱哭爱作，还小心眼儿。现在再看时，却总是不禁为她流泪。每每说起林黛玉，眼前立马就浮现出那个弱柳扶风的身影。她是哀怨忧愁的，哭泣的，惹人怜爱的。

说起黛玉，印象最深的是她的高洁。作者首先赋予了她高贵的出身。林家祖上世袭侯爵，黛玉的父亲林如海，以科举探花出身，历任"兰台寺大夫""巡盐御史"等职，门第显赫、祖产殷实，又是书香清贵之族。而她的母亲贾敏则是贾府的大家闺秀。黛玉天资聪颖，是家中独子，自然受到了父母的万般宠爱。在那个时代，女子无才便是德，可黛玉的父亲却待她如男孩子一般，为她请来了先生。

黛玉既有好的家教又有文化学养，出身于书香世家的她，琴棋书画样样精通。《红楼梦》中也处处体现出黛玉的才华，《红楼梦》第四十回刘姥姥初入潇湘馆时，但见"窗下案上设着笔砚，又见书架上磊着满满的书"，这哪像个小姐的绣房，竟比那上等的书房还好，让刘姥姥误以为是贾府某位公子的住处。而黛玉的诗文更是一绝，在《红楼梦》第二十七回里，黛玉凭借一首《葬花吟》"一朝春尽红颜老，花落人亡两不知"震撼了多少人的心，后面的《秋窗风雨夕》里的"已觉秋窗秋不尽，那堪风雨助凄凉"，《桃花行》里的"泪眼观花泪易干，泪干春尽花憔悴"，《唐多令》里的"草木也知愁，韶华竟白头"……无不让人感受到林妹妹的才华。

黛玉的洁是出淤泥而不染，不着一丝尘埃的自我洁净，更是对世俗名利的超离。黛玉对世事，不像宝玉那般懵懂，不像宝钗那样圆滑世故，不像妙玉那般过洁遭人嫌，也不像探春那样憋着一口气难受，黛玉心里跟明镜似的，看透不说透，知世故而不世故，她有自己的世界观。她伶牙俐齿，说话也常常一针见血，生活中是一个不折不扣的段子手。

可是，如果以体育的视角看《红楼梦》，对黛玉更多的是惋惜。现实生活中林黛玉是一个抑郁质的人，她的性格过于率真和单纯，体质也一直很弱，自打会张口吃饭时便开始吃药。她从小失去双亲，背井离乡，寄人篱下到了贾府，在贾府里最大的精神支柱便是贾母和宝玉，每每哭泣也多因宝玉而起，本应无忧无虑的年纪，却过早体验了生命的苍凉，后来经过一系列变故让本就抑郁体弱的林黛玉走向死亡。

抑郁本就是一种慢性消耗病，在生活中我们看到抑郁的人基本上都是体质比较弱的，而黛玉她总担心自己活不长，眼泪动不动就流，性格极度敏感脆弱，感受过于敏感，时常触景生情，消磨心智。

潇湘馆内有千百竿翠竹遮映，凤尾森森，龙吟细细，一进院门只见满地下竹影参差，苔痕浓淡，碧森森千竿竹影显青葱，刘姥姥在参观潇湘馆时被石上的青苔滑倒，引得众人一阵大笑，为何小路满是青苔？黛玉喜静，孤高自许，她不喜欢被人打扰，走动也甚少，别人也很少去拜访她，以至于连路上都长满了青苔。本就孱弱的身体加上敏感的心理，外加运动的缺乏，一悲一喜就会引起身体的变化，引起后期的病逝。

前几年有个流行词汇非常火，叫作"操场林黛玉"。该梗出自一系列搞笑视频，指的是学生们在运动会上表现得过于虚弱，让人看了哭笑不得。放眼现在，生活中仍然有很多"林妹妹"，他们跑不动，跳不动，走不动，对体育运动没兴趣，甚至对体育运动存在着抵触和逃避的心理，在体育课堂上也扮演着"操场林黛玉"。

2021年10月，河南省教育厅下发文件，从2024年起，我省中招体育考试总分值将由目前的70分提高到100分，这更加说明了体育的重要性。实际上，体育并非只是强壮身体，更塑造进取的精神和健全的人格。运动场上的年轻人是最美丽、最有朝气的。一直以来，体育以独特的魅力感染了无数人。体育教人奋勇拼搏，也教人公平竞争；教人敢于争先，也教人团结协作；教人享受胜利，也教人接受失败。

美国著名的西点军校坚持用"野兽计划"训练学生，数据表明，成功通过"野兽计划"的学生，后来大部分都有极为成功的事业、美满的家庭。

是哪些特质在发挥作用呢？宾夕法尼亚大学知名心理学教授安吉拉·达科沃斯做了深入的调查后，总结为这三大方面：

一是能够忍受时间和欲望的煎熬，善于控制情绪。

二是不抱怨现状，不畏惧失败，竭尽所能，直到成功。

三是目标清晰，专注力强，责任心重。

而运动，正是从这三个维度，不断锤炼孩子的内心。

养成运动的习惯，从来都不只为给孩子一个健康的体魄，更为培养孩子完整的人格——这种培养，越早越好；运动这份苦，孩子吃得越早越好。

有时候，我会想，如果林黛玉能喜欢上体育、喜欢上运动会怎么样呢？大观园里不缺运动的场地，可以和众姊妹们一起散步游戏，一起做一些健身运动。这样的锻炼一定可以改善她的体质，也一定比每天吃药更有用。更重要的是，体育运动还是改善情绪的好助手，热爱运动的黛玉性格也该不会那么多愁善感了吧。

黛玉的悲剧是时代的产物，今天我们必须切实落实"五育并举"，让每一个孩子都得到全面发展。希望文学世界里的林黛玉更多一些，"操场林黛玉"更少一些。

大观园多彩缘为乐　体育课激趣重游戏
——谈《红楼梦》里的游戏

蒋勋先生说："大观园是一个青春王国。"在这个王国里，有着许多让人艳羡的活动，甚至把大观园外的王熙凤、贾母都吸引过来，陶醉其中。在这些聚会中，也离不开各种各样的游戏，它活跃了现场气氛，愉悦了身心，增长了才智。这让我们想起体育课上的体育游戏来，是不是我们也可以从中得到一点启示呢？

《红楼梦》内容丰富，包罗万象，有人物描写、美食描写、园林设计、医理分析……可以研究的东西太多了。今天，我们单来看看《红楼梦》中的主人公们是怎么玩的。

行酒令

每每聚会，都会有一些诗词结对的酒令来热场，例如第一〇八回，为薛宝钗庆贺生日大家行酒令，用的是掷骰子的方法，掷出几，就要说带有几的历史典故。第五十四回还写到"击鼓传花令"，这种酒令专设一个人蒙着眼睛为大家击鼓，采一枝花进行传花，酒席上随着鼓声和传花的节奏速度，依次往后传，随着鼓声停止，花枝落到谁的手里谁就要罚喝酒一杯，还要说一些令语。这个游戏还沿用至今，只是表演的内容不同，古人喜欢文字游戏，而现代的人越来越倾向于才艺表演。

斗百草

在第六十二回女孩们玩斗草,这是古时候少女们非常喜爱玩的游戏。每年端午节时,少女们成群结队来到郊外踏青,采集花草。她们用花草作为比赛对象,看谁采集的花草多,谁采集的花草美,游戏中不仅要报出花草名,还要揭示花草包含的寓意、趣味,最终胜出的是那个采集的花草最多又会说道的人。这项活动逐渐演变成为妇女和儿童在端午节游玩的风俗。梁代宗懔的《荆楚岁时记》记载:"五月五日,谓之浴兰节。荆楚人并踏百草,又有斗百草之戏。"

赶围棋

赶围棋不同于围棋,它是一种借助围棋棋盘、棋子进行娱乐的简单游戏。几个玩家先掷骰子,看点数,然后按照点数多少将棋子摆在棋盘上移动,看谁先移动到头,即为一局。围棋子被作为筹码或计数工具。在规定的次数和时间内,最后结算棋子数差距,棋子多的即为胜方。为了增加娱乐的热闹趣味,常常赌点彩头,用些小钱来刺激赌输赢。因此赶围棋也带有一点小赌的色彩。

射覆

在第六十二回,大家欢聚一堂,为宝玉、宝琴、岫烟、平儿等四人庆祝生日。酒席间,众人玩起射覆游戏,为喝酒助兴。射覆类似于古代的占卜,玩法是两人对插,一为射者,一为覆者。覆者先用盆碗、盒子等器物覆盖一物,然后用与此物相关的一些隐语来提示,让射者猜是什么东西。后来射覆演变成文人雅士之间的文字游戏,又称"射虎""打虎",是猜灯谜的代名词。游戏参与者要熟悉文章典故,才能够运用自如,得心应手。唐代诗人李商隐《无题》诗"隔座送钩春酒暖,分曹射覆蜡灯红",就是描绘玩射覆游戏时的情景。

打瓜子

打瓜子就是"抓子儿",用小石子、果核、玻璃珠等作为游戏用的"子儿",一般五六个一组。先将一个子儿抛向空中,一边抓地下的子儿,再接住掉下来的子儿,这样反复抛、抓,看谁抓得准,抓得多,没抓好的就输了。赢家再根据赢子儿的多少,可以用手指弹打输家的脑门儿,或罚打几下手心。

放风筝

《红楼梦》中说,放风筝可以放晦气,放走病根,虽然是人们寄托美好愿望,但也不无道理,因为从现代休闲健身角度来看,放风筝的确是一种有利于身心健康的体育活动,因为放风筝都是在宽阔野外进行的,充足的阳光、清新的空气、优美的景色,一方面可以提高神经系统和各器官的功能水平,以促进机体的新陈代谢,提高人体的适应能力,另一方面,放风筝活动本来就具有游戏艺术的欣赏特点,对丰富文化生活有积极的作用。《红楼梦》中多处写到了放风筝的场景及丰富的情节,不仅丰富了人物的生活乐趣,同时也反映出放风筝活动在清代社会中是较为普遍的一种休闲娱乐方式。

纵观《红楼梦》中丰富多彩的游戏活动描写,不仅塑造了不同性格的人物,同时也反映出游戏是人类生活的重要组成部分。如今,体育课上的游戏不光是一种娱乐,让人们的身心得到放松,减轻压力,还可以间接地提高孩子们的各项技能。例如在训练跑这项运动时,如果采用一味的跑的训练,孩子们会觉得枯燥无味,提不起兴趣,而增加一些跑的游戏,建立一些规则制度,这样孩子们就会玩得开心,练得不累了。再比如"捕鱼"游戏,学生在不停地奔跑和躲避中,自然地提高了快跑、躲避的反应能力。在足球项目中,用得最多的就是运球了,如果一直采用两点一线的运球练习,那么到赛场上如何应对千变万化的来球方向?所以练习中插入一些小游戏,例如"抢钻石"的游戏,就可以很好地提高运球的能力。我们在运动中不能单单依靠身体，更要善于动脑，把思考、身体素质和体育技术很好地结合在一起，这样才能发挥体育这项运动的魅力。

　　小游戏的引入，还可以降低学习难度，消除学生的畏难情绪。例如在教学长绳四角跳时，体育老师想加入一个"跳山羊"的体操技能。但这个难度太大了，孩子们肯定是不敢直接在跳绳中做这个动作的。于是，体育老师就从小游戏开始，首先是带领学生做"跳山羊"游戏，在学生都掌握了"跳山羊"的技术要领之后，改变练习的方式，可以是一连串的跳跃，也可以是两个人轮换跳跃。总之，在玩耍的过程中增强了练习的密度，舒缓了学生的紧张心理，学生越跳越好，越跳胆子越大，胆子越大能力越强，最终学生的手臂力量和"跳山羊"的技术就练出来了，那么在跳绳中增加这个项目就只是一个节奏的问题了，大家一块喊着节奏，就这样"跳山羊"加长绳四角跳这项技术就完美地结合在一起了。

　　你看，这就是游戏的作用，既能调节气氛，还能锻炼技能。在我们的身边，游戏无处不在，我们要了解游戏的规则，遵守游戏规则，不断掌握游戏技巧，并运用技巧。让我们把游戏和教学有效结合起来，真正做到快乐教学、学生乐学。

一富一贫长寿老人　经古历今养生功夫

——从体育视角看《红楼梦》中的长寿及养生

说到长寿与养生，人们有许多不同的观点。当然，这些观点中有相同或相通的地方，也有不同之处。《红楼梦》中两位长寿老人——贾母和刘姥姥，她们生活环境迥异，却都比较长寿。从体育与健康的角度去思考，我们试着找一找长寿的奥秘，寻一寻健康的方法。

在《红楼梦》中，贾母和刘姥姥是两个非常典型的人物，一个代表有钱人（剥削阶级），一个代表穷人（劳苦大众），虽然身处官宦世家的贾母，和作为乡间村妇的刘姥姥在生活环境、饮食习惯和劳动强度上有着天壤之别，却都能在古人认为"人生七十古来稀"的时代享有难得的高寿。《红楼梦》里贾母去世时八十有三，而刘姥姥年逾八十五依然健在。两人一富一贫，生活环境迥异，却都是高寿，那么她们的养生秘诀何在？

一、心胸开阔，遇事想得开

刘姥姥生性乐观、幽默，受了戏弄也不生气，看似没心没肺，却有着遇事想得开的心胸。贾母平时最喜欢和孙男嫡女说说笑笑，颐养天年，并不过分操心家里的日常管理。但面临贾家被抄家的大难时，贾母又能拿出自己的私房钱分派救济大家，平静面对人生的大起大落。

二、适当的活动

刘姥姥和贾母肯定没听过"生命在于运动"这句话,但她们却都坚持着运动。刘姥姥种了一辈子地,七八十岁了还能在地里干活。贾母则是主动"找乐子",喜欢打牌、听戏、猜灯谜、散步(逛园子),参加各种能"活动身子骨"和健脑的娱乐活动,而且很注重劳逸结合,累了就休息。

三、饮食有规律,不暴饮暴食

刘姥姥由于家境贫寒的关系,日常饮食必然是粗茶淡饭,谈不上挑肥拣瘦。而贾府佳肴美味长年不断,贾母面对美食却向来是浅尝辄止。她"爱吃甜烂之物",吃东西是"少而精",对于自家园子里种的瓜果蔬菜和刘姥姥从乡下带来的瓜菜,她特别喜欢。其实,这种常带三分饥和喜食瓜果蔬菜的饮食习惯,实为健身之本。

四、起居有节,睡眠充足

刘姥姥过的是日出而作、日落而息的有规律的生活,且没有什么不良嗜好。贾母有早睡早起、中午小睡片刻的生活习惯。虽然有时玩骨牌,却从不会像现代人那样通宵搓麻将、整夜斗地主。劳逸结合,动静相宜,正是这两位老人的日常生活写照。

对于我们教育工作者来说,也许我们在这里谈长寿、养生显得有点不合时宜,因为我们面对的是中小学生,对于孩子们来说,谈长寿、养生还显得太早。可是,健康的生活习惯不是一天两天养成的,坏的习惯一旦养成也不是一天两天就可以改掉的。从这个角度来说,好习惯必须从孩子抓起。也许这也是国家提出"每天锻炼一小时,健康生活一辈子"的原因吧。

那么,我们应该让孩子养成哪些好的健康生活习惯呢?

首先,是良好的心理保健习惯。今天,我们越来越重视心理健康教育，就是因为积极的心理对于人生的发展影响深远。我们要努力培养孩子的自尊心、自信心，培养平和乐观、与人为善、乐于助人的正常人格；让孩子具有一定的适应能力，遇到问题能够乐观对待，遇事想得开，不钻牛角尖；让他们学会感恩，感谢生活的赠予，感谢他人的帮助，教他们树立积极的人生观，保持健康的心态，快快乐乐过好每一天。

其次，是良好的运动习惯。要让孩子热爱运动，喜欢多样化的运动；想办法培养孩子的运动特长，并使之成为生活中的一个习惯，比如跑步的习惯、游泳的习惯、打球的习惯等；鼓励孩子坚持每天运动一小时，合理安排运动量，注意运动安全等。

再次，是良好的饮食和卫生习惯。比如，不挑食，不偏食，不暴饮暴食，节约粮食，规律饮食和饮水等。再比如，饭前便后洗手，勤洗澡，早晚刷牙，饭后漱口，勤剪指甲，保持服装整洁，疫情时期外出戴口罩等。还有，不随地吐痰大小便，不乱扔纸屑瓜果皮等。

最后，是良好的作息习惯。按时睡觉起床，保持正确睡姿，作息有常，睡前安静，不骚扰他人等。

这些好习惯，看起来或许琐碎，但要知道，习惯是一种巨大且顽强的力量，它甚至可以主宰人生。

楼台房舍翰墨服饰　寻美赏美鉴美创美
——谈谈《红楼梦》里的美术元素

《红楼梦》是一个不缺少美的世界，大观园里的每一处景物都匠心独具，美轮美奂；书法和绘画作品，或端庄雅致，或隽永飘逸；人物服饰更是色彩纷呈，美不胜收。流连在书中，我们不仅能处处感受到美，也能体会到审美教育是无时不在，无处不在的。懂得审美，生活才会更有品位。

《红楼梦》作为一部经典的文学著作，以贾、王、史、薛四大家族的兴衰为背景，展现封建家族中种种激烈的矛盾和争斗。贾府不仅仅有权有势、有财有产，也有着极高的审美能力和生活品位。这种审美能力表现在楼台房舍的构建中，表现在书法绘画的鉴赏上，表现在服饰搭配的和谐里……

一、园林之美

大观园是《红楼梦》中人物生活的主要场所，也是故事情节展开的平台。虽然是作者在现实园林基础上想象的纸上园林，但是却没有超越现实生活中营造的可能性。在筑山、理水、植物配置上均遵循中国传统园林艺术的规律，体现中国传统园林艺术的特点。

筑山具有分割空间和使建筑独具气势的功能。如位于园正门口的"翠嶂"，是一座用白石堆起来的大假山。作者运用障景的手法，避免对园子的一览无余，以达山重水复、曲径通幽的意境。又如位于大观园西北部的萝港石洞，是一座由怪石堆起来的大假山石洞，此石洞是水洞，沁芳溪穿洞而过，洞可过船。这两座石山上均长满了爬山虎之类的藤类植物。另一大类就是土山，即堆土而成的丘陵。这些山主要集中在园的北部，其所分之脉向东、西、南方向延伸到园的各处。

如果说大观园中的山起的主要是分隔景点的作用，那么水则是起了连接各景点的作用。园中的重要景点几乎都以水连接。如藕香榭，"原来这藕香榭盖在池中，四面有窗，左右有曲廊可通，亦是跨水接岸，后面又有曲折竹桥暗接"。又如沁芳溪，为了克服宽阔水面联系景区时所带来的不利影响，除中央水池外，还设计了一条沁芳溪。这是进入大观园后的第一处水景，是一条可行船的水道，且贯通了大半个园林。溪上改建了一座芳亭桥，风景怡然。

大观园中的植物配置，充分利用植物所具有的"情感与品格"来赋予园林不同的性格特征。如怡红院，"绕着碧桃花，穿过一层竹篱花障编就的月洞门，俄见粉墙环护，绿柳周垂……一边种着数本芭蕉；那一边乃是一颗西府海棠"，怡红院红香绿玉的色调很好地烘托出贾宝玉的性格特征。又如潇湘馆，"一带粉垣，里面数楹修舍，有千百竿翠竹遮映……入门便是曲折游廊，阶下石子漫成甬路"，这样的植物配置与林黛玉孤高洁雅的性情十分相合。再如蘅芜苑，"只见许多异草：或有牵藤的，或有引蔓的，或垂山巅，或穿石隙，甚至垂檐绕柱，萦砌盘阶，或如翠带飘飘，或如金绳盘屈"，很好地衬托出薛宝钗朴素大方的外表，而其周身却散发着动人的人格魅力。

此外还有稻香村，"有几百株杏花，如喷火蒸霞一般。里面数楹茅屋。外面却是桑、榆、槿、柘"，各种农家植物配置景色，符合主人清心寡欲、自甘寂寞的性情。秋爽斋"梧桐芭蕉尽有"，体现出秋天的"爽"字，也衬托出探春豪爽的性格。栊翠庵"有十数株红梅如胭脂一般，映着雪色，分外显得精神"，也是妙玉孤傲性格的物化。由此可见，大观园中的植物配置真正体现了中国园林设计中植物配置的基本原则。

二、书画之美

书画作为古老的中国艺术,充分体现了中国人优雅而高超的智慧,在历经数千年的发展、变革、磨砺、升华之后,它已经成为中国人的一种生命形式,数千年的历史已经证明了书画艺术强大的生命力。

在《红楼梦》相关章节中,有不少与书画有关的情景,或是鉴赏、创作书画,或是介绍厅、堂、楼、观、卧室悬挂的楹联和绘画,以之起到推动故事情节发展和表现主人公性格特点的作用。如荣国府荣禧堂楹联"座上珠玑昭日月,堂前黼黻焕烟霞",宁国府悬挂的《燃藜图》以及楹联"世事洞明皆学问,人情练达即文章",秦可卿房内唐寅的《海棠春睡图》以及楹联"嫩寒锁梦因春冷,芳气笼人是酒香",贾探春住所中米芾的《烟雨图》以及楹联"烟霞闲骨格,泉石野生涯",大观园有凤来仪楹联"宝鼎茶闲烟尚绿,幽窗棋罢指犹凉",杏帘在望楹联"新涨绿添浣葛处,好云香护采芹人",太虚幻境楹联"假作真时真亦假,无为有处有还无"等,几乎都与书画艺术有关。

在《红楼梦》中有很多与绘画有关的片段。如湘云醉卧芍药丛便是其中的一幅人物画。芍药花与湘云微醉的容颜融为一体,好似人物画的笔法以简单的线条将人物的面容与身形勾勒出来。芍药花的颜色与容颜的部分却用温和的粉红色去凸显女子微醉的容颜,而众人的动作与表情用微小的线笔描画,大体勾勒了一幅美丽的人物图。而这幅图的中心却是"粉红色"这种颜色,这就是中国画的简略之美。几个笔画,篇幅的结构安排成就了一幅画。画的颜色除了粉红色就是黑色的线条,而大部分的留白将其颜色突出,中心人物在粉红色的芍药花中酣睡,这幅画充分体现了中国画的特点,而中国画正体现了古人对自然、社会及与之相关的哲学、宗教、文艺等方面的见解,它以写意的方式将其图画所代表的意思与情感传递给观众。

三、服饰之美

随着人类的进化发展,服饰在"掩形御寒"的基础上,愈来愈具有美化的功能。《红楼梦》中更是描写了不同阶层、不同性别、不同身份、不同场合中的各种服饰,种类繁多,美不胜收。如贾府的琏二奶奶王熙凤,登场时书中写道:"这个人打扮与众姑娘不同,彩绣辉煌,恍若神妃仙子:头上戴着金丝八宝攒珠髻,绾着朝阳五凤挂珠钗;项上带着赤金盘螭璎珞圈;裙边系着豆绿宫绦,双衡比目玫瑰佩;身上穿着缕金百蝶穿花大红洋缎窄裉袄,外罩五彩刻丝石青银鼠褂;下着翡翠撒花洋绉裙。"

实际上,服饰也最能表现一个人物的身份和地位,就算在《红楼梦》金陵十二钗中,地位不同服饰也不同。书中在描写王熙凤服饰的时候,很全面细致,从头饰到裙钗,通身的服饰描写,在用词方面也多用一些华丽的形容词,而对迎春、探春、惜春的服饰描写就没有这么细致入微了。甚至连林黛玉与薛宝钗都不能及,与王熙凤服饰形成了强烈的对比,足见王熙凤在贾府中的地位,和她无可动摇的管家之权。

《红楼梦》中的审美元素还有很多,可谓美不胜收。可是,这也让我想起一句大家熟知的话——世界上从来不缺少美,缺少的是发现美的眼睛。美是主客观共同作用的结果,对于教育者来说,更重要的是培养美的感知、鉴赏和创造能力。在这一点上,我们从《红楼梦》里也可以得到一些启发。

书中的贾母不仅有着极高的美学修养,也对整个家族的审美产生了重要的影响。

贾母在大观园赏雪景时,远远看到身着"金翠辉煌"凫靥裘的宝琴与怀抱红梅的丫头,认为是一幅绝美的画面,立刻嘱咐正在画大观园图的惜春一定要把这个画面画进去。

游园、赏花、赏月也是贾府中常有的活动。贾母在闲暇时经常去赏园游玩,贴近大自然,寻找自然之美。贾母也不是为了一时耳目愉悦的普通玩赏,她对草木这些自然物是真正懂得的。刘姥姥二进荣国府,贾母就携着刘姥姥至山前树下,"又说与他这是什么树,这是什么石,这是什么花"。贾母赏花,身边常常环绕着贾宝玉和他的姊妹们。在赏花的过程中,关于花的颜色、形状、质感、气味,以及不同的花所具有的不同的美态,贾母都有评论和说法,这对家族成员的美感启蒙是很重要的。

贾母带刘姥姥游大观园,到了黛玉的潇湘馆,看到窗上的纱颜色旧了,贾母便和王夫人说道:"这个纱新糊上好看,过了后来就不翠了。这个院子里头又没有个桃杏树,这竹子已是绿的,再拿这绿纱糊上反不配。我记得咱们先有四五样颜色糊窗的纱呢,明儿给他把这窗上的换了。"最后贾母让凤姐给潇湘馆的纱窗换上银红色的"软烟罗"。

艺术表达中色彩的运用也很关键,色彩不仅使画面更加好看,同时也是传达内心想法和情感的艺术语言。暖色调可以传达出充满朝气和活力的画面,冷色调可以表达出寒冷萧索的意境。潇湘馆的布局配色就是通过色彩搭配来营造美的空间。因为黛玉住在潇湘馆,窗外全是绿色的竹子,如果再用绿色窗纱就显得单调而不美,用色彩纯度降低的银红搭配既显得和谐,又避免单调之感。

贾母的美学教育渗透在生活中的各个层面,她对家族中人美学的渗透和教育显然是成功的。

社会发展到今天,我们愈来愈认识到,美绝不是可有可无的东西。从某种程度上来说,美就是这个时代的生产力,美才是一个产品的核心竞争力。因为功能需求是有限的,心理需求才是无限的。

所以,我们今天必须高度重视审美教育。它是完善人生、强化人格、提高受教育者综合素质的重要方式,是提高人生质量、改善人类生活、保障人类未来的"必须教育"。

品红楼三春诸芳尽　悟算法递归循环理

——从信息技术教学专业视角读红楼

古往今来，研究红楼、喜欢红楼的人数不胜数。有人喜欢其语言的精美雅致，有人喜欢其情节的跌宕起伏，有人喜欢其人物的悲欢离合……今天我们已经进入到信息技术高速发展的时代，这个时代研读《红楼梦》里人物的命运会有什么新的发现呢？借用信息技术的一些理论，也许会收获不一样的感悟。

一部文学作品之所以伟大，在于其具有多义性，这也是一部著作能成为艺术品的必要条件。就如同中国园林中常见的那些太湖石，一般以意为象，不同的角度、不同的人都能看到不同的形与神。《红楼梦》给了我们极大的审美体验。

《红楼梦》说的是贾宝玉与林黛玉、薛宝钗的爱情故事吗？是的。

《红楼梦》说的是富贵不过过眼云烟，贾府最后败得一干二净的黄粱一梦吗？是的。

《红楼梦》说的是十二钗薄命红颜为情挣扎，造化弄人的悲剧宿命吗？是的。

一千个人心里必然就会有一千个《红楼梦》，这就是《红楼梦》伟大的原因。

一、从《红楼梦》中看递归

《红楼梦》的作者在第一回记录了一个颇为传奇的取名过程——空空道人在大荒山无稽崖的石头上抄来了一份粗稿,名字叫作《石头记》,空空道人因此自色悟空,遂易名为情僧,改《石头记》为《情僧录》。东鲁孔梅溪则题曰《风月宝鉴》。后因曹雪芹于悼红轩中披阅十载,增删五次,纂成目录,分出章回,则题曰《金陵十二钗》。

读红楼的人对金陵十二钗都特别熟悉,秦可卿作为排在金陵十二钗最末的,是书中最先离世的。在她死之前给王熙凤托梦,想告诉王熙凤记得"月满则亏,水满则溢""登高必跌重"的道理,记得要时刻提防这大家族"树倒猢狲散"的结局。凤姐是在四大家族中的金陵王家长大,所以总认为这样大的家族,怎可能土崩瓦解。凤姐问秦可卿如何能够永保无虞。秦可卿说如果能在富贵时筹划好衰败时的世业,就算是保全了。秦可卿给出的建议主要有两点,一要在祖茔附近多置田庄房舍地亩,二要在田庄附近多办家塾。

读到这段的时候,作为一个拥有上帝视角的读者都会叹一声,可卿此言,可谓看得透彻,看得深远。其实书中看出贾家败落之势的人并不少,冷子兴演说荣国府时说过"安富尊荣者尽多,运筹谋画者无一",林黛玉也说"出的多进的少,如今若不省俭,必致后手不接",探春在抄检大观园也悲痛过"可知这样大族人家,若从外头杀来,一时是杀不死的,这是古人曾说的'百足之虫,死而不僵',必须先从家里自杀自灭起来,才能一败涂地",更何况作为贾府老祖宗的贾母看得多经历得多,在晚年已力不从心,只能感叹"拦阻亦恐不听,儿女之事自有天意前因"。这些人预料到未来之势,但无解救之法,只能喟然长叹。秦可卿的筹划是可行的,她思虑周全,在考虑种种情况下,提出一系列举措的设想。在她的两项建议里,我看到信息技术里所提到的递归思维。

递归思维是什么?它是用逆向思维来进行层层嵌套的一种方式,举例来说,你去电影院看电影,不巧去迟了,发现自己的座位号找不到,你就开始问旁边的人是几号，然后旁边的人又不知道，又问旁边的人，那个人又不知道，之后他又问旁边的人，依次类推，等问到最前面的时候，那个人知道自己的座位号，就告诉他旁边的人，然后他们一个又一个把消息传递回来，直到你知道自己的座位在哪里，这就是所谓的递归。

人生也可以用递归的思维去思考。很多时候不要总是考虑多年后做成什么，而要考虑多年以后的自己，希望今天的自己做到什么样子。一生的长度，倒推当下，我们可能就会放弃很多不必要的追求，学会人生做减法的哲学。我们将自我投射到过去重新去经历过去的事情，以此来进行反思，获取经验；把自我投射到未来，将预想的经历插入目前的意识，以此来制定计划，安排行动。日复一日，我们会不时地回想过去或遥想未来。

在荣宁二府的凋零中，秦可卿不同于王熙凤想要从当下入手，保住富贵繁华，而是立足荣宁二府可能得到的结局，从结局倒推现在应采取的举措，惦念着让贾家的子弟知过去谋未来。知过去，贾家祖茔必不可丢，不可断祭祀供给，那便在祖茔附近多置田庄、房舍、地亩，以备祭祀、供给之费。便是有罪，己物可以入官，这祭祀产业连官也不入的。谋未来，在此处多设家塾，即便败落了，子孙回家读书务农也有一个退路。不仅把这两项最重要之事与家中其他事物的经济来源分开来，而且考虑到如若获罪抄家，这个办法也可以避免收缴。因为日后便是有了罪，家里的东西是要入官，就是抄家，可不会抄祭祀使用的祖坟。这样家族的人也可退到祖坟周围的田地生活，不至于太惨，同时保留贾家子弟念书的地方，可以回家读书务农，待日后考取功名东山早起。

借用计算机知识，给我们提供一个新的看问题的方法和解决问题的思路，就是倒推的思想。如果要达到预期的结果，我们该从哪几个维度考虑，每个维度又需要哪些资源和人力的支持等。通过结果倒推思想，我们会发现，一些事情不是真的非要做，一些事情根本做不完就必须舍弃，一些事情远比想象中更关键。

二、从《红楼梦》中看循环

《红楼梦》以贾宝玉为主角,描写他在贾府衰败的过程中经历的众女子的悲剧,在《癸酉本石头记》中,故事的末尾史湘云病重后跳海自尽,被金刚大士拉起,进入到太虚幻境,由此我们可以看出男主贾宝玉是没有死的,他是一个一直循环在现实和太虚幻境中的角色。循环的不仅是宝玉,也是贾府。荣宁二府是第一代贾源和贾演因获战功被封国公而建,第二代贾代善和贾代化承袭祖先爵位,第三代贾赦和贾政都在朝内当官,第四代的贾珍、贾琏、贾宝玉已经可称为不学无术,正应了冷子兴口中那一句"一代不如一代",第五代的贾兰、贾菌在癸酉本的故事里他们是灭亡也是新生。五代很明显是意有所指的。第一代靠军事立功,第二代推崇道德教化,起名"代善""代化",第三代秉承文礼统制,所以名字是文字辈,第四代累积财富同时也走向奢靡,第五代如草木一般衰败下去,同时在适合的时机会重新破土萌发。甄士隐在为《好了歌》作注时曾说:"乱烘烘你方唱罢我登场,反认他乡是故乡。甚荒唐,到头来都是为他人作嫁衣裳。"整个贾府的一系列悲欢离合完成一个循环,兴旺衰败周而复始。

《红楼梦》里多处使用了"谶应",这个词见于鲁迅的《中国小说史略》,"谶"是指对于未来带有应验性的预言和隐语,"应"则是应验的意思。《红楼梦》中的谶应是指对于情节的发展或人物命运起暗示、隐喻及象征作用的一切预言性叙述及其应验部分。这种手法使得《红楼梦》中的人物都带有一种悲剧般的宿命感,其实这和作者想要表达的观点是契合的。《三国演义》说:"天下大势,分久必合,合久必分。"战国时期阴阳五行家邹衍提出"五德终始"说,这都是古人的一种朴素的历史观:历史是循环的。而对于今天的我们来说,历史可能是螺旋上升的,正因为前人为我们做了如此多的贡献,才有了后来的我们可以"站在巨人的肩膀上"继续努力。而在日常生活中,循环思维指的是我们的思维重复多次以后,出现思维定式,形成固定的思维方式,而后陷入死循环,钻牛角尖，导致出现思维盲点。所以好的习惯可以帮我们优化行为模式，养成自律的生活，坏的习惯则会僵化思维。能够消除思维盲点，打破死循环的，只有创新，创新犹如打开的闸门，终会让人看到涓涓细流汇成江河。

  正如前面所说，《红楼梦》的伟大在于它的多义性，不同的人不同的心境都可以从中得到不同的感触，研读红楼真的是常读常新，相信它也会在以后的生活工作中给我们带来更多思考……

巧姐见喜晴雯患病　正视疫情隔离防控
——《红楼梦》与疫情防控

不知不觉新冠疫情肆虐已两年有余，观全球风云变幻，我们有理由为中国防控疫情得法得力感到骄傲和自豪。而这一切离不开古老先民们烙印到我们骨子里的对生命的敬畏，对疫病的认知。《红楼梦》中天花突现，王熙凤预警、控制、阻断和隔离的种种举措有条不紊，令人感慨良多。

《红楼梦》中，有不少与疫情防控有关的故事情节，比如巧姐得天花、晴雯得病。他们采取的应对措施是古代疫情防控的表现。纵观古今，现在的疫情隔离与古代的疫情隔离有很大的相似性。

一、从巧姐的病来看诊断病情、隔离源头

天花是一种传染性很强、死亡率很高的传染病。凤姐是贾家权势人物，她的女儿怎么会得这种病呢？这足以说明，病毒感染人类是不确定事件，没有人会因为社会地位高而免疫。书中提到，巧姐病了，凤姐请了医生来看病。医生看过，竟然对凤姐道喜，说她女儿只是发烧了，是"见喜"不是生病。

事实上，医生的这种说法是不正确的。在古代，小儿出天花是一种非常危险的疾病。不过，医生有所忌讳，在凤姐面前没有说真话，因为得了天花之后，以后都不会再得了，所以道"见喜"。从当时的医疗条件来看，很多得了天花的孩子都死了，可一旦度过了天花这一关，就会产

生免疫力，再也不会得这种病。因此，基于当时人们的认知，对于小儿得天花的情况，普遍存在着矛盾心理。天花就像一道险关，只要通过，人们就觉得孩子可以长命百岁。万一挺不过来，孩子就会失去生命。因此，天花又被称为"见喜"，这也反映了人们一种求福避祸的心理。这和我们现在要树立正确的防疫观，重视疫情，正视疫情，道理相同。

在防疫方面，王熙凤首先严格按照医嘱，听取专业人士的意见。面对突如其来的疫情，即使感染者是自己的女儿，王熙凤依旧按照规矩办事。这充分说明王熙凤有主见，在对待大事上，她绝不会心软。王熙凤一边命人祭祀痘疹娘娘，一边又命人忌食煎炒烹炸的食物，又让平儿整理床铺，与贾琏分房。从现在的防疫来说，祭祀痘疹娘娘，就是为自己树立精神支柱，忌油炸就是指清淡饮食，与贾琏分房属于隔离，防止病毒传播。

二、晴雯得病，及时预警

巧姐的天花痊愈之后，在凤姐的带领下，送走了痘疹娘娘，又去庙里烧香还愿。巧姐康复之后，王熙凤为什么要举办祭祀活动？一是为了庆祝巧姐的康复，另外也是为了庆祝这次疫情防控工作的圆满完成。除了巧姐，贾家没有人再感染过天花，这是防疫工作到位的具体体现。但丫鬟晴雯患了风寒之后，就没有巧姐这样的待遇了。在《红楼梦》的描述中，晴雯得病，凤姐先是让人带了一块大红布给晴雯裁衣。这样做一方面是红色喜庆、辟邪，另一方面也是为了提醒大观园里的人。晴雯知道自己的情况后，虽然很不想离开，但还是被迫离开贾府，这也是一种隔离。可见书中王熙凤对疫情的预警、控制、阻断和隔离，与现在的新冠疫情防控工作相仿。

《红楼梦》是当时社会的"百科全书"，深入解析《红楼梦》中古人的疫情防控工作的经验，认知疫情防控的智慧，对名著阅读和疫情防控来说，都有很好的启迪。

第五辑

悟道人格塑造

万物有本性,况复人性灵。——唐·元稹《思归乐》

探红楼谷底看花开　窥人性海中望月明

——发掘《红楼梦》中的人性光辉

少年时期看《红楼梦》，独爱宝黛凤钗怡红快绿，琉璃世界白雪红梅，向往大观园的琴棋书画诗酒花。经历世事再看《红楼梦》，只剩白草遍地孤冢染青，悲凉之雾遍被华林，大观园成了青春终逝的失乐园。不过一个转身，身姿从放达到拘谨，面容从明亮到黯淡，不变的只有大观园的一众儿女：永葆善良之心的平儿、永葆真挚之心的黛玉、永葆向上之心的香菱、永葆勇敢之心的探春、永葆爱"美"之心的贾母……不承想在红楼世界的泥淖里，竟有这么多悄然绽放的人性光辉。他们身上所体现出的人性中最美好的闪光点，熠熠生辉始终不减。

《红楼梦》中塑造了众多形象鲜明的人物，可谓是各色人等，应有尽有。贾宝玉说："如今单我家里，上上下下，就有几百女孩子呢。"王熙凤也曾经说过，荣国府中"上下几百男女"。据不完全统计，曹雪芹用生花妙笔塑造了上至皇妃亲王、公子小姐，下至丫鬟村妪、市井无赖以及医、卜、僧、道和戏子等无比生动、极其传神的人物。

一、平儿——永葆一颗善良之心

平儿聪慧，干练，心地善良，又善于随机应变，以贾琏之俗、凤姐之威，竟能体贴周旋。平儿的处境可以说是如履薄冰，稍有不慎，便掉入万丈深渊。刘姥姥初进大观园，由人取笑嘲弄，平儿得体地处理相关事宜，在刘姥姥离开时，将赠送的礼物包好，不留痕迹地帮助刘姥姥；五儿被冤枉偷东西，王熙凤下令打四十大板，又是平儿出手相救，最后大事化小小事化了。在纷繁的矛盾中间，可怜的平儿肯定也常常感到处境的艰难和内心无告的悲苦吧！即便如此，她内心的善良从未改变，在充斥着倾轧与功利的贾府，她努力在强权下争得自己的一席之地，同时又心怀无限慈悲，对所有人充满悲悯情怀。如果说在人所有的优点中首选一样，我希望孩子们首先能够保持这样一颗善良之心，不因遭遇而改变，不因强权而退缩。

面对这样的一个女子，贾雨村之流是否会汗颜？他也曾书生意气，谈笑之间，出口成章，少年感满满，不过是一个转身，已沦为见风使舵、忘恩负义的阴险小人，怪道平儿咬牙骂他："都是那贾雨村什么风村，半路途中那里来的饿不死的野杂种！认了不到十年，生了多少事出来！"

二、黛玉——永葆一颗真挚之心

诗是什么？对黛玉来说，诗是暗夜里的微光，是一颗赤子心，能照亮生命，能救赎自我。黛玉是一个时刻用诗歌表达真心的人，伤心时写《葬花吟》，感动时写《题帕三绝》，伤情时写《秋窗风雨夕》，她是红楼女儿中最具有诗人气质的人。香菱"慕雅女"入大观园的第一件事就是想学作诗，而大观园众多姊妹，论诗才之高，当然是林黛玉和薛宝钗两人，按理说宝钗与香菱朝夕相处，帮助其学诗轻而易举，可宝钗认为香菱是得陇望蜀，言语之间则透露出浓浓的世俗气息。香菱转而去了潇湘馆，黛玉的态度则和宝钗完全不同，香菱要拜师，黛玉并不推辞，满口答应，她理解香菱，同情香菱，愿意用自己的光与热温暖香菱那颗饱经沧桑却不改初衷的心灵。她鼓励香菱，赞她"聪敏伶俐"，给她向上的力量，排除她的畏惧之心，她耐心地推荐香菱去看王维、杜甫、李白的诗作，借给她书看，给她勾重点，注重方式方法。她不厌其烦，侃侃而谈。黛玉此刻表现出的人性之美，散发着懂得与付出的光芒。在香菱学诗这个情节里，宝钗不是不好，而是务实，所以她才会在第一次带香菱入大观园时，嘱咐香菱去各处拜访一圈，传授为人处世之道。湘云要做东起诗社，宝姐姐首先考虑的是"既开社，便要作东。虽然是顽意儿，也要瞻前顾后，又要自己便宜，又要不得罪了人，然后方大家才有趣"，宝姐姐终究过于理性，她的世界是中国式的人情世故，是现实里的眉眼高低。

但人，不是总活在现实世界里的。

在红楼的世界里，保持一颗真心并不是一件容易的事，因着祖宗礼法，因着世俗眼光，真心真情在这里似乎如洪水猛兽一般，如宝玉向黛玉诉肺腑，被袭人听见，她吓得魂销魄散："神天菩萨，坑死我了！"在她眼里，宝黛之情是"不才之事"，这样的袭人，如何能够理解宝黛之间明亮纯粹天真清透彼此之间互付真心的感情？黛玉最珍贵的，便是将一颗真心捧了出来，在黛玉眼中，人无高低贵贱，你真心待我，我便坦诚相待，胸无芥蒂，实乃真情之人。

三、香菱——永葆一颗向上之心

元宵节的花灯，彻底改变了一个女孩的命运，香菱一生辗转凋零，委身于油腻的薛蟠。进入大观园后，大观园才女们的钟灵毓秀也使得她情不自禁地想要靠近，"慕雅女"是香菱对宝钗、黛玉等人的一种仰慕与向往，激发出香菱学诗的欲望，也唤醒她对诗的渴求。书中形容香菱用了一个"呆"字，说是"呆"，我认为就是一种少年气，甚至香菱就像一个天真的孩童，不隐晦，不伪饰，不世故，不圆滑，呆头呆脑的她热切地表达着自己要学诗的愿望，被打击、被拒绝也丝毫不在意。拜师后黛玉给香菱开教科书，划重点，香菱进入一种近乎疯魔的学习状态，茶饭不思，坐卧不定。她说："我们那年上京来，那日下晚便湾住船，岸上又没有人，只有几棵树。远远的几家人家作晚饭，那个烟竟是碧青，连云直上。谁知我昨日晚上读了这两句，倒象我又到了那个地方去了。"香菱在凄凄的渡头，看见了乡村傍晚的炊烟，看见了诗意！后来她写出"一片砧敲千里白，半轮鸡唱五更残"，众人喝彩，称赞其"新巧有意趣"。

人间祸福难料，富贵与困厄相伴。香菱命途多舛，她不像黛玉、湘云一般出场自带才华灵光，满身的诗人气质，她的生活被涂满杂乱的线条，如同浮萍一般风雨飘摇。但她的选择不是堕落与沉沦，她心存美好，从不自暴自弃，让生命骤然焕发出诗的光彩。

四、探春——永葆一颗勇敢之心

世界上只有一种英雄主义，就是看清生活的真相之后依然热爱生活。探春是贾家精致堕落氛围中，少有的具备危机意识和忧患意识的人，她清楚贾府内部存在诸多弊病，革新除弊，重振家声。首先，探春蠲免了贾宝玉、贾环、贾兰三人每年学堂里八两银子的点心钱；其次，又蠲免了大观园内的脂粉买办；最后，探春在大观园内实施了"承包制"，将园中各处交给婆子们打理，一年下来能有三四百两银子的进益！

这些都显示出探春敏锐的观察力和魄力，也表明探春更多是按规则和道理行事，探春既不徇私照顾亲人，也不袒护自己，只是按照规矩为家族谋取利益，她在理家过程中没有任何私欲，而是一心为了家族的命运着想。探春的眼界、能力在贾府或许还有他人可比，但是其他人都因着各种各样的理由，无法或不敢做出类似举动，只有探春凭着一腔孤勇，凭着一颗勇敢无畏的"大心脏"，满心满眼皆是重振家业，希望能够扶大厦之倾倒，挽狂澜之来到。

五、贾母——永葆一颗爱"美"之心

《红楼梦》中描述"美"的片段不胜枚举，众人审美修养各不相同，但公认的审美天花板是贾母，她的生活品位和审美素养因实践和阅历与日俱增，可以说是大观园众女儿合格的"美学老师"。例如贾母带着众人看大观园雪后粉妆银砌，宝琴披着凫靥裘，身后一丫鬟抱着一瓶红梅，贾母喜不自禁，感叹着活生生一幅绝美画卷，比《艳雪图》还好。她能于身边的人物和景色，联想到画作，善于在日常生活中发现和感悟艺术美，这一点十分难得。中秋佳节众人在凸碧山庄赏月，贾母说："音乐多了，反失雅致，只用吹笛的远远的吹起来就够了。"果然，桂花树下，呜呜咽咽，悠悠扬扬，吹出笛声来。明月清风，天空地净，令人烦心顿解，万虑齐除。月是孤冷之物，是冷清的；音乐是热闹的，是纷杂的。若是用热闹之物，匹配清冷之物，确实不雅。有时候少即是多。贾母懂得景色与音乐的烘托美学，要不然怎会选用笛子呜呜咽咽地吹出月色的凄凉、人生的无常呢？

贾母作为一个年过七旬的老人，她的爱"美"之心并不是靠金钱的堆砌，更多的是对生活的一种热爱的态度，最难能可贵的是她时刻保持对新鲜事物的感受力，保持对美好事物的鉴赏力，能被别人熟视无睹的事物感动，这是多么宝贵的天性！

大人们总尝试用自己的方式改造人，用自己的观念发展人，但不觉间我们陷入了一个悖论：为什么难忘自己曾经是少年，却总想把孩子修剪成现在的自己？育人先育心，呵护本真天性，方得教育天成。出走半生，有人归来仍青春年少，有人回首已面目全非。即使岁月蹉跎，即便两鬓斑白，但人们的心中都要藏着一位少年和一颗美好自由充满善意的心灵，拒绝归类，拒绝标签，诗意、丰盈而独立。这些或许是我们应期待孩子们成为的模样。

惜鞶儿童年问根由　育新人温润向阳生

——从林黛玉到抑郁质儿童教育的思考

　　林黛玉是《红楼梦》中刻画得比较丰满的人物。在曹雪芹的笔下，这一人物不仅聪慧、率真、纯洁、执着，还多愁善感、多疑多虑、悲观消极、忧郁感伤、尖酸刻薄、胸襟偏狭。而这些消极因素的存在更严重损害了林黛玉的身心健康，使她自觉地扩大了生活中的挫折和不幸，整日沉浸于悲观、感伤、孤独、烦恼之中，终"泪尽而亡"。作为教育工作者，我们面临的孩子也并非个个阳光，面对那些抑郁质孩子，我们该如何做呢？

　　"将已到了花冢，犹未转过山坡，只听山坡那边有呜咽之声，一行数落着，哭的好不伤感。宝玉心下想道：'这不知是那房里的丫头，受了委屈，跑到这个地方来哭。'一面想，一面煞住脚步，听他哭道是：花谢花飞花满天，红消香断有谁怜？……"这是《红楼梦》第二十七回"黛玉葬花"的片段。每每读起，我们总会感叹曹雪芹"一把辛酸泪"与林黛玉的泪流终日有太多的相似，似乎她的泪水总能折射出人生的不幸和时代的悲剧。万事皆有因果，这些阴郁的特质如何就烙印在了林黛玉的身上呢？

　　意大利著名教育家蒙特梭利认为，童年构成了人一生中最重要的一部分，因为一个人是在他的早期就形成的。林黛玉六岁进贾府，她此前的表现是从贾雨村和冷子兴的对话中透露的。黛玉在母亲贾敏去世之前，也曾得到过母亲对自己的良好教育，小小年纪就知道写字时候的避讳。黛玉母亲的死亡，将家族幸福和谐的秩序打乱了，以至于初入贾府的黛玉一直都在泪水的浸泡之中。后来父亲病故，进一步加剧了黛玉心中的伤痛，她总认为自己成了一个孤儿，失去了父母的保护，时时刻刻都有被人欺辱的恐惧，即便贾母如此疼爱，宝玉如此呵护，她短暂的一生始终都没有摆脱失去父母之后可怕的阴影，那种感觉就像她写在长诗《葬花吟》中的那样："一年三百六十日，风刀霜剑严相逼。"蒙特梭利说，秩序是生命的一种需要，当它得到满足时，就产生了真正的快乐；反之，幼儿"所看到的这种紊乱就可能成为他发展的一个障碍"。这也是为何黛玉多愁善感的主要原因，心绪不高，身体自然而然会淤堵，这是她从小饮药的根本所在。

林黛玉的悲剧性格与悲剧命运的形成很好地印证了性格是先天遗传因素与后天环境因素共同作用的结果。从林黛玉悲剧命运分析中，我们清晰地看到抑郁气质怎样深刻地影响着性格的发展，气质作为一种先天稳定因素无孔不入地影响着个体性格的发展，给个体性格披上独特的色彩。既然先天因素难以改变，塑造和改变人的性格只能从儿童后天的成长环境着手，正是从这一思路出发，教育的重要性得以凸显。林黛玉的悲剧提醒我们，抑郁质儿童身心的健康成长需要父母及老师投入更多的精力与情感。

首先，父母及老师应充分认识抑郁质儿童的特点，树立教育的信心。从林黛玉悲剧命运的分析中，我们知道，抑郁气质的特征包括感受性高、耐受性差、体验深刻、悲观消极、思维刻板、情绪单调持久且不易外显等。这种气质特点与对现实社会的适应之间有内在冲突。抑郁质儿童的社会性发展往往存在诸多障碍，比同龄人滞后或者发展水平不高。抑郁质儿童的父母对孩子的发展往往忧心忡忡，甚至心灰意冷，丧失教育孩子的热情和信心。其实，抑郁质儿童身心都很正常，只不过有些与众不同。事实上，抑郁质者对于生活往往别有会心，他们的存在是这个喧嚣世界中不可多得的景观。抑郁质并不意味着儿童不能很好地适应社会，只是由于抑郁质儿童心理的敏感与脆弱自卑倾向，父母应做好充分的心理准备，谨慎而耐心地引导，避免伤害孩子的自尊心和挫伤孩子的自信心。总之，抑郁质儿童气质的特殊性要求父母及老师投入更多情感、时间和精力，促进他们的身心健康发展。

其次，长善救失，挖掘抑郁质儿童的特殊潜质，补救其性格缺陷。抑郁质者感受性高，对周围环境具有超乎寻常的感受力，心思细腻，善于看到别人看不到的细节和微小之处，体验深刻而持久，情感浓烈，内心世界十分丰富，这些特质对于文学艺术创作及人文社科领域的学术研究极为有利。其文学艺术创作常常能深入人们的内心世界，具有震撼人心的艺术效果。俄罗斯著名作曲家柴可夫斯基的抑郁气质给他的音乐作品带来沁人心脾的抒情性和惊心动魄的悲剧性。林黛玉的抑郁气质赋予她的诗歌独特而细腻的观察与体验的视角，哀婉缠绵、凄美动人。家长和老师应留心抑郁质儿童是否在文学艺术方面有兴趣和天赋，并加以培养。另外，在生活、学习和工作中，抑郁质者往往具有谨慎、仔细、温和、友善、单纯等优点。这些优点需要父母、老师和儿童共同努力，使之得到充分发扬，使这些积极的人格特质发展成为抑郁质者性格中的主要方面，以压倒其气质中的悲观消极倾向。有关调查研究显示，体育锻炼和竞赛，尤其是球类等团体合作型运动，团体活动，社会实践等对抑郁质者性格中的缺陷有很好的矫正作用，使其情绪化得到改善，意志力得到锻炼，心理承受能力得到增强，自信心得到提升，合作与交流能力得到发展，注意力更多转向外部世界，从而有利于改善悲观消极倾向，增强对环境的适应性，促进身心和谐发展。

最后，抑郁质儿童易于形成极强的防御心理，这种心理归根结底是由深深的自卑引起的。自卑可能来源于生命早期的爱的缺失，可能来源于自我认知及其他客观社会因素。一般来说，抑郁质者的自卑与早期亲子关系有关。抑郁质婴儿由于心理脆弱，难以与母亲建立安全的依恋关系，如果母亲不是特别有耐心，没有投入很多时间和精力加以呵护关怀，那么他们很容易丧失对世界的信任，缺乏安全感，缺乏爱，进而影响他们在成长过程中对自主、意志力、胜任感、自我统一性、亲密等各种适应性品质的获得，自卑随之潜滋暗长，深深扎根，这就需要父母无私而长期的付出，一方面通过耐心和细心的呵护使之获得对世界的基本信任感和安全感，另一方面有意识地训练其心理承受能力。对抑郁质儿童的教育，可借鉴人本主义心理学的方法，如罗杰斯提出的无条件积极关注。无条件积极关注要求父母区分儿童做的事和儿童自身，使儿童明白父母永远爱他，不会因为他们做错事而不爱他，这样可以使儿童自由探索世界，开发自身潜力和天赋，从而体验到自身能力并建立自信。

纯洁，天真，不谙世事，黛玉如此，儿童亦如此。黛玉是水做的，是纯洁的水做的，但是能冲击岩石峭壁，不是一湖死水，而是一直向前流动的水。林妹妹不是只会哭泣，一无是处的。相反，她大胆追求自己的幸福，反抗封建礼教的束缚，这种精神是值得我们肯定的。她的的确确是一棵脱俗的、无瑕的"绛珠仙草"，儿童亦如是。

每个孩子都是种子，只不过每个人的花期不同。有的花，一开始就灿烂绽放；有的花，需要漫长的等待。不要看着别人怒放了，自己的那朵还没有动静就着急，相信是花都有自己的花期，要细心地呵护自己的花，慢慢地看着他长大，陪着他沐浴阳光风雨，这何尝不是一种幸福。教育要做的，就是用恰当的方法和言语与之进行沟通，力争让每个孩子心向阳光，逐光成长。

俏公子何须阴柔气　好儿郎本应血方刚

——从贾宝玉的"性别错位"谈保护男生的"阳刚之气"

翻开《红楼梦》的纸页，扑面而来的是浓浓的脂粉气。"形容标致、妩媚风流、肌肤生香"，很难想象这些竟是贴在男性身上的标签。"须眉不若裙钗"或许是红楼坍塌的悲剧之源。当下，男孩子"女性气质化"是我们很难回避的一个教育现实。如何帮助男孩子树立正确的性别认知，激发他们的阳刚之气，是很值得讨论的话题。

近几年，在电视和网络媒体上出现了"娘炮"文化。娘炮是由娘娘腔转变而成的一个名词。主要是指一个男性的行为举止、说话的声音与语气过于女性化：涂上红彤彤的口红，化上浓厚的妆，翘着兰花指，说话捏着嗓子，矫揉造作，这就是演艺圈某些"小鲜肉""偶像""爱豆"的做派。而值得我们注意的是，"娘炮"并不是一种自然的行为形态，更不是一日养成的，而是为了呈现某种舞台效果，营销"颜值"而刻意而为的做作行为。这样的行为文化若是不再予以制止，势必会给社会带来诸多不良影响。所以，央视发文严厉禁止"娘炮"文化。

在《红楼梦》中，贾宝玉作为核心人物一直是所有读者关注的对象。故事中的宝玉是封建大家庭中的"叛逆者"，这种叛逆体现在他异常的心理与人格。贾宝玉最为大家所熟知的叛逆言论，就是以"女儿论"为代表的种种尊崇女性贬抑男性的异端思想。他不仅这样说，而且也这样做，书中的贾宝玉完全可以称得上是"男儿身、女儿心"。

《红楼梦》在字里行间为我们呈现了贾宝玉诸多的女性化特征。从打扮上，他喜欢穿戴"抹额""肚兜"这种女性的衣饰；从长相上，他"面如敷粉，唇若施脂；转盼多情，语言常笑。天然一段风骚，全在眉梢；平生万种情思，悉堆眼角"；从身体上，他怕冷，怕虫，怕黑，怕烫，怕鬼神，可谓是胆小体弱、无所不怕；从行为上，他怕羞，爱哭，喜欢撒娇，多愁善感，喜欢"脂粉钗环"等女孩儿物件……难怪第十五回，王熙凤对宝玉说："你是个尊贵人，女孩儿一样的人品，别学他们猴在马上。下来，咱们姐儿两个坐车，岂不好？"贾宝玉有着强烈的女性认同。

一般来说，一个人的心理是人脑对客观现实的反映。影响贾宝玉性别认同的原因离不开遗传、环境与教育。先天因素无法改变，影响心理发展的主要是环境与教育的交互作用。贾宝玉的成长环境与当时一般的男孩不同。在第二十三回，贾元春"却又想宝玉自幼在姊妹丛中长大，不比别的兄弟"，这里强调贾宝玉幼时的生活环境与别的兄弟不同，他是生活在女儿堆里。我们知道，幼儿的生活环境对其心理成长有着非常重要的作用。他眼中所见的都是女孩子，他所模仿的对象也是女孩子，自然他的内心深处也就有相当程度的女性化。在教育上，男孩应该在父亲式活动方式的影响下，不知不觉模仿和参与男性的各种活动，并逐渐强化、固化，自然形成男性特征。但在贾宝玉的成长中，父亲贾政的权威专断让他从孩子性别角色塑造的领路人，无形中变成了孩子成长的阻碍，没能给予宝玉形成男性人格的正向动力。而且，贾府中其他男性亲属也没有给贾宝玉的人格成长提供一个比父亲更好的范例。无论是贾宝玉的长辈们，还是他的兄弟们，展现在他面前的男性世界是黑暗、腐臭、愚昧、贪婪的。所有的这一切造就了宝玉越来越偏向女性化的生活方式和情感方式。性别的错位导致了他的胆小怕事，软弱无能，最终没能挽狂澜于既倒，扶大厦之将倾，续写红楼家族的辉煌。

男孩儿的女性化不仅存在于文学作品，更存在于生活当下。2020年5月，全国政协常委斯泽夫在《关注和防止男性青少年"女性化"趋势》的提案中称，他通过观察发现，现在中国的青少年有柔弱、自卑、胆怯等现象，追求"小鲜肉"式的"奶油小生"，他称之为男孩子"女性气质化"，希望社会、学校以及家庭都要重视起来，培养男孩子的"阳刚之气"。

那么，我们该怎么做呢？

首先，教育者应尊重性别差异，不以单一尺度实施教育。根据孩子身心发展特点，女生在小学阶段无疑具有性别优势。作为教育活动的实施者，教师要树立因"性"施教的科学观念，消除内心对于男女生的思维定式和性别歧视。教师要充分认识掌握不同性别的学生心理和生理上的发展规律和特点，在实际的教育教学过程中，抓住男生的优势，发展其优势弥补其劣势，促进男生的均衡发展。在小学阶段女生大多文静稳重，男生则活泼爱动、自控力差。老师不能只用成绩来衡量好坏，用听话、乖巧、懂事来评定优劣，要避免用女生的性格特征标准来统一评价，忽视性别差异，致使男生性格特征发展边缘化。

其次，应重视体育、游戏等活动，培育男孩子的阳刚之气。在2022年最新修订的课程标准中，体育被提升到前所未有的高度。学校应组织丰富多彩的、能够展现男性优势的活动，如赛跑、足球、拔河等，使男生有机会展示自己引以为傲的男性力量与魅力，从而提高男生对自身性别角色和性别行为的肯定，培养男生的"性别荣誉感"。多年来，我们始终主张活动即成长，重视体育育人。长期以来，体育节、班级足球联赛、班级篮球联赛已经成为校园里永恒的风景。男孩子和女孩子都在阳光下不断成长为最好的自己。

再次，在家庭教育方面，应创设有利于男生性别角色认同的环境。一方面，家有男孩儿的父母要注重考虑幼儿的差异性，在选择生活用品、玩具和衣物时要充分考虑到小学生的性别特征以及年龄的发展特点，重视环境对儿童的心理暗示作用。并在生活中有意识地通过身边接触的人或物，促进孩子性别角色的认同与发展。另一方面，家庭中应营造两性和谐的性别文化氛围。在家庭生活中，要强化父亲的角色，让父亲成为男孩崇拜和模仿的榜样，让孩子从男性长辈身上习得生活的责任和担当，从而实现性别角色的认同与健康发展，塑造健全的人格。

最后，应帮助孩子树立正确健康的审美观，促进其身心健康成长。在当今社会，很多媒体为吸引眼球，在节目中掺杂了大量的奇装异服，男明星的浓妆艳抹，花样美男的柔和与唯美等受到大众的青睐。刚步入小学的学生对美的认识比较模糊，具有很强的可塑性，易受外界影响。偶像的行为举止、服装风格被学生追捧、模仿。无论教师还是家长，都要根据孩子们的特点，培养他们感受美、爱好美和表现美的能力，树立正确的审美观，使他们知美丑、辨善恶、明是非，培养起对于美的爱好，让男性特有的阳刚之美融于心灵。

进大观园大智若愚　学刘姥姥为人处世

——跟着刘姥姥克服人际交往障碍

《红楼梦》中，不仅有大观园里高门子弟的花花世界，也有像刘姥姥一样的小人物对生活的用心经营。在书中众多小人物里，很多老师不约而同关注到了刘姥姥，关注到了这位农家老太身上的智慧光芒。有的孩子自信、阳光、善于交往，而有的孩子自卑、怯懦、缺少朋友。在阳光快乐的校园，这些自卑的孩子可能总躲在阴暗的一角，如何引导他们走出交往恐惧、交往障碍的泥淖，刘姥姥这位阳光老太或许能给我们很多启发。

《诗经》云："投我以木桃，报之以琼瑶。匪报也，永以为好也。"不强调"施"与"报"对等，只是为了情谊永久相好，这可看作古人对建设好人际关系的一个独特见解。刘姥姥是一位八竿子才打得着与贾府沾了亲，但实际上游离于贾府之外的小人物。即便放到社会风气大开，人们思想得以解放的当下，我们也很难想象，像刘姥姥这种人物能"三进荣国府"，从一群公子小姐眼中的"乐子"，成为名副其实的亲戚。刘姥姥这个小人物真的不一般。

"刘姥姥进大观园"常被用来比喻那些未见过世面的乡巴佬在公众场合眼花缭乱、手足无措、丑态百出的表现。但换个角度，刘姥姥通过自己的一系列努力，成功在等级森严的封建社会实现跨越阶层的交往，其中韵味不得不令人回味。

一、凸显本色，勇敢做自己

有人际交往障碍的人大多缺乏自信，且过于自卑。而刘姥姥在《红楼梦》中的地位，可谓是"芥豆之微"。她是一个久经世故的老寡妇，膝下只有一女，嫁给了王狗儿，狗儿的祖上之前做过小小京官，因而认识了王熙凤的祖父，连宗做了金陵王的侄儿，后来人亡财空，王成只能带着狗儿从城里搬到乡村务农。刘姥姥的社会地位不可谓不低下，但在与贾府众人的相处中，我们却丝毫看不到她身上的那种怯懦与自卑，刘姥姥呈现给读者的是"庄家人"所特有的真善美。农家出身的人，本色是"土"气。刘姥姥在大观园里的本色出演让一切赞美的话语显得那样自然和发自肺腑。"刘姥姥进大观园——眼花缭乱"，大观园中各色景物对于一个乡野村妇来说，必然处处透露出新奇。所以，刘姥姥初进大观园并没有过多扭捏，没有装作自己见多识广的样子，而是进了园子就发出真心的赞美："我们乡下人到了年下，都上城来买画儿贴。时常闲了，大家都说，怎么得也到画儿上逛逛。想着那个画儿也不过是假的，那里有这个真地方呢。谁知我今儿进这园里一瞧，竟比那画儿还强十倍。"刘姥姥充满土味的话语里，透着真，透着美。"我们庄家人，不过是现成的本色，众位别笑。"刘姥姥的不虚不假，本色行事，让她在贾府如鱼得水。

二、直面困难，勇敢去克服

人际距离不是因为联系不足而引起，而是由于人们希望得到联系，却又知道无法达成，才形成的。刘姥姥本是村野老妪，膝下无儿，跟着女儿、女婿靠两亩薄田艰苦度日。多年以来，她一心一意地帮助女儿照顾外孙和外孙女。但是有一年年末，年景不好，庄稼歉收，全家眼看无法过冬，女婿狗儿一筹莫展，只是"吃闷酒"，往媳妇身上撒气。但刘姥姥面对困难，却保持乐观的态度，她相信通过自己的努力可以克服生活中遇到的困境。正所谓"谋事在人，成事在天"，刘姥姥面对生活中的不如意，面对自己与贾家遥远的身份距离，却勇敢地带着孙子板儿来到了贾府。刘姥姥受尽脸色却不畏惧，一步又一步地往前迈进，最终得了二十两银子，欢喜而归，这与她的执着和努力密不可分。

三、笑对人生，勇敢去表达

"刘姥姥进大观园——洋相百出"，在很多人的眼里，刘姥姥在大观园里扮演了一个丑角。有很多老师在分析刘姥姥时，也看到了这一点。其实，刘姥姥的丑角并不意味着傻角，她并非不知道自己在扮演什么角色，而是甘愿故作丑态，滑稽凑趣，以制造出喜剧的效应，从而建立起自己与贾府众人之间交往的桥梁。"制造欢乐气氛最简单有效的方法，就是拿自己当作说话的题材，叙述你自己遭遇的一些荒谬而尴尬的情景，这正是幽默的真正本质。"刘姥姥缺少的是金钱，但并不缺少智慧。在贾母向刘姥姥介绍大观园中的树、石、花等景致时，刘姥姥表现出了完全没有见过世面的惊喜，虽没有说一个好字，却用一句"竟比那画儿还强十倍"就把大观园的阔气表达得淋漓尽致。见到惜春时说是"神仙托生的"，说贾母内室的柜子比自己的一间房还大，看到潇湘馆糊窗户的面料比自己做衣裳的布料还要好时不住地念佛，等等，刘姥姥大智若愚，尽显幽默，为自己赢得了贾母等人的信赖与好感，为实现自己与贾府交往的目的奠定了基础。

四、懂得感恩，勇敢去助人

礼尚往来是联络双方感情、加深人际关系不可缺少的一部分。刘姥姥一进荣国府，是为了讨生活渡难关；在第三十九回二进荣国府时，刘姥姥带来了家乡的土特产前来答谢："早要来请姑奶奶的安看姑娘来的，因为庄家忙。好容易今年多打了两石粮食，瓜果菜蔬也丰盛。这是头一起摘下来的，并没敢卖呢，留的尖儿孝敬姑奶奶姑娘们尝尝。姑娘们天天山珍海味的也吃腻了，这个吃个野意儿，也算是我们的穷心。"刘姥姥用感恩淳朴的话语与行动迎来了与贾府更深入的互动，取得了更积极的人际交往效果。在三进荣国府时，贾家已走向没落，众叛亲离，但刘姥姥仍然没有忘记主动前来关心贾家，探望生病的王熙凤，并成为王熙凤最信赖的人，把自己独生女儿巧姐的终身托付给老人家。在巧姐的舅舅和叔叔狠心把她卖掉时，刘姥姥费尽心力救走了孩子，并为她找了一个"家财巨万""良田千顷""文雅清秀"的良配夫婿，使巧姐成为贾家这个封建大家族分崩离析时为数不多的"遇难呈祥"的人物。刘姥姥以真情换真心，成功克服了所有的人际交往障碍，跨越了自己与贾府之间身份、心理等多重藩篱。

　　生命赋予了每个人不同的色彩，正是因为我们每一个人的存在，这世界才如此五彩斑斓。无论前路有多远，交往有多难，守住本真，直面困难，笑对人生，懂得与人为善，所有的孩子一定能成为人际交往的花园里开得最漂亮的那朵不败之花。

同根生境遇大不同　勇向前生命似花开

——从迎春和探春漫谈性格塑造

在元、迎、探、惜几位姑娘中，迎春和探春从家庭地位来看有着众多的相似之处，但造化弄人，两人的人生轨迹却大不相同。作为二小姐的迎春被父亲卖了抵债，最终被折磨致死；三小姐探春却和亲远嫁成为异域王妃。一个人最终的命运虽受多重因素的影响，但在性格上两人一个懦弱、一个勇敢，一个消极、一个积极，却是造成不同命运的最大缘由。在教育活动中，培育身心健全的人才是教育最大的价值。

个体心理学认为一个人性格的形成会受到天性禀赋、家庭环境、后天教育程度等复杂因素的影响。在贾家众姐妹中，迎春和探春都是庶出，但类似的出身却有不一样的人生结局。在《红楼梦》第六十五回，兴儿同尤二姐说起贾府的姑娘们，称呼迎春为"二木头"，称呼探春为"玫瑰花"。这两个诨名可谓是她们二人性格的真实写照。

一、迎春与探春性格形成缘由探析

每个人的性格形成都与家庭环境和与父母的关系密切相关。心理学认为性格就是小时候人际关系模式的再现。亲子关系决定人生的起点，孩子通过内化与父母的情感关系学习成长。通览全书，形成迎春、探春各自懦弱和勇敢性格特质的原因大概在于成长环境的影响。虽然同为封建家族庶出女儿，但成长环境却不尽相同。迎春属于单亲家庭，是贾赦的妾所生，亲生母亲早逝。父亲贾赦内心极度冷漠自私，且在《红楼梦》几百万字的著作中，迎春与父亲的唯一交集竟是把她卖与"中山狼"孙绍祖，直接导致被折磨而死。迎春还有一个同父异母的哥哥贾琏，用邢夫人的话说，"总是你那好哥哥好嫂子，一对儿赫赫扬扬，琏二爷凤奶奶，两口子遮天盖日，百事周到，竟通共这一个妹子，全不在意"。迎春虽然是贾府的小姐，是我们所说的"单亲"，事实上她却是"孤儿"，自小缺乏爱与关注，缺少肯定，失去自我，在整个大家庭中是个孤单的存在。在生活中，迎春不断地缩小自己，让自己像一个影子一样活着，不展示自己的兴趣，没有自己的追求，一味地忍让退缩，依从别人，结果却更降低了自己的尊严，造成了自己可有可无、任人欺凌、无力反抗的处境。

而探春的父亲是贾政，生母是赵姨娘。虽然贾政迂腐守旧，赵姨娘粗鄙张扬，但探春有着完整的双亲家庭。同迎春一样，探春也有自己同父异母的哥哥宝玉，但不像贾琏夫妇，宝玉对自己的妹妹多有照拂。从这个层面上来讲，相较于迎春，探春的生活中并不缺少爱的温暖，所处的相对安全的成长环境造就了她的果敢、大气、爽利。

著名心理学家阿德勒断定，每个人都有不同程度的自卑感，因为没有一个人对其现时的地位感到满意；对优越感的追求是所有人的通性。在红楼世界中，迎春和探春无疑是两个自卑色彩比较浓郁的形象，姐妹俩共有的是抹不去的烙印在骨髓深处的自卑感。不同的性格造就了不同的故事结局，但实质上是一人成了自卑的奴隶，另一人则超越了自卑成为自己的主人。

迎春因庶出从小缺少爱，缺少鼓励与肯定。贾赦是酒色之徒，对待子女漠不关心。嫡母邢夫人秉性愚弱，唯利是图，只知道奉承贾赦以求自保。她每一次和迎春的对话都是指责，如曾数落迎春"心活面软，老实无能。迎春在这种条件下变得自卑、懦弱、无所适从。她在困难面前苦心追求的是避免失败，而不是寻求成功。她总是试图逃避各种抉择、各种活动，退缩在紫菱洲之中，很少见到她同姊妹闲话家常。迎春对生活充满了巨大的无力感，缺乏对自己生活的把控能力，让自己活成了大观园里没有自我、可有可无的小人物。

与迎春不同,面对类似的困境,探春却以强烈的自我改变的意愿和坚持不懈的能力进行着人生的救赎。面对庶出的身份,尤其是面对自己生母赵姨娘人见人厌,只会丢脸,不会露脸,永远做不出漂亮事,探春一直在朝着成为一个更好的人而努力。人与生俱来的本质特征是内驱力,它指向自我实现,控制自己的环境,以及成为自己所能成为的人。对待生母,探春"哀其不幸,怒其不争",探春在情感上更亲近祖母贾母和嫡母王夫人。以她们为榜样,探春获得了很好的成长素材,所以能在海棠社结社和代凤姐理家中崭露头角,成为别人眼中的"老鸹窝里出凤凰"和"又红又香,无人不爱的,只是刺戳手"的玫瑰花。

二、学生产生自卑的原因

迎春、探春姐妹不同的人物性格造就了她们不同的人生结局。自卑感不仅存在于文学中,在现实教育生活里不也比比皆是吗?大到曾经的"马加爵案",小到校园里怯于沟通、羞于交往的孩子,他们身上或多或少都存在自卑的影子。在小学,自卑感产生的原因大致包括以下两点。

一是家庭物质条件的影响。一个集体中孩子们的家庭条件各不相同,即便有学校、老师的正确引导,但难免会出现吃、穿、用、玩方面的攀比现象。部分同学家境一般,当与其他同学相处时,在一些方面会出现一些距离感,此时自卑感会油然而生。这些同学可能在自卑心理的驱使下,在与同学和老师的交往中呈现出逃避、怯懦等表现。

二是家校教育评价的影响。尽管处于"双减"政策下,但家庭和学校方面依然存在以分数来评判学生优劣的现象。孩子由于认知的差异,在一次次的检测中总会有一部分孩子处于劣势,家长与老师的期望值过高会直接导致孩子因无法达到成人的要求而产生自卑。孩子性格的养成是从小受到潜移默化的影响的结果。正如迎春不断的自我否定与嫡母邢夫人不时的挖苦讽刺"你娘比如今赵姨娘强十倍的,你该比探丫头强才是。怎么反不及他一半！"一定有着必然的联系。在孩子的成长中，成人们的一些惩罚性或否定性的语言和行为会直接影响孩子的自我评价。遇到困难或挫折，这些孩子就习以为常会有"我不行""我做不到"等心理暗示，进而产生自卑心理，影响健全人格的形成。

但这种"自卑"并不只存在于这些孩子当中，它是一种普遍的心理现象。阿德勒认为自卑感是人类发展的根源，自卑感决定着人的行为。人类所有的行为都是为了克服自卑感，追求优越。探春正是因为通过不懈努力实现了对自卑的超越，才成为红楼世界中的一朵奇葩，才有了曹雪芹对她"文彩精华，见之忘俗"等诸多赞美之词。

三、战胜自卑，培养人格健全的时代新人

有自卑感并不是坏事，它可以使人产生克服自卑、追求卓越的愿望并为之积极努力，这便是自卑感的补偿。作为教育工作者，我们要牢牢把握住这种积极的补偿机制，推动孩子持续努力奋斗，不断超越自己。

首先要引导孩子正确认识自卑，能够为克服自卑而奋斗。教师要善于引导孩子正确认识自我，客观看待自卑。正是因为自卑，我们才能了解自己的不足，促使个体努力奋斗，朝向未来前进。在生活中，我们要引导孩子主动把自卑看成促进个人成长的推动力，克服自卑心理的消极影响，学会通过努力获得成功的经验，积极应对自卑。

其次要营造安全、积极的家校环境，滋养学生心灵。家庭的教养方式是培育孩子积极人格的关键。父母应重视孩子的主体性，构建和谐平等的亲子关系乃至师生关系，这样能有效遏制问题人格的出现。我们的教育不仅要关注孩子的学习，更要注重孩子的完整人格，让他们的德、智、体、美、劳能得到全面的发展，使他们学会认知、学会做事、学会合作、学会生存，塑造孩子健康的人格。

先天因素无法决定人的发展，健全的人格需要后天的努力来创造。

先天条件类似的迎春与探春,却有着迥异的性格、迥异的命运,这取决于她们面对自卑时所作出的不同应对。自卑是人性发展和追求卓越的动力,自卑是因为我们清楚地明白自己的不足,知不足我们才能进步,才能不断完善自己,才有机会实现从自卑、平庸到优秀、卓越的跨越。

苦难水浇灌香菱花 薄命人彰显大力量

——从香菱身上汲取积极向上的力量

"香菱学诗"是作为教育者的我们都爱讨论的精彩片段。仔细揣摩，才发现香菱这个小人物，真的不简单。香菱是《红楼梦》中贯穿始终的形象，她在第一回出场，最后一回退场，见证了红楼家族的兴衰荣辱，也经历了人生的跌宕起伏，于苦难中毅然奋起，在泥淖里坚韧而生。对于动辄叫苦叫累的孩子们，香菱的坚忍不拔、积极向上，正是应该学习的品质。

香菱这个女子不一般，"香菱学诗是'自我实现者的典型行为特征'，香菱是中国文学史上第一个'自我实现'的女奴形象"，人们对香菱充满着溢美之词。香菱是《红楼梦》中最先出场的女子，她的命运似乎早已注定——"一僧一道"指她"有命无运"，虽贵为小姐，却比不得丫鬟娇杏"命运两济"。三岁被拐，终生不记父母家乡。被人贩子拐走后又被薛蟠买走，然后跟随薛蟠母子到了荣国府，跟林黛玉学诗。香菱从一个不识字的小丫鬟，到最后能作诗文，令人惊叹不已。《红楼梦》为我们呈现了小人物身上的大力量。

一、守本心，永葆率真纯善

香菱的初次出场是以一个"粉妆玉琢、乖觉可喜"的三岁小女孩英莲的形象出现的。虽然厄运频频降临，但是她总能保持着纯洁、温顺、善良的特质。香菱前前后后三次被问何人何乡，她不仅没有因自己命运的坎坷而自怨自艾，相反她呈现给我们的始终是个笑嘻嘻而又无忧无虑的纯真少女形象。即便到了薛蟠迎娶夏金桂，众人为她的命运担忧时，她却仍然是个乐天派，异常欣喜地期盼正室的到来。她性情娴淑，深明大义，时常能和林黛玉、贾探春、平儿、袭人等人玩闹到一块去。这种乐观开朗的香菱"不独菱角花，就连荷叶莲蓬，都是有一股清香的……那一股香比是花儿都好闻呢"，在物欲横流的大染缸里，保留了一抹清香。

二、不流俗，学习积极主动

谈及香菱，就不得不提及"香菱学诗"。不同于其他小丫鬟把吟诗作赋当作主子们的专属，香菱在端茶倒水之余，骨子里流出的是书墨之香。兴趣是最好的老师。古人云："知之者不如好之者，好之者不如乐之者。"香菱学诗是主动学习，并不是别人强迫她的，她的积极性和主动性很高。有一天黛玉刚刚梳洗完，香菱就笑盈盈地送书来了，又要换杜律。一个"笑盈盈"就可以看出香菱学习是很快乐的，获得知识以后，她的心情是喜悦和满足的。香菱一见黛玉就说："好歹教给我作诗，就是我的造化了！"香菱如此主动地请教，不仅在于她有积极的学习态度，更在于她有上进心，由此可以看出香菱是一个自信、聪明、好学、执着的女孩，其"挖心搜胆，耳不旁听，目不别视"的态度令人佩服。

三、意志坚，不怕艰难困苦

香菱身上有难能可贵的韧劲。在大观园里不是每个人都支持香菱学诗的，宝钗就不很支持她。香菱写第一首诗的时候，就遭到了宝钗的奚落。宝钗说："何苦自寻烦恼……你本来呆头呆脑的，再添上这个，越发弄成个呆子了。"香菱没有见怪，继续学习，拿了诗去找黛玉。说明香菱不怕挖苦嘲讽，经得起风吹雨打，小女子身上有一股大韧劲。"原来香菱苦志学诗，精血诚聚，日间做不出，忽于梦中得了八句。"足见香菱学诗的刻苦，从回目"慕雅女雅集苦吟诗"中，可以看出曹雪芹用典雅的语言写出了香菱学诗的态度。外人觉得香菱学诗苦,但她自己却乐在其中,乐此不疲。书中刻画了香菱好学、乐学、执着的人物形象,她通过自己的刻苦努力,以及惊人的毅力,最后取得了骄人的成绩。

四、命虽薄,菱花绽放清香

"不经一番寒彻骨,怎得梅花扑鼻香。"经过几番努力,香菱学诗终成佳作:

> 精华欲掩料应难,影自娟娟魄自寒。
> 一片砧敲千里白,半轮鸡唱五更残。
> 绿蓑江上秋闻笛,红袖楼头夜倚栏。
> 博得嫦娥应借问,缘何不使永团圆!

从第一联诗中就可以看出香菱内心十分孤独。她说自己"魄自寒",因为她在那里没有人格没有尊严,她不甘心做一辈子佣人。结合注释理解这首诗,才发现前三联全部都是香菱自己的影子。第三联是总的概括,因为文中写她在评诗的时候说"我们那年上京来,那日下晚便湾住船,岸上又没有人,只有几棵树",正好就符合"绿蓑江上秋闻笛"。"红袖楼头夜倚栏"是她的现状。最后一句表达了她想和亲人团圆。读到此处,不由悲从中来,想起第一回中元宵佳节甄士隐命家人霍启抱女儿看社火花灯,不小心把女儿弄丢的情节。骨肉分离,一生不得见。如果放在现在,央视的《等着你》栏目一定会让他们一家团圆。香菱是通过这首诗来宣泄自己的苦,通过这首诗来肯定自己的才华,也通过这首诗来赢得他人的刮目相看。

或许有人认为香菱在《红楼梦》里注定是个配角,她的作用仅限于带动重要人物的出场,深化其他艺术形象。即便有"香菱学诗"这个以她为中心的故事,但也是为了烘托、突出宝钗与黛玉。但香菱仍在见证世间的冷与暖,经历个人的苦与甜中,出淤泥而不染,彰显着温暖和向上的力量。

香菱是一个不起眼的角色，作者着墨不多，但却贯穿始终。人物形象丰满、个性鲜明的香菱带给我们的是一股难以名状的力量。作为一名教育工作者，我深刻地知道教师这一职业与其他行业的不同，是培养人、塑造人的灵魂工程，具有行业特殊性。教学中、班级管理中都会遇到更多困难、更多挫折、更多挑战，我们要拿出"香菱学诗"的积极、热情、执着和韧劲，运用自己的教育智慧，全心全意教书育人。而作为有社会、家人不断呵护的小学生，很多人身上缺乏的不也正是香菱的那种积极与韧劲吗？这个纷繁复杂的世界需要每一个人保留自己那份初心、那处本真，在不断进取中收获成长与进步。

第六辑

寻方家庭教育

君子之于子,爱之而勿面,使之而勿貌,导之以道而勿强。

——《荀子·大略》

言传身教育人向善　为母端方家风雅正

——从《红楼梦》母亲教育探育人之道

母亲是孩子成长历程中的第一所学校。诗人乔治·赫伯特曾说："一位好母亲抵得上一百个学校老师。"

《红楼梦》中塑造了众多母亲的形象，她们性格百态，身份地位各不相同。她们当中有成功的母亲，也有失败的母亲。老祖宗贾母是一位优秀的母亲，育有三个子女：贾赦、贾政和贾敏。平庸母亲薛姨妈，无原则宠溺养出混账儿子薛蟠。失败母亲赵姨娘，带出猥琐儿子贾环。令人刮目相看的是集善良、刚强、睿智于一身的李纨，她的言传身教影响了孩子一生。

一、母亲的"言传身教"，教孩子与人为善

李纨是《红楼梦》中荣国府长孙贾珠之妻，父亲李守中任国子监祭酒，她出生书香门第，又嫁入豪门，本是一桩良缘，可丈夫贾珠却英年早逝，留下孤儿寡母。在封建社会，失去丈夫就意味着失去靠山，李纨只能用自己单薄的身躯为儿子撑起保护伞。

她对上恭谦，对下亲和。书中第六十五回，兴儿对尤二姐介绍家里的女眷们时，评价李纨说："我们家这位寡妇奶奶，他的诨名叫作'大菩萨'，第一个善德人。"可见她的与人为善在贾府有口皆碑。

赵姨娘是书中讨人嫌的角色，心胸狭窄，爱搬弄是非，连亲生女儿

也诅咒。当她中邪神志不清时，丈夫贾政连看都没看一眼就走了，亲生儿子贾环也不愿照顾她，宝钗本是仁厚之人，却只托周姨娘照应，只有李纨主动留下来和周姨娘共同照顾赵姨娘。看着平日里坏事做尽的赵姨娘受苦，李纨于心不忍，可见她的心地是多么善良。

书中第四十回，刘姥姥进大观园时，为了取悦贾母，王熙凤和丫鬟鸳鸯合议捉弄刘姥姥，只有李纨于心不忍地说："你们一点好事也不做，又不是个小孩儿，还这么淘气，仔细老太太说。"对于刘姥姥这个农村老太太，她是同情和关心的。

最让人感动的是黛玉之死。宝玉和宝钗大婚时，府中上下都为之忙碌，李纨却去看望病入膏肓的黛玉，陪伴在身旁，帮助紫鹃准备黛玉的后事。

李纨以慈悲为怀，言传身教，以善良刚强让儿子学会与人为善。她的言传身教影响孩子贾兰的一生。

童话大王郑渊洁曾说："孩子的成长，成也母亲，败也母亲。"从一定意义上讲，家长是孩子的一面镜子，所谓"其身正，不令而行；其身不正，虽令不从"。家长的一言一行、一举一动，有如滴水穿石映射至孩子的心中。

在许多令人愤慨的熊孩子事件中，我们总能看到"熊大人"的身影。上海迪士尼一个8岁小男孩不小心碰到前面姑娘的敏感部位，姑娘扭头说了这个男孩几句。谁知道男孩的妈妈不仅出言不逊，还拿着帽子朝姑娘劈头盖脸打了过去。这位母亲粗鲁的样子传染性地影响孩子……

无独有偶，前不久，一名5岁男童玩滑梯时，被一男孩迎头踹下。男童重重摔在地上，胳膊直接骨折，但肇事方母亲却趁场面混乱，直接带着孩子开溜。母亲的一举一动都会深深刻在孩子的认知里，潜移默化地影响孩子。

种善因得善果。人心向善，福虽未至，祸已远矣；人心向恶，祸虽未至，福已远矣。李纨以母亲的善良给儿子贾兰筑就了一个爱巢，也给儿子日后搭建起一个和谐的"关系网"，让从小失去父爱的贾兰在安宁的环境中静心读书，幸福成长。

二、母亲的"舍得吃苦"，让孩子自强自立

不经风雨，长不成大树；不受百炼，难以成钢。

李纨不单督促儿子博览群书，还培养其习武强身。《红楼梦》中有这样一个场景：宝玉在园中闲逛，看见山坡上有两只小鹿箭也似的跑来，宝玉正纳闷，却见贾兰拿着小弓在后面追射。宝玉道："你又淘气了。好好的射他作什么？"贾兰笑道："这会子不念书，闲着作什么？所以演习演习骑射。"

贾兰平日里除了看书，一有空闲就演习骑射。可见李纨对儿子的栽培是用心良苦的，她知道没有父亲依靠的孩子，想要未来有所建树，就得有对抗人生风雨的能力，须练就一身铠甲。

同是孤儿寡母，薛姨妈的教育方式截然不同。

薛姨妈对儿子宠溺无度。薛蟠从小就蛮横霸道，终日游山玩水，长大后强抢民女，杀人如儿戏，家业在他手中渐渐败落。

俗话说："慈母多败儿。"前段时间热播剧《扫黑风暴》中孙兴的原型是90年代被判死刑却死里逃生的孙小果，一个"孙小果"，一群"保护伞"。这个典型的黑恶二代，在母亲的庇护下，有恃无恐把坏事做尽，逐渐变得无法无天、恶贯满盈。正所谓法网恢恢疏而不漏，最终该案被重审，孙小果被执行死刑。

再观学校教育，2021年9月1日"双减"政策正式实施，"双减"是让教育回归初心，回归该有的常态。一些家长非常高兴，觉得从此之后学校有延时课，再也不用辅导孩子作业，回家就能母慈子孝。实则不然，这是对教育规律认知的漠视。学习从来就没有捷径，唯有一点一滴的积累和付出，才能有所收获。小学阶段的孩子自我管理能力尚不成熟，科学教育是家长的责任。教育要持之以恒，让孩子学会吃苦，储能蓄势，未来的路才会走得更平稳。

三、母亲的"睿智远见",让孩子拼搏进取

李纨虽出身书香门第,但父亲李守中信奉"女子无才便有德"的价值观,出嫁前的她只不过读些《女四书》《列女传》《贤媛集》等三四种书,认得几个字,记得前朝几个贤女罢了。

李纨在娘家接受教育后没有停滞不前,而是不断读书学习。书中第三十七回,探春提议要创办诗社,李纨毛遂自荐当社长,将诗社办得像模像样,大家心服口服。她嫁到贾家以后,一直注重读书,故而具备良好的知识基础和诗歌素养。

丈夫离世后,李纨带着儿子过着"不受尘埃半点侵,竹篱茅舍自甘心"的生活。她把美好的期待倾注在儿子身上,不单对儿子有厚望,对自己也有要求。她懂得用知识武装自己,韬光养晦;她懂得不露锋芒,目光长远;她用自己的睿智和远见、性格和才能鞭策儿子,让他拼搏进取。贾兰在李纨的培养下,哪怕贾府已衰败,仍能凭借实力考取功名。李纨也被封诰命,赢得"凤冠霞帔"。

母亲是孩子成长的重要影响因子,特别需要远见和卓识。孟母为使孟子拥有良好的教育环境,故而三迁;岳母为使岳飞精忠报国,故而刺字。李纨和这两位母亲一样站得高,看得远,给儿子指明为人准则与成长方向。父母的见识能影响孩子的格局,有远见的父母,不计代价地让孩子读书,因为知识让孩子有远见,远见让孩子敢拼搏。

《红楼梦》中母亲众多,可好母亲却屈指可数。母亲是一个家庭的灵魂,是孩子终生学习的引导者。一位优秀的母亲可以惠及三代人。孩子的气质里,透露着母亲的修养。

好妈妈,胜过好老师;好妈妈,成就好孩子。小学阶段女老师占到百分之七八十,既是母亲,又是老师,这种完美的融合让女老师更具教育力和创造力。从《红楼梦》中众多母亲的育子之道中,相信我们会探索出更多的家庭教育之道!

红楼明理家教流弊　诊型悟道施治良方

——从《红楼梦》探家庭教育弊端及改进策略

红楼里明理，探究中悟道。如果用家庭教育眼光看《红楼梦》，我们能读出封建专制型家庭教育，能读出隔代溺爱教育，也能读出在两种教育观念叠加下，孩子价值塑造和精神追求的无所适从。此类教育样态在当下家庭教育中比比皆是。转变观念，遵循规律，协调一致，方能对症下药，有所改观。

性格决定命运，而性格的养成和家庭教育息息相关。《红楼梦》中每个人都活得很艰难，光鲜的外表下掩盖着残酷的现实，形形色色的人物命运深受家庭教育的影响。

一、父亲角色的绝对权威——专制型家庭教育方式

特定时代的政治、经济和文化都会对家庭教育产生深远的影响。在封建社会，长辈处于家庭绝对统治地位，贾政和宝玉这对父子就是典型代表，书中这样描写："刚转过屏门，不想对面来了一人正往里走，可巧儿撞了个满怀。只听那人喝一声'站住！'宝玉唬了一跳，抬头一看，不是别人，却是他父亲，不觉的倒抽了一口气，只得垂手一旁站了……贾政喘吁吁直挺挺坐在椅子上，满面泪痕，一叠声'拿宝玉！拿大棍！拿索子捆上！把各门都关上！有人传信往里头去，立刻打死！'众小厮们只得齐声答应，有几个来找宝玉。"

活泼淘气的宝玉一见贾政便胆战心惊,他看似过着众星捧月的生活,但从来没有得到过父亲真正的关爱、恰如其分的肯定和正确的引导。贾政这个父亲形象,就是封建专制型家长的缩影。

专制型家庭教育最大的特征是对孩子简单粗暴,不尊重孩子的需要,限制过多。上文提到贾政对宝玉一顿恶打,其实在《红楼梦》中,这样的教育方式数不胜数。赖嬷嬷为了庆祝孙子外出做官,请凤姐、李纨等人随贾母到她家作客,就在凤姐住处教育宝玉,还提及宝玉的爷爷对贾政和贾赦的殴打。赵姨娘对贾环不是打就是骂,在探春协助管理家务时,对探春也是冷眼嘲讽、侮辱挖苦。贾珍在贾府道观,甚至命令仆人向贾蓉吐唾沫……

二、隔代教育的溺爱——家庭教育缺乏统一性

《红楼梦》中有一种我们现代中常见的现象——隔辈亲。贾政打宝玉,遭到贾母阻拦。书中这样描写:"正没开交处,忽听丫鬟来说:'老太太来了!'一句话未了,只听窗外颤巍巍的声气说道:'先打死我,再打死他,岂不干净了!'贾政见他母亲来了,又急又痛,连忙迎接出来……贾母听说,便啐了一口,说道:'我说一句话,你就禁不起你,你那样下死手的板子,难道宝玉就禁得起了?你说教训儿子是光宗耀祖,当初你父亲怎么教训你来!'说着,不觉就滚下泪来。"

在宝玉挨打这件事上,贾母不仅护着孙子宝玉,还拿贾政小时候的事说事。贾政听到母亲如此说,向来孝顺的他不敢还口,更不敢再继续打宝玉。

贾母的溺爱在很大程度上造就了贾宝玉"混世魔王"的性格。

这种家庭教育方式并不可取,父亲教育过于粗暴严厉,祖母和母亲却是百般呵护过于溺爱,呈现两极分化,这对孩子的成长是不利的。因此,家庭教育要选择统一的教育方式,避免走极端。父母应以身作则,做孩子的榜样,从正面引导孩子,呵护但不溺爱孩子。

三、树立正确的家教观念——家庭教育改进策略

世间事有因有果，决定命运的是性格，性格的形成主要来自于家庭教育。作为小学教师，有责任将正确的家庭教育观念通过家长会、微信群、电话、面谈等多种方式传递给家长。

帮助家长转变家庭教育观念。家庭教育能否取得成效，要看家长的教育观念正确与否。因此，我们要从转变家庭观念入手，积极向家长宣传科学的教育理念，使之入脑入心，形成正确的教育观、亲子观和人才观，比如：许多家长一谈到培养孩子成才，就自然地联系到智力开发和教育投资，热衷于给孩子报各种辅导班；一讲到家庭教育，就认为只要盯住孩子的学习就可以了，而忽略做人原则。家庭是每个人的第一生活空间和成长摇篮，从根本上说家庭教育就是"教子做人"。如果家长没有树立正确的家教观念，教育好孩子的心情再迫切，效果也是很差的，甚至是事与愿违的。

引导家长遵循家庭教育基本规律。在指导家庭教育的实践中，我们遇到的一个突出问题是家长经常"索要"实用的家庭教育方法，不注重探索家庭教育的基本规律。一些家长常对老师说："孩子就听老师的，老师办法多，您费心多管管，孩子的教育就全靠您了。"教师好像是一副"灵丹妙药"，能解决家庭教育遇到的所有难题。这是一种不切实际的想法。我们要利用各种机会，提高家长对家庭教育基本规律的认识，自觉遵循家庭教育的基本规律，用规律去分析、认识错综复杂的家庭教育问题。

父母是孩子的镜子，孩子是父母的影子。以身作则就是家庭教育的"金科玉律"，家长的人格状况、素质状况和言谈举止都会对孩子产生深远影响。这就要求父母必须时刻注意自己的示范作用，用正面的、积极的言行影响孩子。

保持家庭教育观念的一致性。每一个孩子的成长都时刻牵动着父母和祖辈们的心。对于孩子的教养，不管是父辈也好，祖辈也好，都是尽心尽力，可谓一切为了孩子。但在教养孩子的过程中，时常会出现父辈

与祖辈意见不一致的情况：天冷了，父母希望孩子能少穿些衣服，多运动，增强体质，可祖辈们生怕孩子冻着，让多穿衣服；父母在孩子练琴时提几个要求，祖辈们会袒护说孩子还小，这么练要累的；孩子在父母那里达不到的无理要求，时常会在祖辈们那里得到满足；父辈们接受新知识多且快，倾向于用科学的方法教养孩子，而祖辈们阅历经验丰富，往往凭经验教养孩子。久而久之，这种不一致的家庭教养方式对孩子的成长和发展来说是十分不利的，给孩子的是非观念、行为习惯和健全人格养成带来负面影响。

家庭成员之间的教育方式要协同一致，及时互通情况，共同研究教育规律，维护彼此威信，行为上协同一致。如果有分歧，不要当着孩子争论。家庭成员之间的教育态度和方式，应基本保持一致，不可有的过严，有的过宽，使孩子无所适从。

《红楼梦》是一面镜子，折射出家庭教育的种种问题。同样，孩子是家庭的一面镜子，折射出家庭的教育问题。我们希望在孩子的成长关键期，家长能以身作则，以爱为媒，科学教育，帮助孩子成就多彩人生！

一母所生性格迥异　家庭教育造就人生

——由探春和贾环谈家庭教育的重要性

探春与贾环同为一母所生，但性格迥异。探春从小跟着贾母接受教育，贾环跟着赵姨娘长大，不同的教育造就不同人生。

教育家卡尔曾说过："孩子的心灵是一块神奇的土地，在此撒上思想的种子，就会收获行为；在此撒上行为的种子，就会收获习惯；在此撒上习惯的种子，就会收获品德；在此撒上品德的种子，就会收获命运。"父母是孩子的第一任老师，孩子深受父母言行的影响，在耳濡目染和潜移默化中，家庭环境对孩子的品德行为有指引导向作用。

"才自精明志自高，生于末世运偏消。"这是红楼梦金陵十二钗正册中贾府三小姐的判词。金陵十二钗枝枝独立，个个丰满。探春是性格独特的人物，她不同于"挥泪葬花""红颜薄命"的林黛玉，也不同于"艳冠群芳，任是无情也动人"的薛宝钗，更不同于"英豪阔大，霁月光风耀玉堂"的史湘云。她既有精明果断的才干和目光睿智的远见，也有凛然不可欺的威严。曹雪芹在第五回设计金陵十二钗册页时，把她安排在第四位，足以说明三姑娘在贾府中的独特地位。

探春和贾环都是赵姨娘所生，都是庶出。在封建家族中，庶出意味低人一等。一次贾环和宝钗、莺儿、宝玉等玩耍，他耍赖被莺儿抢白了几句，就哭着说："我拿什么比宝玉呢。你们怕他，都和他好，都欺负我不是太太养的。"这是封建社会里庶出孩子的苦楚。

贾探春也逃不过这种苦楚。第五十五回"辱亲女愚妾争闲气"里，她一边哭一边对亲妈赵姨娘说了一番话，最后说："何苦来，谁不知道我是姨娘养的，必要过两三个月寻出由头来，彻底来翻腾一阵，生怕人不知道，故意的表白表白。"这跟贾环的苦楚一模一样——因庶出身份带来的地位低下。

即便如此，探春个性突出，敢作敢为，活出精彩人生，与她的同胞兄弟贾环相比，有着天壤之别，连府里的仆人们也称赞她是"老鸹窝里出凤凰"。贾母让家中小姐出去见南安太妃，贾府三个小姐，只叫了探春，堂姐迎春"竟似有如无"。她取得贾府第一权力中心人物贾母的重视，又得到王夫人的认可，让她管理家务，"敏探春兴利除宿弊"一回中王熙凤对她赞不绝口，明言要她做个臂膀，这是何等巨大的成功。

探春亲兄弟贾环以猥琐自卑的模样活着，这和赵姨娘的教育有很大关系。贾环和丫头们闹别扭，赵姨娘啐他道："谁叫你上高台盘去了？下流没脸的东西！哪里顽不得？谁叫你跑了去讨没意思！"贾环受委屈回来，赵姨娘戳他脑门，没好气地骂："又是那里垫了踹窝来了？"赵姨娘在书中不是骂人，就是打架，还找神婆诅咒凤姐和宝玉。她不关注贾环的学习情况，甚至不曾有过一声嘘寒问暖。

在这样环境中成长的贾环心理越来越扭曲。他嫉妒怨恨宝玉，竟要用热油烫瞎宝玉的眼睛；他对贾政说宝玉的坏话，瞎编宝玉对金钏儿逼奸不遂导致金钏儿自杀的谣言，贾政大怒，直接导致宝玉被打。王熙凤骂他"不尊重"，他却只知道恨。

探春和贾环，一母所生，但性格迥异。这和后天教育密不可分：探春自小便在贾母身边长大，由贾母亲自教导，举止大方，胸襟阔朗，才华横溢，胆气十足。贾环则不同，自幼和母亲赵姨娘一起生活。赵姨娘用挖苦讥讽、羞辱、谩骂的教育方式，亲手摧毁了贾环的天真快乐、自信自尊。一个没有自信自尊的人，怎么可能会有所作为！孩子在成长过程中遇到了问题，母亲所要做的是教导孩子如何做人和做事，一味挖苦讥讽，孩子怎么可能会变好！贾环从小看到母亲种种作为，其阴险报复的性格除天生劣根性外，很大程度上是受赵姨娘影响而形成的。

父母的教养方式直接影响孩子的个性发展。在教育工作中，我们经常发现，不同的家庭教育造就不同的孩子，孩子的许多问题往往是家庭教育不当造成的。一些父母教育子女时，不自觉犯了和赵姨娘同样的错误，把羞辱当爱护，把谩骂当教育，或恶言恶语，或强迫威胁，或冷嘲热讽。这是比体罚更具杀伤力的"心罚"，是一种语言暴力，也是一种精神虐待。为人父母者，当引以为戒。

爱与尊重春风化雨　育人育根育心育德
——从贾环成长谈言传身教的重要性

贾家的诸兄弟中，有衔着通灵宝玉出生、集万千宠爱于一身的宝玉，也有黯淡无光、问题频出的贾环。贾环出现问题的根源是缺乏爱和尊重，受到母亲灰暗性格的影响。

在贾府众多男女老少中，有这样一个让大家感到头疼的"问题少年"，他就是贾环。细细品读，不难发现曹雪芹对这个"问题少年"的描写怀着可恕可怜之情。

一、成长环境缺乏温情

贾环的亲生母亲赵姨娘是丫鬟出身，所以贾环从一出生就不受重视。作为一个男孩儿，贾环总是被放在宝玉的对立面看待。大家对宝玉有多喜爱，就对贾环有多厌恶。

偌大的一个贾府，老老少少都把爱集中在宝玉一个人身上，宝玉可谓集万千宠爱于一身，有老祖宗贾母爱，有"董事长"王夫人爱，有"总经理"凤姐爱，有林妹妹爱，有宝姐姐爱，有那么多如花似玉的姑娘们围着哄着。

贾环则受到太多的冷落和歧视。母亲赵姨娘经常无端责怪和辱骂他，亲生父亲贾政也很少过问他的学习和成长，从心里就看不起这个姨娘养的儿子。书中这样写道："贾政一举目，见宝玉站在跟前，神彩飘逸，秀色夺人；看看贾环，人物委琐，举止荒疏……"同为儿子，两人在父亲眼中的形象天差地别。甚至连丫鬟们也厌恶他。第六十回中，贾环来问候宝玉，碰见春燕拿了一包蔷薇硝给芳官，他想给素来要好的彩霞讨一些拿去搽脸，芳官不想给他，一旁的麝月让随便拿点什么给他就行，别耽误了他们吃饭。于是，芳官随便包了一些茉莉粉给他。贾环见了伸手来接，芳官便忙向炕上一掷，贾环只得向炕上拾了。丫鬟对主子，竟是如此态度，可见贾环的地位有多卑微。

贾环是缺爱的，生母赵姨娘对他只会辱骂和挑唆，嫡母王夫人对他难得待见几次，祖母对他似有若无。迎春、探春、惜春、黛玉、宝钗等姐妹们，大多都不愿意跟他一起玩。其中，亲姐姐探春也不太愿意搭理他。作为一个十一二岁的小孩子，贾环身处热闹繁华的贾府，却从未得到过尊重和关注，备受身边人的冷落轻蔑，自然产生一种自卑、仇视、报复的阴暗心理。

在贾环眼里，他发自内心地觉得自己不如宝玉，自己是庶出的孩子，低人一等。他碰到任何事情，都觉得别人看不起他，只按照这样的思维来判断，而不去思考是不是自己做得不对。

为什么他缺乏反思？就是因为缺乏关爱和引导。这样的孩子，选择自暴自弃，就能理解了。

二、灰暗人格的影响

《红楼梦》第二十回中，贾环和宝钗、莺儿玩游戏。贾环耍赖，莺儿不服，说前几天和宝玉一起玩时，宝玉也没这样。贾环听到一个丫鬟又在拿宝玉和自己比，一时委屈便说："我拿什么比宝玉呢。你们怕他，都和他好，都欺负我不是太太养的。"这话听上去，特别像他母亲赵姨娘的口气。贾环受了委屈，跑回家去哭诉，赵姨娘听罢，却劈头就骂："谁叫你上高台盘去了？下流没脸的东西！那里顽不得？谁叫你跑了去讨没意思！"

读了这一段，就不难看出贾环内心缺乏阳光的根本原因，他受到赵姨娘灰暗人格的影响。赵姨娘经常灌输一些灰暗思想，教唆贾环胡搅蛮缠逞强闹事。她以为这样能树立权威，镇住众人，实则相反。

"如果我们有幸，父母是有教养的谦谦君子，而且对我们始终如一，那么我们会很自然地相信：生活是美好的，人们都善良可信。可是，如果父母是瘾君子，或者有心理方面的疾病，那么生活向我们展示的则是恐怖和无序的一面，没有快乐可言。童年的梦魇即使在遗忘后很久也依然会有力地冲击我们的生活。"如果说负面的家庭教育是孩子成长中的心灵伤口，那么这个伤口不仅不会随着时间的流逝而自动痊愈，相反，如果不及时处理就会渐渐溃烂，终究会成为心理失衡的一个诱因。

父母是孩子的启蒙老师，言传身教的力量犹如人生底色一般，关系到人格养成和道德品行，比如：孩子在学校和生活中受到一些委屈，这时候，家长万不可一听孩子诉说就火冒三丈，大动干戈，急于讨回公道，而应压住火气，冷静分析事情的始末缘由，其中是否有隐情？是否有自己孩子的责任？积极分析处理，化解消极情绪。

贾环的母亲赵姨娘在处理此类问题时可谓鲁莽愚蠢。她一听儿子说，自己讨要蔷薇硝，而芳官却拿茉莉粉哄骗自己，就认为这是捉弄欺负儿子，于是直接跑到大观园中，向芳官兴师问罪，发展到肢体冲突，最后她在一群人的撕扯下，披头散发，狼狈不堪。她这样一闹，既没有为儿子讨回公道，自己也颜面尽失。王熙凤的一段话，表面是在教育贾环，实际上，也是说给赵姨娘听的："你也是个没气性的！……自己不尊重，要往下流走，安着坏心，还只管怨人家偏心。"一针见血指出贾环性格的弱点，也指出赵姨娘的问题——不自重，觉得自己是受害者，把所有人当敌人。

俗话说："养鱼重在养水，养树重在养根，育人重在育心。"家庭教育的最佳方式，就在于"育"。靠什么"育"呢？靠的是言传身教。

平等友爱的成长氛围、家长的言传身教和正确的三观是孩子健康成长的必要条件。父母要用足够的爱营造健康和谐的成长环境，帮助孩子养成阳光积极的心态和控制情绪的能力。长大后，孩子方能从容面对生命中的风雨。

父母要严格要求自己，以身作则为自己的子女树立良好的榜样。孩子在形成个人世界观、人生观、价值观的最初，是通过模仿父母的言谈举止来认识世界并确立自己的认知方式的，一旦父母形成了正确的行为习惯与较高的个人修养，子女必定是在耳濡目染之下形成良好的道德素养。所以最根本的方法是父母自身严格要求自己，给孩子树立正确的、良好的榜样。

小孝持家大孝爱国　孝道文化历久弥新

——从红楼中探寻孝之足迹

《红楼梦》作为中华民族的巅峰巨著，体现出神秘广博的传统文化，而作为核心的"孝道"，更是贯穿始终。

中国"孝"文化源远流长，"孝"作为一种文化体系、一种社会意识形态，随着社会的发展而变迁，但是不管如何变化，"孝"的本质是不变的。《红楼梦》第一回写道："背父兄教育之恩，负师友规训之德。"古人常将辜负父母养育、先生教导之恩视为不孝。《红楼梦》中处处体现孝道。

贾政可谓"大孝子"，其孝敬之举表现在各种娱亲行为。贾政虽性格迂阔，不苟言笑，但作为孝子典范，却有着"彩衣娱亲"的心意。书中多次写到他揣摩贾母心意努力承欢取乐的场景。比如，元宵节散朝之后，贾政陪贾母猜灯谜，故意乱猜挨罚，出灯谜给贾母猜，又偷偷让宝玉把谜底告诉贾母；贾政陪贾母玩击鼓传花的游戏，为了博老母亲一笑，一本正经、道貌岸然的贾政居然当众讲"怕老婆的丈夫给老婆舔脚"的笑话……总之，就是要让贾母高兴。

孝心是会传递的，贾宝玉也不乏孝的表现。他每天早晚都要向长辈请安（晨昏定省），有好东西首先想到长辈，例如第三十七回秋纹介绍宝玉："我们宝二爷说声孝心一动，也孝敬到二十分。因那日见园里桂花，折了两枝，原是自己要插瓶的，忽然想起来说，这是自己园里的才开的新鲜花，不敢自己先顽，巴巴的把那一对瓶拿下来，亲自灌水插好了，叫个人拿着,亲自送一瓶进老太太,又进一瓶与太太。"在经过贾政的书房时,他是一定要下马的。第五十二回写道:"宝玉在马上笑道:'周哥,钱哥,咱们打这角门走罢,省得到了老爷的书房门口又下来。'周瑞侧身笑道:'老爷不在家,书房天天锁着的,爷可以不用下来罢了。'宝玉笑道:'虽锁着,也要下来的。'"

王熙凤作为当家媳妇,将孝道践行得淋漓尽致。王熙凤有一副"好刚口",可谓铁齿铜牙,三寸不烂之舌,加之懂得礼仪分寸,很讨贾母欢心。第五十四回中,贾母反驳说书的"才子佳人"理论不合套路,发表了一大通言论,王熙凤借机解释"掰谎记",戏称自己是"斑衣戏彩",惹老祖宗发笑。第三十八回史湘云的螃蟹宴前,贾母忆起儿时落水的经历,至今心有余悸。凤姐笑道:"那时要活不得,如今这大福可叫谁享呢!可知老祖宗从小儿的福寿就不小,神差鬼使碰出那个窝儿来,好盛福寿的。寿星老儿头上原是一个窝儿,因为万福万寿盛满了,所以倒凸高出些来了。"未及说完,贾母与众人都笑软了。

贾府子弟在日常生活中处处演绎孝道温情。宝钗深知贾母年老之人喜热闹戏文,爱甜烂之食,故意点贾母喜欢的戏文和食品;王夫人嘱咐周瑞家的不要告诉老太太人参已经朽烂的真相;等等。这些都表现出小辈对长辈发自内心的孺慕体贴之情。

《论语》中子夏问孝。子曰:"色难。"善待父母要从和颜悦色做起,这是古人理解的"孝"。随着社会生产力的提高,不赡养父母的现象很少了,但很多人没有关注父母精神是否愉悦,对父母没有耐心。这时候品读《红楼梦》,联想贾政、宝玉、凤姐、宝钗等是怎样做的,就明白自己该怎样做了。

一位名人说:"一个真正的孝子贤孙,必然是对国家民族尽忠尽责的人,这里唯一的标准,是忠于大多数与孝于大多数,而不是反忠于少数和孝于少数。违背了大多数人的利益就不是真正的忠孝,而是忠孝的叛逆。"在大力践行社会主义核心价值观的今天,"孝道"文化如何传承和发扬?孝敬父母是孝,建功立业是孝,为民族复兴奋发图强也是孝。我们要将小家和大家、孝敬和爱国、个人和社会联系在一起，成为民族团结兴旺的精神基础，成为中华民族凝聚力的核心。

"小孝持家，中孝立业，大孝爱国。"小孝是陪伴父母。中孝是成就值得骄傲的事业，虽然我们不在他们身边，但父母想到我们会有那么一份骄傲。大孝指不仅仅成就一份事业，还要参与民族复兴的历史进程。在这个伟大的时代，能够建功立业，才是对父母最大的孝。

孝道是中国文化大地上盛开的一朵雪莲，孝文化随着岁月的积淀历久弥香。在大力传承中华优秀传统文化的今天，孝文化更应该被我们重视和传承。作为教育工作者，更应处处作出表率，尊老敬老，挖掘教材内外孝之典型，将祖国的花朵培养成大孝之子。

行善施恩皆为雨露　探寻红楼感恩足迹
——《红楼梦》中的感恩足迹

《红楼梦》开篇说起"天恩祖德",绛珠还泪、刘姥姥救巧姐、贾宝玉雪地里拜别父亲……从两心相许到家国情怀,众生之"情"换一角度,都可看到"恩"之足迹。

感恩是一种生活态度,是一种美德。今天我们谈感恩教育,就是要懂得识恩、知恩、感恩、报恩和施恩。在《红楼梦》中,我们也可以读到许多和感恩有关的内容。

一、雨露之恩

《红楼梦》中有很多的恩——前世的恩、现世的恩和未来的恩。

林黛玉感谢贾宝玉的甘露。如果没有贾宝玉的甘露,就没有还泪这一说法,更无前世之缘和今世之盟。

只因西方灵河岸上三生石畔,有绛珠草一株,时有赤瑕宫神瑛侍者,日以甘露灌溉,这绛珠草始得久延岁月。后来既受天地精华,复得雨露滋养,遂得脱却草胎木质,得换人形,仅修成个女体……只因尚未酬报灌溉之德,故其五内便郁结着一段缠绵不尽之意。恰近日这神瑛侍者凡心偶炽,乘此昌明太平朝世,意欲下凡造历幻缘……那绛珠仙子道:"他是甘露之惠,我并无此水可还。他既下世为人，我也去下世为人，但把我一生所有的眼泪还他，也偿还得过他了。

贾宝玉便是那神瑛侍者，绛珠仙子便是林黛玉。从第二回开始直到第九十八回，林黛玉魂归离恨天，"香魂一缕随风散，愁绪三更入梦遥"，完成这个泣血还债的爱情故事。

二、救穷之恩

刘姥姥的女儿嫁给了王狗儿，狗儿的爷爷曾做过一个小京官，与王夫人的父亲相识。因贪慕王家权势，就连了宗，认作王夫人父亲的侄儿。刘姥姥与王家沾亲，因王夫人嫁入贾家，故也算是贾府的远亲。

刘姥姥是个低阶层的人，只为讨得几个铜钱，好好过个年，可万万没有想到，贾府给了她二十两银子。这对于一个贫农来说，可不是一个小数目，一年也挣不到这么多钱。正因为刘姥姥的"打秋风"，他们家过了一个好年，这样的花费对于贾府只是九牛一毛，还不够贾珍看一场戏。

刘姥姥懂得感恩，感恩这样的施舍，于是拿了很多的特产去贾府。她虽然被贾府群芳戏弄，可想想也值，因为得到了一百两银子。

贾府蒙难，一切的荣华富贵化为乌有。刘姥姥依旧感恩，用所有的积蓄把王熙凤的女儿巧姐从青楼赎出来，让她过上了平平淡淡的日子。

结合《红楼梦》中的感恩片段，可以教育孩子学会感恩。在生活中，我们首先要感恩父母，因为他们生养了我们；其次，我们要感恩老师，因为他们教育了我们；再次，我们要感恩朋友和对手，因为他们促进了我们的成长；最后，我们要感恩自然，因为自然给予了我们阳光雨露、蓝天碧树。

面对生活，我们要怀着一颗感恩之心，更把感恩之心化作感恩之行。回报父母，主动承担一些家务，减轻父母的负担；回报老师，勤奋学习，刻苦钻研，插上创新的翅膀，在知识的海洋里遨游。

凸显优势精心教养　扬长避短成就专才

——从《红楼梦》看如何运用长板理论培育孩子能力

沃特斯说："优势教养就是让孩子时刻牢记自己基于个性的特长和美好品质，这样孩子在面对困难和挑战时，才能更乐观、更坚韧。"

社交能力是一项机能，是人生发展的一个加分项，也是孩子在成长过程中应该要学习、把握的重点，影响着孩子的人生走向和性格养成。《红楼梦》中袭人和晴雯都是贾宝玉身边的丫鬟，两人皆是由贾母所赐，但现实生活中一些琐碎的小打小闹造就不同的人生境遇和结局，比如袭人暗暗败坏晴雯的名声，让别人都以为她爱偷懒，最终袭人成为宝玉的"准宝二姨娘"，晴雯却落得一个"咋咋呼呼纸老虎，凄凄惨惨背锅侠"的结局。那么，现实生活中当父母发现自己的孩子不擅长社交该怎么办呢？遇到这样的情况需要应用长板理论。

短板要补，长板不能丢。千万不能顾此失彼、因小失大，把长板给放弃。修补不擅长的和发展擅长的，哪个速度快、效率高？当然是发展长板，补长板有什么用呢？木桶理论说装多少水取决于它最短的那块板子，但是，我们还是需要先打破问题，谁说木头就一定要用来盛水呢？只要装固态的东西，稍微把桶倾斜一下，长板和短板就可以一起发生作用，装的东西就会更多。木桶不一定要用来装东西，把长板补出特色说不定还能成为艺术品。

踏实有踏实的好处，钻营肯定会有钻营的代价，比如晴雯，她的优势除了美貌就是女红，显然女红作为手艺是可以持续精进的，袭人可以散播晴雯懒惰的名声，但晴雯可以用耀眼的作品去自证清白，强化自己的不可替代性，可惜的是她没有这么做，她不仅没有补短板，连长板都没有好好维护。她的好手艺是靠认真学习得来的，但是到了贾宝玉身边，除了补雀金裘，再无作品，放弃自我成长，不去提升核心竞争力，所以最终被扫地出门。反观袭人格局小，发展空间有限，其立足的资本是忠诚勤勉，虽然占据道德制高点，可是一旦被戳破，很容易被替代。

当遇到袭人式诋毁我们的人，不如选择一分耕耘一分收获，"为而不争"也是一种长远之道。如果假老实人靠三分打拼七分钻营得到了利益，那么，真老实人也可以靠自己的付出去获得收益。大家都可以选择自洽的付出方式，在各自的赛道上跑出自己的节奏，把眼界放开阔，把时间的尺度拉长一点。

真有真的踏实，假有假的隐患。如果不是一个爱社交的人，不用勉为其难去改变，专注于你擅长的部分，作为特色专长和立身之本。每个孩子都有自己的性格特点和天赋爱好，都说静待花开，那花怎样才会开呢？家长要注重培养孩子专注、精进和持之以恒的耐力，帮助他们寻找和发展自己的长板。

作为家长要始终牢记：真正的优势教育就是发现孩子擅长做、经常做而且满怀激情的事情，三个要素构成一个完美的反馈回路：优异表现让孩子充满激情，愿意多加学习和训练，良性反馈会提高孩子的自信心和表现力，久而久之，长板得到巩固和发展，自然越来越优秀。

爱与陪伴不可缺席　性格塑造重任在肩
——从黛玉性格谈家庭环境的影响

林黛玉淡泊真实，聪明博学，但也敏感多疑，多愁善感，沉溺于热烈执着的爱情，挣扎于曲折悲苦的命运。这样的性格是在亲情缺失的原生家庭和寄人篱下的生活环境中形成的。

习惯决定成败，性格决定命运。芸芸众生，每个人的性格都是不同的，而性格决定了遇到某些事情的时候一个人的反应及处理方式，不同的处理方式导致了不同的结果，不同的结果自然会给每个人带来不同的影响，这就是命运。

一、亲情缺失的原生家庭

林黛玉一出场，通过其父林如海之言道出被迫离家的根本缘由——"汝父年将半百，再无续室之意，且汝多病，年又极小，上无亲母教养，下无姊妹兄弟扶持，今依傍外祖母及舅氏姊妹去，正好减我顾盼之忧，何反云不往？"这段话道出林黛玉的处境——母亲病逝，父亲年老，无力抚养，将其送走，实属无奈。

黛玉的母亲、父亲相继离世，这两件事，分别发生在她的学龄期和少年期，这都是她的自我意识发展的关键时期，对她心灵来说是两次重大的冲击。

研究表明，缺乏母爱的孩子往往形成孤僻、不合群、任性和情绪反应冷漠等不良性格特征。父爱在孩子的心理发展，特别是在性别角色的形成发展过程中也是不可或缺的。父亲为男孩提供模仿与同化的榜样，为女孩提供与异性交往的样例，幼年没有与父亲接触过的孩子，在性别的社会化方面容易出现问题。

破裂的家庭对孩子性格的发展会带来不良影响。家庭破裂有一种情况就是父母死亡。孩子由于父母死亡而得不到家庭的温暖，容易形成悲观、孤僻等不良性格特征。从年龄上看，婴幼儿期间，丧母对个体性格特征的影响很大；学龄期，则是丧父对孩子性格的影响较大。而黛玉的家庭可以说是一种破裂家庭，她先后失去父母，这对于处于性格形成期的孩子来说是精神上的摧残。

二、寄人篱下的生活环境

黛玉小小年纪便离开父亲投奔亲戚，过着仰人鼻息、寄人篱下的生活。她寄居在贾府，虽然贾母非常疼爱她，贾府的人也没有轻视她，但是她仍然不快乐。王熙凤曾对她说，要把贾府当成自己的家，不要客气，但是她始终摆脱不了外人、亲戚的身份，无法在贾府中找到家的感觉。在第五十七回"慧紫鹃情辞试忙玉　慈姨妈爱语慰痴颦"中，当看到宝钗在母亲怀里撒娇时，黛玉流泪叹道："他偏在这里这样，分明是气我没娘的人，故意来刺我的眼。"

家庭的社会经济地位影响着个体性格的形成。在一个富裕环境中长大的人大多有优越感，而寄人篱下的生活环境则给人带来自卑感。这种环境直接冲击着黛玉的心灵，影响其性格的形成。

黛玉在贾府战战兢兢，谨小慎微，一切的人际关系都要靠自己去苦心经营，一些本来无关紧要的人与事，到了她的眼中，变得很了不得。她经常用尖酸刻薄的言语来回应外人些许的不敬，这是自我保护的条件反射。这些看似尖锐犀利的语言让周围的人对她敬而远之，与她真正交好的朋友少之又少。这种寄人篱下的生活状态让她变得外表孤高自诩，内心则自卑怯弱。

人是社会性的动物，人的性格的形成也必然深受环境的影响。寄人篱下的生活环境对黛玉造成的影响是：敢爱而不敢言，把爱深深地放在心中，期待着别人能帮她一把，把自己的爱情寄托于别人的怜悯，形成强烈的依赖感。只抓住一个救命的稻草，信守爱情。正所谓，爱至深，伤也深。最后，直至为爱情付出了自己的生命。

在家族包办下，宝玉娶了宝钗，黛玉伤心致死。假设林黛玉拥有完整的原生家庭，假设林黛玉得到爱与陪伴，假设追求自由的思想遇到更加包容的社会环境，也许林黛玉会是另一个林徽因。

每个人的性格形成，取决于童年的生长环境和经历，性格影响人的命运。家庭教育是孩子教育的第一站，父母作为教育的重要角色扮演者，对于孩子最好的教育就是爱和陪伴。爱满自溢，内心充满爱，才能将幸福传递给孩子。

后　　记

当我自己开始研读《红楼梦》，并倡导全校教师阅读《红楼梦》时，曾听到不少质疑的声音：

《红楼梦》学问太深，老师们不是红学专家，怎么能读得透？

《红楼梦》虽是一本巨著，但把它与教育联系在一起，是不是有些牵强附会？

在教师群体中推动阅读《红楼梦》，会不会给工作本就繁杂的老师们带来额外的负担？

读《红楼梦》对于老师们的专业成长会有什么积极意义？

……

虽然内心有着"读经典没有错，我们的方向没有错"的信念，但当满怀期待得不到认可与肯定时，面对别人的质疑还是会有一种知音难觅的孤独感。直到2022年高考，《红楼梦》以谁都没有想到的方式登上热搜，在全国甲卷中以"大观园试才题对额"一回作为作文材料入题，让学生从中写出自己的启发与感悟。此时，我不禁鼻子发酸，我更加坚信，我们的路没有错。《红楼梦》这本包罗万象、内涵丰富、经久不衰的文学名著，值得我们花力气、下功夫去研读它、传承它！

"把读经典与孩子的教育联系在一起来思考，从大观园那些十多岁孩子的成长中获得点儿启发"，这是我带动全校老师一起读《红楼梦》的出发点。回想起来，从2021年春节开始，整个阅读的过程已经历时一年半了。一路阅读，一路分享。在这段浸润书香的难忘岁月里，在我们的校园里，可爱的、令人感动的老师们创造出一个百花齐放、生机勃勃的红楼教育世界。

从"香菱学诗"我们反思了教与学；从"宝玉挨打"我们反思了宽与严；从"探春理家"我们反思了班级管理；从"海棠诗社"我们也能挖掘社团活动组织与开展的奥秘……老师们以不同的视角记录下自己读《红楼梦》的所思所想。每一篇阅读笔记都让我对《红楼梦》的认识更深刻一点，都让《红楼梦》与教育的距离拉得更近一些。

在大学里，我学的是历史。对于《红楼梦》的研读，我习惯于用历史的眼光去审视它，并用它来观照现实。所以在这本书里有多篇文章写到了明末清初的历史，并试图以历史的视角来解读《红楼梦》里的故事，写出我个人的一些思考。

在这一年多的时间里，我和老师们共读《红楼梦》，一起交流，一起反思。共读，真是一种极好的学习途径。它营造了一个学习的场，一个交流的场，一个开阔视野、思想碰撞的场。于我而言，它拓宽了我的阅读眼界和思维边界。我不再只是以历史的角度来思考，因为老师们对《红楼梦》的解读是立体的、全息的，角度多极了：文学的、教育学的、心理学的、美学的、管理学的、健康学的，甚至信息技术乃至疫情防控的……每一个角度，都是一处别样的风景。在这本书里，我也记录下了老师们的所讲、所议，写下了我的所听、所思。所以，这本书不是我一个人的思维成果，它是一群人共读《红楼梦》的思维结晶。

在本书中，我大致按思政育人、班级管理、学科教研、人格塑造和家庭教育几个板块来写，并没有刻意追求篇幅的长短、字数的多寡，一切都是"意尽言止"。能力所限，书中也一定还存在一些不准确、不完善、不深入的地方，甚至还会存在一些错误之处，还请大家多包涵、多帮助。

感谢和我一起共读《红楼梦》的老师们，没有你们就没有这本书。

感谢各位读者朋友，你们愿意花时间来打开这本书，这就是对我最大的支持和帮助。在文字的世界里相遇，在思想的层面上沟通，这也是一种缘分。

后　记

好书不厌百回读，熟读深思子自知。经典的魅力在于我们总能在其中找到你我的影子，总能获得生活感悟和人生启迪。本书所能撷取的智慧，对于《红楼梦》这部鸿篇巨制来说，只是沧海一粟。读经典，悟经典，我们一直在路上……

李克兴

2022年6月